南派三叔 著

北京联合出版公司
Beijing United Publishing Co.,Ltd.

目录

第十五章 雪山里的神秘部落	065
第十四章 极限的秘密	060
第十三章 关于世界终极的笔记	056
第十二章 进入雪山	051
第十一章 比黄金还贵的黄金	048
第十章 闷油瓶的往事	044
第九章 关于闷油瓶的关键线索	040
第八章 一座喇嘛庙	034
第七章 西藏油画	029
第六章 命运的重启	024
第五章 轮回的开端	018
第四章 第三件怪事	014
第三章 第一件怪事（下）	010
第二章 第一件怪事（上）	006
第一章 起源	001

藏海花

第十六章	守护者	// 070
第十七章	冰封的神湖	// 074
第十八章	尸 香	// 080
第十九章	阎王骑尸	// 087
第二十章	独立于其他文明的邪神	// 093
第二十一章	闷油瓶出现了	// 098
第二十二章	召唤胖子	// 103
第二十三章	西藏的天罗地网	// 109
第二十四章	惊人的细节	// 114
第二十五章	不知道从何而来的暗号	// 120
第二十六章	与张家人正面交锋	// 127
第二十七章	七个吴邪	// 131
第二十八章	艰难的选择	// 135
第二十九章	分崩离析的张家	// 139
第三十章	汪藏海的千年伏笔	// 143

目录

第三十一章	胖子的实力	147
第三十二章	胖子的保险措施	152
第三十三章	差点儿死了	156
第三十四章	奇怪的变动	161
第三十五章	人全部都消失了	165
第三十六章	喇嘛庙封印	168
第三十七章	枚举之王	173
第三十八章	脱身	178
第三十九章	血竭	183
第四十章	误会	187
第四十一章	黄粱一梦	192
第四十二章	张海杏	198
第四十三章	闷油瓶十三岁	201
第四十四章	放野	205
第四十五章	离奇的墓穴	209

藏海花

第四十六章 倒挂着的棺材	212
第四十七章 问题的所在	217
第四十八章 奇怪的机关	223
第四十九章 临 卡	227
第五十章 泥浆池	232
第五十一章 他们的发现	238
第五十二章 绝 境	242
第五十三章 爆炸之后的意外	246
第五十四章 快速出发	250
第五十五章 往回走	256
第五十六章 喇嘛庙	260
第五十七章 之前的情况	264
第五十八章 山下面的东西	268
附录一 《盗墓笔记》第一季简介	273
附录二 《盗墓笔记》第二季简介	277

藏海花

"藏海花"

我希望能对自己接下来要说的事情，做一个定义。

所有这一切的事情，几乎都是在这几年时间发生，把我从一个普通人，硬生生地逼成了现在这个样子。我给我的经历下过很多的定义，但是都没有结果。不是因为我经历的事情太过于高尚，而是因为，这些事情过于复杂、晦涩。

但是我还是要下一个定义，我觉得，这一切对我来说，是一个我不愿意醒来的噩梦。

在写下这几行字之前的几个月里，我几乎要醒了。但是，如今，我发现，这个梦我仍旧要做下去。

第一章
起　源

要平心静气地写下这个故事很难，我在此时已经故意压低自己的情绪，才写下了这第一句话。

很多事情，发生了之后，你并不愿意记述下来，因为你知道，虽然这些事情的过程值得让其他人知道，但是，记录它们的过程，使你不得不再去经历那些痛苦、焦灼、疑虑，有的时候你甚至会回到当时的情景中去。那并不是愉快的经历。

这个时候你会想到宿命，因为对于我来说，如果我出生在一个普通的家庭，那么，即使我内心渴望去经历这些事情，都没有这个机会，而我偏偏出生在一个很特别的家庭里。这种特别的源头，在于我的爷爷，在于他特殊的职业，如果那算是一种职业的话。

用现代人的话说，我爷爷是一个盗墓贼。

二十世纪四五十年代，在长沙一带，我爷爷是一个非常有名的盗墓贼，也就是当地人称呼的土夫子。我们全家之所以对这段经历非常熟悉，是因为新中国成立之后，有一段时间我爷爷是公安部的重点通缉对象，好像到了六十年代才撤销了通缉。

爷爷当年的那些事情，我们家里知道的细节也不多，我所知道的大部分，都是来自于父母一辈的偶然说起，或者偷听我爷爷和几个叔叔的对话。除了一些家族里的事情，我爷爷盗墓的一些经过，他几乎都没有提起过。

当时我就明白，我爷爷心中一定藏着很多秘密。因为，当年盗掘古墓的事情已经过去很长时间了，再大再隐晦的秘密，经过半个世纪以后，也一定会变成笑谈，这就是时间的法则。

然而，我爷爷一直到去世，对于这些事情还是讳莫如深，不愿意提及，这是很不正常的。我们说，秘密的解禁，好像染料的稀释一样，随着时间的流逝，总是一部分一部分地大白于天下。即使我爷爷心中有着再大的执念，当年的事情，也会一点一点地从他心里稀释出来。然而，一点也没有。

当年在他盗墓的过程中，一定发生过什么非常特别的事情，这件事情的重要性，甚至不会被时间冲淡。

让我更加确定我的判断的是，我爷爷有一份特别奇怪的遗嘱。

我爷爷死得很正常，就和任何知道自己即将死亡的老人一样，他死的时候，已经没有多少力气去恐惧，他最后所有的力气，都用在了交代后事上。

他的第一句话，我至今都记忆犹新，他说："想不到我真的可以死了。"

这句话其他人都没有注意，只觉得是老头子年纪大了，临死之前精神有些迷糊，用词错乱了。

我老爹就叹气，他知道说什么都没有用了，只道："我们都在这儿，老大老二老三都在这儿，孙子也在。"

"我要交代一下。"我爷爷说道，从这句话可以判断，其实我爷爷的思路很清晰，"我留下的东西，不算多，但是其中有部分应该有些价值，你们三兄弟自己去分，别人家的孩子我不放心，你们三个我最放心。"

我老爹就点头，我爷爷继续说道："我死了之后，两个小时内必须火化。"

这个要求就有点奇怪了，但是此时也不能忤逆老头子，我老爹只得再次点头。"火化的时候，你们必须保证，火化炉周围三十米内不能有人，不准看炉子内部的景象。"我爷爷继续说道。

这个条件也答应了，但是我爷爷说完之后，家里人都很疑惑。我们安静地等着，等着他解释一下，或者继续说下去。

然而，老头子说完之后，就没有再说话了，他的眼睛也没有闭上，只是看着我们。

爷爷在当天晚上就去世了，我父亲是个大孝子，按照我爷爷的要求，把事情都做到了。去殡仪馆的时候特别着急，花了很多钱才插了个队。因为是喜丧，所以也没有太过悲哀的情绪。只是火化的时候，我们都被父亲兄弟几个堵在了外面，等骨灰出来才让进去。

所以，虽然所有人都觉得奇怪，但是，爷爷提那几个要求的原因，最后却是谁也不知道。

这件事情，因为性格的关系，我也没有采取行动去追根究底，慢慢也就忘却了。现在想起来，其实即将发生的一切，各种痕迹在那时就已四处显现。不在局内，真的什么都不知道；一到局内，回忆片刻，便会发现到处都是蛛丝马迹。

爷爷去世后我老爹分到了一些财产，都是比较清白的产业。我老爹搞了一辈子地质工作，对古董古玩完全不懂，一直荒废着，后来看到我大学毕业后也没事干，干脆都交给我打理。

铺子的荒废和我老爹的性格有关系，我年轻气盛，接手铺子后决定好好改革，做活做大做强。我找了我一个发小儿，两个人开始做发展计划，到处去收好东西，结果，一连打眼四回，把铺子的流动资金和我发小儿的存款全套进去了。我发小儿铤而走险，和老表去盗掘古墓，结果进去了。我也不敢和我爹妈说铺子没钱了，好在一半的店面是自己的，只需要交另一半的租金和水电费就行了。本来我想把另一半店面退了（最终还是退了），后来想想，我爷爷在的时候就是这么个店面，我老爹虽然不行，至少店面没缩，现在到我手上了，砍一半，肯定是要被我老爹骂的。

于是我只能硬扛，过得格外辛苦。古董这一行一夜暴富、一夜暴穷的事太常见了，但是必须要有流动资金，否则干这一行还不如卖茶叶蛋。也靠得我爷爷当时的名声，每个月或多或少都有几个慕名而来的人。我打着我爷爷的名头忽悠，总有些收成。后来，我就等到了那个叫金万堂的家伙。

金万堂当时也是因为我爷爷的原因，到我的铺子里，他带着一份战国帛书，希望找我爷爷鉴定。我对于我爷爷的事迹的最初了解，就是几十年前夜盗血尸墓，最后爷爷拿出一份带血的战国帛书，而我爷爷的爷爷、父亲还有哥哥都死在那次事件中。我对这东西还是有点忌讳的，但是，惨淡的经营让我对他的那份战国帛书产生了邪念，我盗拍了下来，准备做赝品卖钱，却意外地发现，这份战国帛书，竟然是一座古墓的地图。

也不知道是因为盗墓贼的遗传，还是因为穷疯了，鬼使神差地，我参与了那次盗掘古墓的活动。在那一次盗墓活动中，我第一次见到了张起灵。

之后的故事错综复杂，各自成文几乎可以写下百万字了，我和张起灵也成了朋友（是不是真的朋友，现在想起来，我也有点凄凉）。慢慢我就发现，这个张起灵和我爷爷一样，似乎也背负着一个绝对不能说的秘密。而且，我发现张起灵所背负的东西，似乎和我爷爷背负的东西有着千丝万缕的联系。

我不得已开始调查他，很快我就惊恐地发现，这个张起灵自我爷爷那一辈起，就和我们家有着联系，在我爷爷以及我三叔的一些活动中，这个人都以陌生人的姿态出现过。

他和我们家三代人都有着交集，而且最可怕的是，我爷爷都已经去世多年，他却以如同我一样的年龄活着。

虽然我相信他对我没有恶意，但是，这个人到底是谁呢？他的目的是什么？到底是我们吴家闯进了他的谜团之中，还是他一直围绕在我们吴家四周？谁也不知道。

他和我爷爷一样，都背负着一个秘密，它们是不是同一个秘密呢？

我更不知道。

但我爷爷为何留下那奇怪的遗言，我却在这些事情当中，慢慢找到了答案。当年爷爷那一代人所做的各种匪夷所思的事情，所陷入的那些可怕的阴谋，慢慢都浮出了水面。

那个故事已经结束了，在故事的结尾，张起灵带着他所有的秘密不知所终，我以为我什么都知道了，但是却发现，其实关于他的，仍旧全都是谜。

我不知道，是不是在我也有了孩子之后，在我孩子的生命中，这个人还会不会出现，还是那张年轻的脸。但是我确定的是，不管这个人身上背负了什么秘密，不管是否和我的家族有关，我都希望在我生命完结之前，结束这一切。

我希望能再次见到他，了解他的秘密。

第二章

第一件怪事（上）

先说一件怪事。

马坝镇位于江苏和安徽的交界处，属于淮安，在马坝镇的范围内，有一个叫作马庵的地方，在新中国成立前，这里曾经发生过一件怪事。

马坝镇所在地在秦始皇时期属于东阳郡，聚集了大量的秦汉古墓，自古以来这里的盗墓贼层出不穷，所以，当地人对于盗墓的防范，十分熟悉。当时马庵有一方土豪，名字叫作马平川，在那一带非常有名，掌控着当地的烟土生意。马家在当地已经盘踞了好几世代，祖坟茂盛。那个年代，战乱不断，马平川在这里收养各路逃兵，发放枪支，马庵一度成了一个非常坚固的地方武装聚集地。

而马庵村后，有一片坟山，马姓家族的祖坟便盘踞在那里。为了防人盗墓，一直派了很多人把守。

那一年，就在这片坟山，发生了一件怪事。

一夜之间，村后几百亩田地，以坟山为中心，庄稼全都枯萎而死。

这在当地引起了巨大的恐慌，马平川以为是自己祖坟的风水出了什么问题，连请了当地最有名的几个风水师傅，八堂会审，试图找办法化解，但最后也查不出个所以然来。

马平川做事情魄力十足，当下拿出重金，重新找了一片风水宝地，下令迁坟。

一时之间，村后整块平原烟火四溢，好像打仗一样。马家本家先迁，外家随后，各自找风水先生，做法事，开坟头，鞭炮响成一片。

最开始是本家起棺，马平川的排场做主，几排兵对天鸣枪，马家的人开了自己曾祖的老坟，可是刨了十几米深，竟然刨不到棺材。

祖坟里的棺材竟然不见了。

马平川大怒，下令所有的祖坟在当天全部起棺材，尘土翻飞之下，他们吃惊地发现，自己祭拜了几百年的墓地，所有的坟墓下面，竟然全都没有棺材。

马平川怒不可遏，当即枪毙了看守墓地的几个兵流子，下令刨开所有坟地，看看棺材还在不在。他一定要查明到底是怎么回事，难道真的有盗墓的把他们的祖坟当自动提款机了？是长年盘踞还是监守自盗？

一番彻查之后，马平川便发现，所有的没有棺材的祖坟，全部集中在那片庄稼枯死的田地里。

这件事情几乎成了马平川的心病，当地的风水师知道这种事情一旦参与，很可能会丢了性命，纷纷跑路；也有不少外地的风水师觉得可能是个机会，跑来冒险。其间拉锯了有一个月的时间，直到弄得马平川心烦意乱，被骗得忽悠得都烦了。于是马平川便下令闭门谢客，看到有风水师上门就打出去。

谢客的第三天，马平川在院子里打太极拳，忽然就看到自家的房檐上，坐着一个小孩。

这个小孩子，一脸恬静，缩在房檐的角上，穿着青布长衫，也就是十几岁的模样。他看着马平川，也没有说话。

他吓了一跳，立即叫来警卫，还以为是狐仙或者什么不干净的东西。连日来，他对这种事情已经十分敏感了。

其实，他这么想也是有原因的，因为他家的守卫森严，平时不要说小蟊贼了，就算是野猫都进不来。这么一个小孩，他是怎么进到这么深的内院的，几进的守卫到底是干什么吃的？

一个十几岁的小孩子出现在这里，只能是邪物啊。

但是他自己去看这个小孩，却发现真的是一个活人，不仅有呼吸，人也是实实在在地蹲在房檐上。

"臭小子，你从哪儿进来的！"马平川自幼喜欢小孩，看清楚之后就好奇起来，拉住要上去抓小孩的警卫，抬头就问孩子问题。

小孩子不说话，只是指了指一个方向，马平川当时没有意识到，小孩子指的就是自家祖坟所在地的方向。

"你知道不知道这是谁的家，你怎么敢随便闯进来？"马平川越看这小子，越觉得小鬼长得很干净，不由得欢喜起来。

小孩子这才说话道："我知道你们的棺材到什么地方去了。"

马平川一皱眉头，他很烦听到这话题，看着小孩，心里纳闷这是什么情况。如果是个风水先生说这种话，无非是骗钱，但是，一个十几岁的小孩子说这个，让人感觉瘆得慌。

作为一方势力，马平川当然不会被这种场面吓倒，喝道："小子，这话是谁教你的，那些老头子们扯这些淡来骗我的钱，你这小鬼也敢多嘴？"

小孩子一点也不怕他，淡淡地道："我来了这里，要钱可以随便拿。我只是来告诉你，我知道你家祖坟里的棺材到哪儿去了。"

马平川一想也是，都到了内院了，账房就在一边，要钱他可以直接下去拿。这小鬼能来到这里，必然能神不知鬼不觉地出去。

他的经验让他知道，这个小孩不会太简单，便收了收自己的脾气，问道："那你说，我马家祖坟里的棺材，都去了什么地方？"

小孩道："我这么说你肯定不信，你不妨跟我去墓地走一趟。"

马平川看了一眼警卫，又看了一眼小孩，小鬼就这么淡淡地看着他，让他觉得这是一种难堪的挑衅。

这不是一种平等的交流，马平川觉得，这个小鬼肯定是打心眼里觉得自己是完全不值得害怕的人，才会用这种眼神看着他，加上边上警卫在，他一琢磨，在这十里八乡有什么风吹草动，他肯定是第一个知道的。他怕什么，难道有人会在坟地里暗算他？

什么大风大浪他没见过，如果有人想暗算他，正好，也让他手下的兵练练。在这里如果怯了，被警卫看见，未免有些丢脸。

马平川对小孩说道："好，那就这么说定了，你下来。会骑马吗？"

小孩子不说话，直接从房檐上翻身下来，动作轻盈得像只狸猫。站定后也不说话，只是点头。

马平川纠集了一批警卫，上马带着小孩，一路狂奔就到了坟山附近。上了坟山，小孩指着四周枯黄一片的区域，对马平川说道："你看，这片田都枯死了。"

"瞎子都看到了。"马平川道，"小鬼，你最好别耍我，否则老子就地枪毙了你。快说，棺材去哪儿了？"

"你看，这片枯萎的区域，像什么？"小孩说道。

马平川看着四周的枯田，倒是真没想过看看枯田的外形。但是他们站的地方地势不够高，根本看不清楚，于是马平川给一个警卫打了个眼色，警卫翻身上了边上一棵大树，几下便爬到了树顶，四面眺望，往下喊道："老板，像是一只蝎子！"

马平川皱起眉头，心说还真的有说法，也不顾什么形象了，冲到树下，也硬咬牙关爬了上去。来到树冠往下一看，心里不由得咯噔了一下。果然，这片枯萎的庄稼地的轮廓，就如同一只巨大的、张牙舞爪的蝎子。

他朝下对着小孩大吼："这是怎么回事？"

第三章
第一件怪事（下）

这个形状非常工整，绝对不会是自然形成的。但是，要人来做出这种事情，而且是在一夜之间让庄稼枯萎成这个形状，这怎么可能呢？

"这片区域的地下，埋着一个巨大的东西。"小孩说道，"你看到的，是它在地面上的'影子'。"

马平川从树上下来，再次上马，脸色已经很难看了。一来，他有点懊悔自己怎么疏忽了，没有早发现这形状的奥秘。二来，这个孩子的说法还是让他有些将信将疑。

什么意思？地下埋着一个巨大的东西，它的影子是一只蝎子。"影子"为什么会让田里的庄稼都枯死了呢？地下巨大的东西又是什么，难道是一只巨大的蝎子怪？

这怎么可能呢？但如果真有如此巨大的蝎子埋在地下，自己除了跑路也没什么能做的啊。

孩子策马往前，一路往山下走，对马平川道："你们这片坟场，建在一个古墓的上方，你看到的枯死的范围，就是那个古墓地宫的范围。古墓大概在四十多米深的地方,地宫被修建成了一个十分诡异的蝎子形状,不知道是何用意。"孩子顿了顿,接着道,"这里的庄稼之所以枯死,是因为修建古墓的时候,在里面铺设了一种机栝,最近有盗墓贼进入了这个古墓,触动了机栝,里面的毒气大量流出蒸发,一夜之间把地表上的庄稼都毒死了。"

"小鬼,你是怎么知道这些事情的?"马平川道,"难不成你有透视眼?"

孩子看了他一眼,淡淡地说道:"因为我就是那个盗墓贼。"

马平川皱起眉头,拉停了马,他的手下也纷纷停马,孩子骑的马看四周的马停了,也停了下来。孩子转头看向马平川,马平川问道:"你说什么?小鬼,你知道你乱说话的后果吗?这可是我马家的祖坟,你是告诉我,你掘开我家祖坟触动了机关,不仅惊动了我家先祖,还把我的庄稼全毒死了?"

"我不会乱说话。"那小孩子说道,"况且我话还没说完,我下面会告诉你,你们祖坟里的棺材都去了哪里。"

马平川点头,手已经按到了自己腰间的手枪上:"对,那你说,去了哪里了?和这蝎子有关系?"

"被吃了。"那小孩子说道,"底下的这座古墓,把你们祖坟里的棺材,都'吃'了。"

"吃了?"马平川觉得很怪异,他竟然和一个十几岁的孩子这么严肃地交谈,而且还被这孩子的气场死死压住了。最离奇的是,他发现这个孩子说的一切,他竟然有点相信了。他捏紧了手里的枪,想让自己找回主动权:"怎么叫吃掉了,这古墓是活的?"

孩子摇了摇头:"我不知道。"

"不知道?"

"我知道你在哪里能找到那些棺材,但是不知道为什么棺材会被地下这座最大的古墓给吃了。"孩子说道,"你如果现在掘开这里,你会发现所有的棺材全部都贴在下面这座蝎子形古墓墓室的墙外,好像被什么东西吸引过去一般。"

孩子很镇定,这种超乎常人的镇定,让马平川越来越不舒服。

如果你看到一个看着很弱但又一点也不怕你的人,你最好小心一点,因为"不怕"这种事情是装不出来的。真正的不怕一定来源于内心无比强大的力量。马平川这种人，习惯了用权势压人，其实内心没有多少底气。

孩子说完之后，看向马平川："我有一件事情，觉得需要知会你一声。这里方圆几十里，再过几个月必然寸草不生，几十年都无法复原，在这片区域内的所有人，都将不得善终。这里人口密集，你作为一方之主，还可有些作为，也许事情不至于如我所说。"

"怎么做？"马平川问道，"小鬼，你来找我说这些，肯定有目的，不若把事情讲明。"

孩子说道："我有几个伙伴，如今还困在地下的古墓之中。我在古墓中看到过你家的棺材，知道你们马家是这里的望族，为棺材的去向所扰，所以来知会一声，同时我也希望你帮我做两件事情。第一，给我准备七天的干粮，一把短刀，重六斤，风灯油芯和炭粉一袋，我要下去救我的朋友，并想办法封死古墓的几个窍孔。第二，请你掘开这片枯死的庄稼的边缘，在湿泥上取五丈长的竹竿灌入石灰，敲入泥中，只留一指，越密越好。"

"为何要这么做？"

"画地为牢，下面的东西太凶，必须将其困住，在这里解决它。"小孩子说道，"我从里面出来，和你说这些，很不容易，我的朋友被困在下面，生死未卜，但是事情由我们而起，我一定会解决。如果我七天后没有再来找你，请你将这封书信寄回我的家乡。"

小孩从怀里掏出一封书信，递给了马平川，道："如果我七天后没有出来，这地方，让你们的子孙尽量不要靠近。"

马平川看着书信的封皮，收信的人写的是东北的张家，就皱眉道："小鬼，这下面，到底是谁的墓？为何那么凶？如果是我的祖宗的大坟墓，我帮着外人动我家祖宗大坟好像不太妥当吧？"

小孩道："你家如此兴盛，和这种邪穴不会有关系，你们在这里修坟山，估计只是巧合而已。底下的这座古墓，墓主尚不明确，但这种形状的墓室里的一定不是一般人。"

马平川想了想，他想的是其他东西，如果不是自己家的祖坟，看这墓的规模巨大,其中一定有大量的财宝,眼睁睁看着给这个小鬼弄去了,自己岂不是猪头三吗?

"我今天已经说了太多的话了,你不要再问了。"孩子说道,"你能否帮我,给一个准信儿。"

马平川在当天晚上准备好了小孩要的东西,小孩带着馒头,随即消失在了夜色里。第二天,他按照小孩的说法,组织乡丁去周边采购长竹和石灰,把整片区域围了个遍。

马平川的想法是,等这个小孩把下面的事情做完,自己再将其捕获,逼他带着自己的人进入古墓,或者,干脆黑吃黑,让他们把盗得的财物都交出来,反正古墓是在他的地盘之上。

然而,马平川再也没有看到过那个小孩。

怪事到此并没有结束,是马平川利欲熏心也好,还是他对地下的古墓好奇也罢,在半个月后,他下令掘开整块坟地,要把地下的古墓揭顶,看看到底是什么样子。

但是,在地上挖出一个巨大的深坑,却没有发现所谓的古墓,只挖出了一只两丈多长的黑色铁蝎子。再往蝎子底下挖,泥土频频坍塌,加上此举惊动了各方势力,都来刺探,马平川一看事情不可再做,只好把泥土回填。

多年后,当马平川想起了那封信,还是派人送信到小孩给他的书信上的地址,并进行探访,发现信上所书的地址是一处巨大的宅院,已人去楼空。当地的人说,张家原来是当地有名的望族,行事低调,但是不知道为何,在前段时间忽然败落,销声匿迹了。

没有人知道,小孩子到底去了哪里,马家祖坟底下是否真的有一个蝎子形状的地宫。

马平川也只是推测,这个孩子应该姓张,如果他活下来了,一定是一个了不得的人。

第四章
第二件怪事

再说一件怪事。

陈雪寒并不了解西藏，当兵转业后他就来了西藏，在那曲待了一年多，在墨脱待了三年，但也仅仅是待着而已。

当年的西藏，困难的程度超乎人的想象，但是，一旦适应下来，往往会为自己找到留下来的理由。

陈雪寒也一样，他对西藏的了解仅限于他看到的，待在那里的理由，也不过是，习惯了。

在他眼里，把西藏的一切用文字罗列下来，是一种舍本逐末。他不需要了解西藏，因为西藏对他来说不是一个概念，他喜欢的是这里本身，而不是名字。对于念叨着仰慕西藏神秘文化的来客，他并不以为然。为什么来这里？理由在清新又稀薄的空气中，在茫茫大雪山中，在静得犹如天堂的雪域旷野里，不在那些浮夸的传说里。

早先的几年，他靠偶尔帮当地人打打短工、当当脚夫赚一点酥油和羊肉。到了墨脱之后，他开了一个破旧的饭馆，那年头没有那么多钱多烧脑的人来西藏寻找生命的意义，他的客人大部分是探亲的军属和当地兵站的边防人员。

墨脱一年中有八个月大雪封山，多雄拉山凶山恶雪，大雪封山的月份中，客人极少，他独居在饭馆的后堂，那种宁静使得他着迷，而且也极少有人会打扰他的宁静。

他不知道自己这种避世的欲望是从哪儿来的，也许是因为他儿时梦到过自己站在雪山之巅，那是一种超凡的平静，所以他追寻而来。

不过，也不是每一年他都能享受到这种宁静，那一年冬天，是一个例外。

那年冬天好像特别漫长，陈雪寒都记不得是几月了，只记得已经连续下了三天的雪，他早上起来扫雪时，看到有一个喇嘛站在他的饭馆门前。

这是吉拉寺的喇嘛，好像名字叫扎吉，早年和陈雪寒偷讨过酒喝。

吉拉寺是雪山上的喇嘛庙，当脚夫的时候陈雪寒经常去那边，和寺里的喇嘛都很熟悉。

从吉拉寺到这里，要半天的时间。那时天色微亮，雪还未停，扎吉身上结满了冰花，显然是在夜里下的山。就算是熟悉山路的喇嘛，在大雪中晚上下山也是十分危险的，陈雪寒料想肯定是出了什么事，使得他不得不连夜下来。

喇嘛似乎已经耗尽了全部的力气，站在那里毫无反应，陈雪寒用比较生硬的藏语问他怎么了。

喇嘛没有回答他，只说道："请给我来一份吃的，随便什么都可以，我还要赶路。"

陈雪寒问他："去哪里？"

喇嘛道："我要去马普寺。"

马普寺是一个大寺，在墨脱的外面。陈雪寒非常惊讶，因为现在这个季节翻越多雄拉山异常危险，即使有非常的理由，也应该等雪停了找人结伴而行，否则很容易碰上小雪崩，更别说此时很多地方的山路就已经没法看清了。

于是陈雪寒把喇嘛让进屋内,给他准备了几块青稞窝窝,又问他是不是寺里发生了什么。

喇嘛又偷偷问他要了几壶酒,才说道:"是这样,上师要我到马普寺去告诉他们,那个客人,回来了。"

陈雪寒一听,觉得很奇怪:"客人?从哪儿来的客人?什么客人?"

在这个季节,怎么可能有人会进到墨脱?更何况,是去一座在雪山上的寺庙,这就更加奇怪。

喇嘛摇头,裹起青稞窝窝说道:"听上师说,是从雪山里来的客人。我也不知道究竟是什么人。"

喇嘛的藏语带着奇怪的口音,陈雪寒听着怪怪的不是味道,扎吉一定是外乡人,被父母送到这里做喇嘛。吉拉寺虽算不上什么大寺,但那里的喇嘛是这一带远近闻名的智者,很多人都把自己的儿子送到这雪山里的寺庙来学习大智慧。

从雪山里来的客人,这也许是一种隐秘的说法,喇嘛的很多话语都晦涩难懂,之中有着很深的渊源。

陈雪寒知道寺庙里的事情说了他也不明白,而且多问也没有礼貌,于是帮喇嘛装起包裹,放好酒和食物。

按照他的习惯,他陪着扎吉走了一段,帮他背着包裹,这也是一种礼佛的方式,虽然陈雪寒不信佛,但是他享受这种方式下安宁的氛围。

雪稍微小了一些,远处的多雄拉山一片素白,和灰白的云天融成一体,这种景色让人心神荡漾。他们都没有说话,听着踩雪的声音,走了一个小时,喇嘛停了下来,陈雪寒忍不住,问是不是找几个村民一起去比较妥当。

喇嘛对陈雪寒笑了笑,摇头说:"不要担心,我一定会一切顺利的。"他说得很安详,虽然十分疲惫,但心中充满了喜悦。说完他对陈雪寒行了礼,意思是告别了。

陈雪寒对他回了礼,心中却有点疑惑,到底在喇嘛庙里发生了什么事情，使得这个小喇嘛能露出这种安详的神情？

他有点走神，静静地目送扎吉远去，突然，小喇嘛回头对他说了一句话。

他没有听懂那是什么意思。那句话被吹散在了雪花里。等他想追上去，那个喇嘛已经消失在白雪中，好像从来就没存在过一样。

这两件事情，发生在两个相距千里的地方，然而，两件事情之中的秘密，细说出来，匪夷所思至极。中原的地下古墓和西藏雪域之中的来客，有着何种别人不知的联系？这背后隐藏着的中国历史上最大的谜团，都将因为这个契机而解开。

第五章
轮回的开端

那件事情之后，我再次提笔开始记录这故事的后续，完全是因为事情有了意想不到的发展，这些发展虽然没有我以前想象的那么惊心动魄，但是它所带来的信息量远远超过我的预计。

我在这件事情之后，明白了一个道理，很多事情的谜题和真相你不用刻意去追寻，等一切尘埃落定之后，会随着时间的流逝慢慢地浮现出来。

有一个哲人说过，只有在退潮的时候才能看到有谁没穿底裤。或者我用一个更加贴切的例子来形容，就是当你刻意去寻找一件东西的时候，往往翻遍家的每个角落都找不到；但当你并不是刻意去寻找的时候，它就会突然出现在你面前。有一些谜题就是这个样子。

我在那件事情之后，颓废了很长一段时间。那段时间，我一直在同时经历两种状态，一种是极其沮丧，我什么都不想做，就想躺在躺椅上面，回忆着以前的一些片段，然后想着自己当时的选择如果不是那样的话，会是怎么样的一种结果。想着如果我不是那么纠结，不是那么强迫症，我很可能会一步一步走到另外一种生活当中去，也许会比现在更加惬意。从另外一个层面来讲，不知道一件事情远远要比知道好很多，懂得要比不懂得痛苦很多。

另外一种状态就是我不停地给自己打气，告诉自己有些事情即使再不想做，也必须去做。

所以我一直怀着这么矛盾的心态，管理着三叔的铺子。一开始，因为没有潘子，很多事情都只有我一个人，举步维艰。每当我沮丧得想退出的时候，我就想想潘子在临死前给我唱的那首歌。

"小三爷要往前走，小三爷不能往后退。"

我没有资格往后退。

在这样的生意场上，我所谓的往前走其实只是一些小事情而已。如果在这种事情上我都退缩的话，我真的会对不起很多人。所以我努力着。

到了第二个年头的第二个季度，很多事情都被我整理顺遂了。我发现了一个窍门儿，原来当一件事情你已经做得非常完整的时候，特别是你已经跳过了原始积累阶段发展到了一定程度之后，事情就变得愈加简单，因为你有机会犯错，你有机会掉头，而你整体的收益情况如果大于你的亏损，你的这个体系就能活下去。而且三叔的很多窍门儿我也慢慢摸到了。

到了第三个季度，我自己慢慢地把一批不太适合我的伙计淘汰，一个一个换上适合我的，虽然说没有三叔那个时候的风生水起，但是盘子的运行还是十分舒畅的。

看着现金流源源不断地流进来，我慢慢地对自己的能力有了一些信心。我发现自己也不像以前想的那么没用——成功原来是有方法的，而且并不困难。

在传统渠道开发完之后，我一边培训，一边做着之后的计划，一边去拜访些故人。最容易拜访的当然是小花他们。小花至今还住在医院里疗养，之前因为颓废我没有太多地关注他的伤势。他也是一个非常重要的人物，他那边队伍的经历我甚至还一无所知。

秀秀一直在照顾小花，我不去找小花一方面也是因为她，因为霍老太的事情对她的刺激太大了。但是经营三叔铺子的时候，我学会了很多可贵的品德，比如说面对痛苦。我知道，时机到来的时候，逃避是最糟糕的解决方法。

痛苦只有散发出来，才能慢慢地减轻，压抑并没有多大作用的，痛苦达到高峰之后自然会走下坡路。

几次拜访之后，秀秀对我的不适应慢慢就消除了。我在北京待了段时间，专门去帮小花去处理些家族的事务。因为在南方依托三叔的关系和势力，我也渐渐有了一些话语权，也让我有更多的资格帮助别人。

这些资格其实我并不需要，但是有了之后，似乎也无法舍弃。

一切都理顺之后，我才开始和小花他们讨论之前发生的一切事情。我提到了我在张家古楼里面的一些细节：棺材里面发现的那些藏族的饰品和那两个圆环，还有闷油瓶最后的故事。

小花听了之后很感慨，他似乎对这一切谜团已经有些厌烦了，他对我说他一般都不会产生这样的情绪，对他来说，他自己的整个人生都是他不愿意经历的，从小时候接管整个家族，参与斗争，各种各样恶心的事情他都已经经历过了。他已经不会去厌烦某种生活方式了，如今却再有这样的情绪，可见事情的严重程度。

我拿了几件从棺材里拿出来的藏族风格的首饰拿给小花看，有些没带出来的我就用笔画了下来。小花看了之后，对我道："这些都是藏传佛教体系的饰品，但也只能说明那具棺材的主人似乎对藏族的东西比较有兴趣，并不能说明更多。"

我对他们道："既然是棺材里的，我觉得，这些陪葬的东西或多或少会有点什么特殊的意义。比如说，如果是小哥的话，他的陪葬品肯定是黑金古刀；如果是阿四的话，或许是铁蛋子。从陪葬品上，我们应该能反推出一些信息。"

小花道："你是指他会有藏族的血统？"

我道："或者他有很长一段时间是活动在藏族地区的。"

小花叹了一口气，道："张家的势力非常庞大，他们有时在西藏活动，这也不足为奇。"

我道:"我并不是觉得奇怪,我只是觉得这种首饰很常见,尸体既然选择这些陪葬,也行是因为这些首饰上面有一些我们不知道的线索呢。如果你有人懂这些,可以让他们来看看。我们不能放过一切可能有线索的东西。"

小花显然觉得成功的可能性不大,我不知道为什么他会有这种预判,也许,在经历了这样的事情之后,还能保持我这种好奇心,本身就是一种病态。不过他没有阻止我。

我们仔细检查了所有的首饰,这些藏族的饰品个头都非常大,而且做工都非常粗野狂放,其中的细节大部分都是藏族传统的代表吉祥意义的东西。

我们尝试着在这些首饰里找出一些跟普通藏族首饰完全不同的东西。大部分首饰基本上都像是最最普通的那种,但是其中有一点,让我有些在意,在所有的绳穿的珠链当中,都有一颗奇怪的红色珠子镶嵌其中。

我们都知道,大部分的藏族首饰都是用红色天珠、红色玛瑙、红色松香石还有红色的珊瑚制作的,但是这颗,却不是这些材料的任何一种。

我问小花:"能不能找人弄清楚这是什么石头?"

解家对于珠宝的鉴赏能力是相当高的,但是显然小花对这方面并不是特别熟悉,他从小就生活在一个特别恶劣的环境当中,他的主要精力不在学习如何分辨古董,这方面的事情家族中有专门的人负责,所以小花把这些东西递给了秀秀,问秀秀道:"你看看这是什么?"

我没有想到秀秀对宝石十分懂行,果然,女人就是完全不一样,她看着那些珠子道:"这颗珠子所用的材料非常罕见,这是一种有机宝石。"

我愣了一下,秀秀就道:"这是一种含有金属成分的混合矿物,这东西在市面上还没有被确定名字,但很多人称之为月光石。"

我听了之后就脑子一炸,我想起了张家古楼的地宫中大量使用了这种石头。

秀秀接着说:"这种石头有很多奇怪的特性,其中有一种特性就是它特别适合微雕。很多人会把特别特别隐秘的信息刻在这上面,因为它本身的韧度使微缩雕刻可以十分清晰。"

我从秀秀手里接过这颗珠子,仔细看了一下,道:"这上面似乎没有什么东西。"

秀秀指着珠子的穿孔处，道："为了隐藏信息，这个信息会被刻在穿孔处周围。你看，这穿孔处是不是十分粗糙？你现在这样看，好像它只是被磨损了而已，其实上面可能雕刻了很多细小的花纹。"

说着，秀秀拿出了她的手机，启动了里面的一个什么应用程序，用镜头对准这颗珠子上的孔，小孔被放大了好几倍，果然能看到小孔周围是一圈非常非常有规则的微雕图形。

是什么呢？我吸了口冷气，仔细去看，一边让秀秀继续放大一些。

秀秀摇头："再放大就需要专业的仪器了，但是我觉得你这样看已经可以看得非常清楚了。这上面雕刻着一只首尾相接的蝎子。"

蝎子！我仔细看秀秀的手机，发现确实如此，真的是一只蝎子！

为什么是只蝎子？如果是一只麒麟我还觉得有理由，但是是一只蝎子，难道小哥是天蝎座的？

确实是的，蝎子在中国古代的传统图案里面有着很多很多隐含意义：蝎子在西藏的文化里面有很多意思，因为在那个高原环境里，藏蝎是一种让人生畏的生物。但是这只蝎子看上去不是藏蝎，更像汉族的图案，这应该是汉族文化和藏族文化融合的结果。

这个图案是我们对于这些首饰研究的全部结果。小花似乎并不意外，我觉得他甚至认为，有这么一个线索已经是一个奇迹了。

针对这个图案，我先找了几个专家询问，得到了一大堆模棱两可的资料。关于蝎子图案，不是没东西说，而是可说的东西太多了。半夜自己细想之后，发现没有一点是有价值的。

小花说，也许这图案只是一个巧合，尸体自己都不知道这个图案的存在。

在张家这种有着收藏家习性的家族里，这种事情是很可能发生的。

但是不知道为什么，我总觉得这应该是一个突破口。为了表示对我的支持，小花找了几个朋友，把珠子上面的图案放大，进行第一轮登报、上传网络和托朋友的咨询工作。

他开出高价，希望有对这个蝎子图案有任何了解或者是能找到相关信息的人能够来找我们。

这些事情做完以后，剩下的就只有等待。我认为在短期内不会有什么结果，也没抱太大希望，所以先回到杭州，继续处理生意。

时间一天天过去，各种各样的气氛掠过。现在这样的生活虽然有些忙碌，但收入也日渐丰厚，不过之前那种萧索的感觉还是会时不时地涌上心头。

我大部分时间还是待在自己的铺子里，我的铺子的财政情况是与三叔的铺子分开的，经营状况仍旧惨淡，偶尔还得挪用一些三叔的资金来救济一下自己的水电费。如果不是我无能的话，我开始怀疑我这个店面是不是风水不好。

坚持要分开账面，我不知道是不是因为，我内心还在期望三叔回来。他能否回来，我不知道，但是如果他回来了，我很乐意把这一切都还给他。

对于我自己，我还是喜欢待在我的铺子里，躺在一张躺椅上面，听听收音机，扇着老蒲扇，琢磨琢磨事情。我觉得只有在这个地方我才是吴邪，而当我走出这间屋子，我就变成另外一个人，这个人的身上有潘子、有三叔、有各种各样的人的影子，他完全不是我。虽然在承载他们灵魂的时候，我能够不去思念他们，不去怀念过去的一些经历，但是我明确地知道，这些灵魂为我带来的生活，并不是我想要的。

但即使不是想要的，命运里来的，也终究会来。

第六章
命运的重启

在一个风和日丽的下午，我在我阴凉的小房间里休息。

是真的休息吗？应该算是的，虽然我还是会时常想起那些让我头痛的经历，但是，我心里很明白，这些也终究只是回忆了。

也就是说，思考这些东西，并不代表着我要对抗谁，或者说，会给我的未来带来什么危险。于是，我便安心思考了。

屋子虽然阴凉，但是架不住气闷，我浑身酥软，有些昏昏欲睡。就在这个时候，我听到有人敲门。

铺子在中午是休息的，因为本身就没什么生意，我也不想开门浪费冷气。我叫了几声王盟，发现他既没去开门，也没应我，不知道是不是心脏病突发死了，便强打精神，走出去看。

刚走到外面，我便看到一个熟悉的身影出现在我的店铺里面。

这个人是一个老头，看到我嘴巴一咧，露出一口大金牙。

我几乎是倒吸了一口凉气，看到王盟趴在电脑前面睡得和死猪一样，立即去把他拍醒。

老头看我的举动,刚想说话,我对着被我拍醒的王盟叫道:"来人,放狗,把他给我撵出去!"

就是这个王八蛋,在几年前走进我铺子的那一刻,改变了我一生的命运。我绝对不会允许这类情况再次发生。

王盟睡得迷迷糊糊的,从电脑前爬起来,看了我一眼,似乎完全没意识到我在说什么。看我没再接着说话,王盟又趴下继续睡他的大头觉了。我也等不及和他说明了,从柜台上翻了过去,对着那死老头子吼道:"你给我滚,立刻离开我的视线。"

大金牙呵呵一声,就道:"小哥,咱们长久没见,别来无恙啊?你的脾气可完全没变,跟从前一模一样。"

我说:"你少说这么多废话,老子他妈的这辈子基本上就被你毁了。你知道吧?我家好几代英烈全部因你而死,趁我还没有动杀念之前,你赶紧离开我的视线。"

大金牙就道:"您说得太夸张了,您家几代英烈的事情,和我有蛋关系。"

我也不知道怎么就急火攻心了,说着就摆出要冲上去抽他的架势。他看我真不买账,立即摆手道:"且慢,千万且慢,我这儿有重要的情报,我是好心才给你送来。"

我道:"我不想知道你的任何情报,我觉得你的出现是个极其不吉利的事情。"说着我就去推他。

大金牙死死把住柜台道:"且慢!且慢!有信物!看了信物你就知道此事的重要性了。"说着单手从怀里掏出一部手机递给我。

我心说:上次给我看表,这次给我看手机,真他妈的变成高科技了。一看,我就发现那是小花常用的那种手机。我接过来翻开盖一看,里面是一条已经编辑好的短信,上面写着:"金万堂因为报纸广告而来,似有重要线索,我已听过一遍,真假莫辨,你也暂且听他一说,我处理完这里的事情,立来杭与你深讨。解雨臣。"

我合上手机,心想:我靠,这小花的推荐比老痒的推荐更加让人没办法拒绝。

不能不给小花面子，我心里琢磨着该怎么办，看样子还得听听。这大金牙深知为人之道，早就有准备啊。但是看着他那脸，我真忍不住不抽他。

于是我让大金牙坐下，自己回里屋喝了几口水冷静了一下。进了里面的房间，也许是里面凉快的原因，我心中的火气和各种郁闷也消了大半，心想着毕竟很多事情都是我自己选择的，怪罪他也不是办法，其实他也是受害者之一。

骗了骗自己，觉得平静了之后，我赶紧走到外屋，盯着大金牙问："老家伙，你要是有线索就长话短说吧。你都见过财大气粗的花儿爷了，我这儿各种花花儿就都免了吧。"

大金牙道："小哥您这是哪儿的话，咱这不是心里内疚嘛，想来补偿一下。您不是登报给我们看那个蝎子吗？哎哟喂，这东西可勾起我一段特别难忘的往事。"

我看着大金牙的嘴脸，自己在心里嘀咕：你丫快说，说完之后我就能抽你了。

大金牙说："这个蝎子的来历特别特别古怪，我猜测你要查这蝎子的来历一定和一个姓张的小孩有关，对吧？"

我没表态，怕被他绕进去，心说：姓张的事我都有兴趣，是不是小孩我就不知道了。

金万堂继续道："我来跟你说件事，我不知道跟你说过没，以前我在琉璃厂帮人鉴定古玩、翻译古籍赚了不少钱。有一次我去了一个大财主家里，这个财主据说姓马，是个大家旺族，生活在江苏一带，那家伙给我看了一本他祖父的回忆录，想让我估估是否值钱。我当时觉得他家里财大气粗，肯定是个有钱的主儿，后来我才知道，其实那个时候他们家已经被掏空了。他两个儿子吸毒，其中一个已经快不行了，他是靠那东西换钱救儿子的命。"金万堂深吸了一口气，继续道，"我后来鉴定的时候，把这个叫作马平川的人的回忆录全部看完了，这里面就记着这么一个故事。"

说着，大金牙就给我讲了一个故事，就是"第一件怪事"里讲的那个故事。

我听完之后，心中无喜无悲，我立即觉得，那个小孩，很可能就是小时候的闷油瓶。

当时是什么年代？新中国成立前！果然，这家伙有一大把年纪了吗？不过，似乎比我预计的要年轻一点。

张家人寿命都很长，体质特别，我基本没有觉得太意外。

"你是说，当时的那个地方叫作马庵？那现在这个地方还在吗？"我问金万堂。

金万堂点头："在，不过如果您要去，我觉得没有必要，因为回忆录上写了，他们之后挖开祖坟那块地，并没有挖到什么古墓，只挖出了一只铁蝎子。而且，在回忆录上并没有后续的描述，再后来的记录，与这件事隔了有一年多时间。"

"你是什么意思？"我问道。

"他们挖出那只铁蝎子之后，有没有继续往下挖，挖出地宫，铁蝎子上面写了什么东西，有没有蹊跷，这些都没有记录。但可以肯定的是，这一年时间，马家由极胜转为破败，一定发生了很多很多事情，这些事情肯定和这蝎子有关系。"金万堂道，"再后来，马家举家去了尼泊尔。"

"尼泊尔？"

"对，尼泊尔。"金万堂道，"我前段时间刚从那儿回来，有他们家的地址，在他们家也看到了那只铁蝎子，他们正在待价出售。"

"你不会是忽悠我吧？"我道。

"不会。"金万堂道，"如果您对我说的事情有兴趣，不妨移步，劳您大驾，咱出国去？有我给您说着，那只铁蝎子，相信能轻松拿下。"

我想了想，觉得这是到现在唯一和闷油瓶过去有关的线索，也许我还是应该去上一去。但是，我不能和大金牙一起去，我做了这么久生意，知道这种人是苍蝇专叮有缝的鸡蛋，他如果跟着我去，肯定是想着和这马家联合宰我一刀。说不定还有其他各种陷阱等着我的腰包。

于是我和金万堂定了一个时间，但我却比他先动身，连小花都没有通知,就去了尼泊尔。

然而,这一次却完全是空手而回,马平川在尼泊尔的房子很大,但是空空如也,一看便知道完全被搬空了。我问了周围的人,都说不知道这家人去哪儿了。

马平川一家,犹如他当年派人探访的张家一样,也在我探访之前,销声匿迹了。

我觉得,这也许是一个大骗局,被我识破了。我提早动身,他们完全没有准备。也有可能,在金万堂走后,他们便发生了什么巨大的变故。

被我识破了。

最后,这一次寻找,完全变成了旅游活动,我发现完全找不到之后,便开始胡吃海喝,并且异想天开地想在那儿发展发展生意。

考察之后,我发现那儿的体系完全不适合做生意,只适合作为中转站。但是我打心眼里不喜欢国宝外流的行径,也就没有去深思。当然,我在当地发现了不少古董,虽不知道是真是假,在国内的收藏市场上能卖多少钱,不过,我却在这种折腾中,发现了马家的行踪。

我在当地一个华人开的古董行里盘货的时候,和老板闲聊起我来这里的目的,那个老板和马家做过生意,显然是马家变卖了不少古董给他。他告诉我,和马家打交道的时候,马家人总有意无意地提起一个叫墨脱的地方。

于是,我便前往墨脱,而且在那里看到了一样东西,以致我在那里滞留了半年之久。

第七章

西藏油画

那是一幅奇怪的画。

二〇一〇年年末,我从尼泊尔回国后进入西藏,在卡尔仁峰山下休整了一周时间。

我没有立即开始寻找马家人的线索,毕竟这一路的旅途太多劳累,我在伙计的建议下,准备先处理这次尼泊尔之行收获的各种累赘。

我从尼泊尔带回大量有藏传佛教特征的仿古饰品,想用它们作为陈列的样品以及想找到张家古楼中那些首饰的真实来源。在那个叫作墨脱的地方,我把所有饰品整理成了三个大包裹,分别邮寄到杭州三个不同的地址,以减轻之后旅途的负重。

墨脱的"邮局"有两种,这是因为墨脱是个相当特殊的地方。它长年封山,进出困难,所以早先这里正规的邮局只能接收信件,不能寄出信件,一直到近几年,才有了可以通邮的小路,但邮车也只限每周一趟。

于是,当地还有民间的通邮服务,其实就是找人顺路带上邮件包裹。在进出墨脱的人群中,帮别人携带邮件包裹是一件很平常的事情,有些人会作为中间人赚一些钱。我找到的所谓"邮局"就是这种人开设的，虽说不是特别安全，但至少能保证时间。只要有人出墨脱，大概就能知道什么时候能到外面的邮局，之后再转寄就比较稳妥了。

离开墨脱的方式有车路、马帮和脚夫，车路并非全年通车，我来的时候恰好是无法通车的季节，马帮已经快绝迹了，所以我找的是所谓的驴友或者脚夫。

所有的邮件都必须由"邮递员"一点一点地背出山去，所以邮件的重量不可过重，我为平衡三个大包裹的重量，花了将近三个小时的时间。

我就是在那个时候看到那幅画的，它就挂在"邮局柜台"——其实就是一个办公桌上立了块钢化玻璃——后头的墙上。

那面墙由淡绿色的油漆漆成，上面挂着如下几样东西：一幅"鹏程万里"的水墨字画，有老鹰和四个大字；三幅双语锦旗，都是什么"拾金不昧"和"安全保险"之类的褒奖之词；另外，还有一幅油画。

油画不是那种一看就知道是出自专业画家之手的作品，那是一幅很普通，甚至画法有点拙劣的画，画中是一个人的侧面像，从颜料的剥落程度和颜色来看，似乎已经放在这里很长时间了。

画中的主体是一个年轻人。我并不懂西洋画，但是所谓画的道理，到了一定程度都一样。这虽然是一幅画法很拙劣的画，但却有一股与众不同的劲道。

我不知道这种感觉是从哪儿来的，画中的人，上身穿着一件喇嘛的衣服，下身是一件藏袍，站在山间，背后能看到卡尔仁次雪山。不知是夕阳落下还是日初的光辉，整幅油画的基调，从白色变成了灰黄色。

这是画功拙劣，但在颜色上运用得相当大胆，直接带出意境的绝妙例子。

当然，即使如此，也并不能说明这幅画有什么价值，我之所以惊讶，是因为我认识画中的这个人。

是的，这个人身上的特征和他的表情，让我绝对没有任何怀疑。

就是他。

对于他怎么会出现在这里，我完全摸不着头脑，因为这个人实在没有任何理由出现在墨脱，出现在墨脱的一幅画功拙劣的油画里。

这是一张闷油瓶的肖像画。

我首先是极力否定，因为这件事情太奇怪了，所以，看错的可能性非常大，毕竟那是画，不是照片。画里的很多细节都比较模糊，造成这种相似也是有可能的。

但是，我却发现自己移不开眼睛。画中人所有的细节都在告诉我，这有点太像了。特别是眼神，我活到现在，还没有看到过一个和小哥有着一样眼神的人。胖子说过，那是和一切都没有联系的眼神。世界上少有人能活到和世界没有联系。

但是，这张画里的人，有着那样的眼神。

我看了半天，下意识地感觉到，画里的人绝对就是他。

就在五年前，他从我们的视野中消失了。当然，我了解他失踪的真相，关于他的事情，我还可以说很多。但他以前做的事情，在这里已不重要了，我看到这幅画的首要想法是：墨脱是不是他寻找中的一环？他在这里出现过，是不是意味着，他当时寻找的东西，和这里有联系？

我问邮局的工作人员，那是一个老头，有着典型的西藏人民的面孔，我问他这幅画是谁画的。老头向我指了指对面，用生硬的汉语告诉我，这幅画的作者，叫作陈雪寒。

我的目光向他所指的方向看去，看到一个中年人正在对面的一个锅炉房里接开水，他应该是负责看管锅炉房的人，锅炉房里有开水给附近的居民使用，三毛钱接一壶。和外面的大雪比起来，锅炉房暖和得让人发汗，所以很多人围在锅炉边上取暖，这些人穿着都差不多，因此这一群人在一起，样貌感觉都差不多。

藏族老人家很热情，看我分辨不清，就对着锅炉房大喊了一声："陈雪寒！"

这声音洪亮得好像邮局房顶上的雪都被震下了几寸，那个叫陈雪寒的人，听到了藏民老人家的叫喊，在人群中抬起头来，有些疑惑地看向我们这边。

我立刻走过去，那个人有一张特别黝黑的脸，皮肤粗糙，看上去，竟然比远看要年轻一些。

我用汉语说道："你好，请问邮局里的那幅油画是你画的吗？"

陈雪寒看了我一眼，之后点点头。我发现他的眼睛没有什么神采，那是一种过着特别平静生活的人特有的眼神。因为太过平静，他不需要经常思考很多的问题。

我递了烟给他，问他油画的详细情况。陈雪寒表现得有些意外，打量了我一下，把锅炉的闸门关了，问我道："你问这个干什么？你认识他？"

他的声音特别沙哑，但是吐字非常清晰。我把大概的情况讲了讲，也说了这个人大概的背景以及我和他的关系。

陈雪寒露出了微微惊讶的表情，脱掉白色毛巾做成的手套，走出锅炉房："你认错人了吧，这幅油画是我二十年前临摹的，你当时才几岁？而且，既然是临摹，说明还有一幅原画，那个更老。"

我有些意外，没有想到那画的年月这么久了，虽然那画看上去确实不新鲜。对于他的问题，我不知道该怎么回答，因为真不是一两句话能说清的。好在他也并不真想知道什么，就继续说道："这个人和我没有关系。"

他又指了指门外，是远处的一座雪山："我是在那里见到那幅画的，你如果想知道更多，你可以去问问那里的喇嘛。"

我顺着他指的方向望去，看到大雪蒙蒙中，隐约有隐在银白中的建筑。

"那是什么地方？"我问道。

"那是喇嘛庙。"陈雪寒说道，"我就是在那个喇嘛庙里临摹这幅画的。"

"当时有什么奇怪的事情发生吗？或者，那个喇嘛庙有什么特别的？"我问道，一般他出现的地方，总是会有奇怪的事发生。或者，那个喇嘛庙本身就很不一般。

陈雪寒摇了摇头，想了想才道："没有什么奇怪的地方，唯一奇怪的是，喇嘛一定要我临摹那幅画。"

"为什么？"

"喇嘛能看到因果，他让我画，我就画，没有为什么。他能看到这幅画之后的一切，我又看不到。"

陈雪寒告诉我，画中的那个年轻人，应该是喇嘛庙的上宾，油画的原版是大喇嘛在这个人离开墨脱之前三天画的，他这幅是后来临摹的。那年冬天他在寺里住了好长时间，偶然在大喇嘛房里看到了那幅油画，大喇嘛便一定要他绘画，于是他就尝试着临摹了那幅画。

我这才明白了为什么这幅画的颜色用法那么大胆和传神，但画技却显得拙劣的原因。

西藏很多喇嘛都有非常高的美学素养和专业知识，很多大喇嘛都有多个国外名牌大学的学位，我把这些归功于清心寡欲苦修生活背后的专注。

想通这一层，想着当时雪山上的喇嘛庙里有可能发生过什么，就有点走神。

"你要去吗？三百块钱，我带你去。"他说道，"那个喇嘛庙，不是当地人，没法进去。"

也许喇嘛看到的因果，就是这三百块钱。

第八章

一座喇嘛庙

我们在陈雪寒的带领下，在碎雪中往上爬着。大雪覆盖的山阶上，只扫出了极窄的一条可供一个人上下的路，台阶非常陡峭，几乎可算作直上直下。我带了两个伙计，他们执意要跟着我上来，如今都已后悔得要死。

响午的时候，我们终于来到了陈雪寒不停唠叨中的喇嘛庙的门前。

我以前参观过各种类型、各种规格的庙宇，其中也有不少喇嘛庙，但眼前这种样子的，我还是第一次见。

首先是一扇极其破败的庙门，非常小，木头门只有半人宽，但后面就是一个小小的庭院，雪被扫过了，露出了很多石磨和石桌石椅。在庭院的尽头，是依山而建的房子，房屋向上延伸竟看不到头，颇为壮观。

即使如此，我也知道，这种庙宇建筑之中并没有多少空间，虽然看上去占地很广，但因为依山而建，建筑内部的空间相当小。

有三个年轻喇嘛正坐在石磨四周烤火，看到我们进来，并没有露出多少意外的神情，仍然不动不问。

陈雪寒走上前去说明了来意，说的都是藏语，我听不懂，其中一个喇嘛便引我们进屋。

第一幢建筑最大，是喇嘛们做法事的地方，屋后有一道木梯，一路往上，我们一层一层地往上爬，也不知道过了多久，经过了多少个房间，领头的喇嘛才停下来，我发现我们终于到了一个漆黑一片的房间。

陈雪寒和喇嘛很恭敬地退了下去，就剩下我和我的两个伙计，立在漆黑一片的屋子里，四顾之下，发现这里似乎是一间禅房，整个房间只有一个地方透着点光。

我们小心翼翼地走过去，在逐渐适应屋内的光线之后，我慢慢就在黑暗中看到四周有很多模糊的影子——全都是成堆的经卷。一一绕过，来到了有光的地方，我发现那是一扇窗户。

窗户用很厚的毛毯遮住了，但毛毯太过老旧，已经腐烂，露出了很多很小的孔洞，光就是从孔洞里透过来的。

我算计着，想把毛毯收起来，让外面的天光照进这个房间里。刚想动手，就听见黑暗中有一个声音说道："不要光，到这里来。"

我被那个声音吓了一跳，回头便看到，在黑暗的角落里，亮起了一点火星，然后，一整面的点点天光中，在那一边，我竟然看到了五个喇嘛，渐渐全亮了起来。

这五个喇嘛一定早就在那里了，黑暗中我看不到他们，这也许由于他们有种特别的修行手法，我们似乎打扰了他们。

我想起他们说"到这里来"，便走了过去。走近就看到，其中几个年纪较轻的喇嘛闭着眼睛，只有一个年纪较大的喇嘛正目光炯炯地看着我们。

我们过去把来意一说，这个年纪较大的喇嘛也闭上了眼睛，说道："是那件事情，我还记得。"

我有一些意外，我以为他会有更加激烈的表情，比如说，发着抖对我说"你、你也认识他"之类的。

但是人家只是闭上了眼睛，说了一句：是那件事情，我还记得。

我没有表露出我的小心思，也装作镇定。

事实就是这么神奇，我忽然有点明白了，好多自己认为特别重要的事情，在别人那里，也许连打个哈欠都不如。

这我真的可以理解。

在大喇嘛的卧室里，我们喝着新煮的酥油茶，等他一点一点把事情说完。卧室里点着炭炉，十分暖和，我一边微微出汗，一边听着小哥那一次在人间出现的经历。

大喇嘛说得非常简略，几乎就是随口说说，但是对于我来说，我还是不可避免地，认为那是天下最重要的线索。

在叙述的过程中，有一些大喇嘛自己也不是很了解的地方，他就会拿出一些卷轴和笔记查看。在他说完之后，我自己也仔细地看了这些笔记的内容。所以，以下内容来自多种渠道，一些是我自己从笔记上看到的，一些是大喇嘛讲述的。

因为信息多且随意，无论是叙述还是笔记，其中混杂着很多藏语和当地的土语，所以很多情节都很片面化，我在这里叙述的时候，进行了一些整理。

五十年前的情形，大喇嘛至今还历历在目。那是大雪封山的第三个星期，要下山已经非常危险，所有喇嘛都准备进行为期一冬的苦修。

那时候的大喇嘛还很年轻，还不是寺里的大喇嘛，但为了方便区别，我们称呼当年还年轻的大喇嘛为老喇嘛。

按照寺庙里的习俗，那天老喇嘛把门前的雪全扫干净，并在庙门前放三只大炭炉，不让积雪再次覆盖地面。这样的举动在喇嘛庙建成后，每十年就有一次，虽然老喇嘛并不知此举何意，但是，历代喇嘛都严格遵守。

那个中午，第四次去为炭炉加炭时，老喇嘛看到了站在炭炉前取暖的闷油瓶。

闷油瓶穿着一件特别奇怪的衣服，似乎是极厚的军大衣，但衣服上的花纹却是藏式的，他的后背背着一个很大的行囊，看上去无比沉重。

闷油瓶看上去特别健硕，当时老喇嘛和他有这样一段对话——

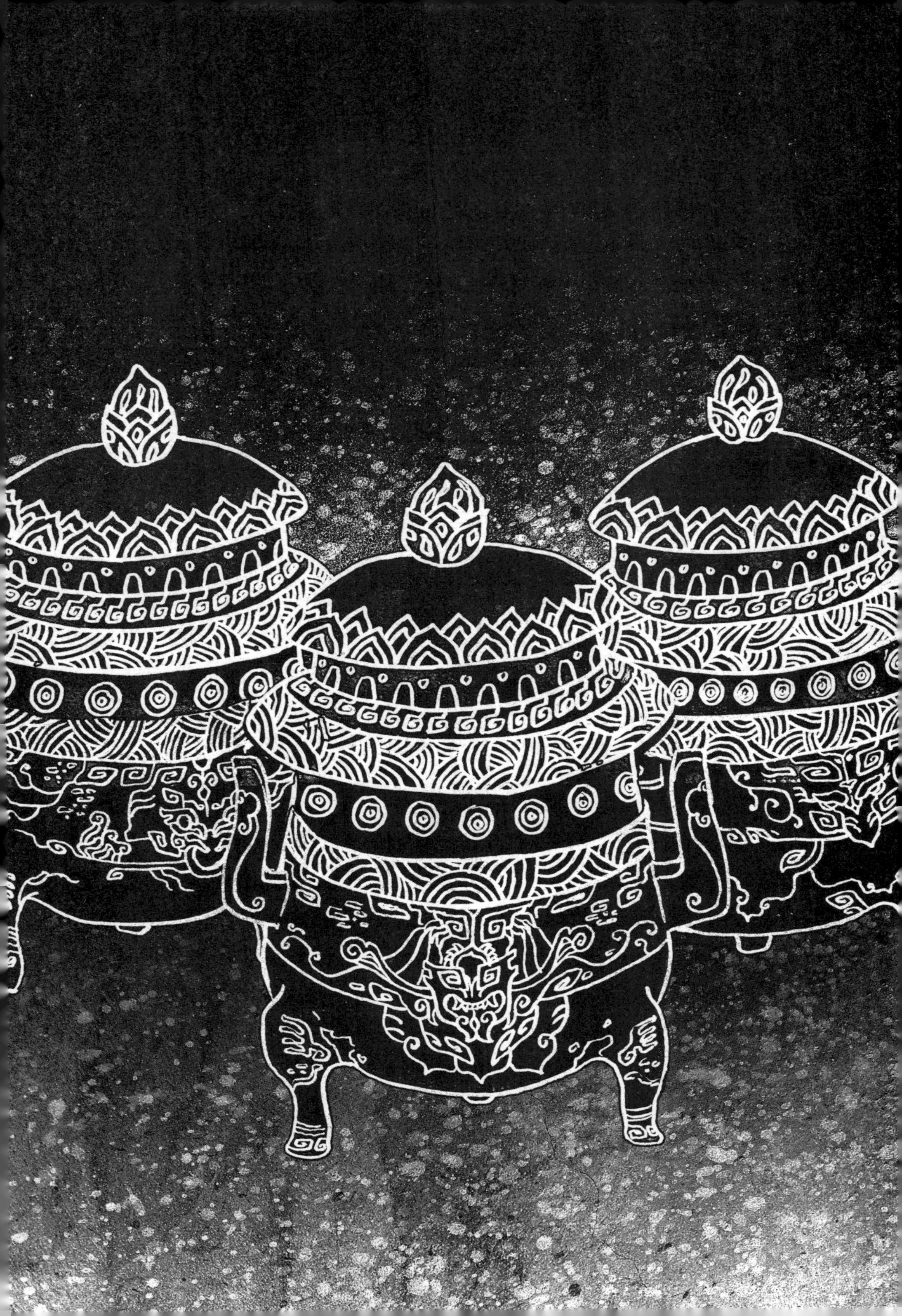

老喇嘛:"贵客从哪里来?"

闷油瓶:"我从山里来。"

老喇嘛:"贵客到哪里去?"

闷油瓶:"到外面去。"

老喇嘛:"贵客是从山对面的村子来的吗?"

闷油瓶:"不,是那儿的深处。"

说完这句话后闷油瓶指向一个方向,那是大雪山的腹地,对于老喇嘛、对于墨脱的所有人来说,他们都知道,那是一个无人区,里面什么都没有。

而寺庙和那片区域衔接的地方,并没有任何道路,只有一个可以称呼为悬崖的地方,虽然并不是真的悬崖,但因为它积雪和陡峭的程度,也相差不远了,落差足有两百多米,非常险峻,是这个喇嘛庙最危险的地方。

没有人会从这个方向来,老喇嘛笑了笑,他觉得闷油瓶肯定是指错了。但他很快就发现不对劲,因为在闷油瓶站的地方,只有一对孤零零的脚印,没有任何延伸。

在这种大雪天气,要有这样的效果,除非闷油瓶是从天上掉下来的。或者,真的是从悬崖爬下来的。

老喇嘛:"贵客为何在我们门口停下来?"

闷油瓶:"这里暖和,我取一下暖,马上就走。"

闷油瓶指了指炭炉,老喇嘛忽然有了一个奇怪的念头,这个寺庙的奇怪习俗,每十年,就要在庙门口生上三炉子炭火,难道就是为了,如果有人从门口经过,有个地方取暖?

或者说,有人希望从庙门口经过的人,会因为这三个炉子停下来?

这个庙从建成之后,就有了这个规矩,他一直觉得这个规矩特别奇怪,难不成修庙的人,很久之前就预测到会有这样的情况,所以定了这个规矩?

老喇嘛看着闷油瓶,两个人无言对视了一段时间,他觉得有点尴尬,就道:"里面更暖和,要不贵客进去休息一下,喝一杯酥油茶再走吧。"

老喇嘛本是客气地一问,闷油瓶倒也不客气,直接点头说道:"好。"

于是老喇嘛便将闷油瓶引进了喇嘛庙里。

作为主人，又是长久没有客人，他自然要尽一番地主之谊。请闷油瓶暖了身体，喝了酥油茶之后，他便带着闷油瓶在寺庙里到处走动。

在此期间，老喇嘛有意无意地，总是想问闷油瓶一些问题，奇怪的是，闷油瓶也不遮掩，他反复强调说自己是从雪山里来的，言语之间，看不出有一丝撒谎或者掩饰的迹象。

当时的老喇嘛虽然年轻，但好歹也经过修炼，对于人世间的好奇心，有一种特别的控制力，他没有继续追问下去。

（本来这件事情，最多在闷油瓶留宿一晚之后就会过去了。闷油瓶离开后，老喇嘛的生活也会进入正轨。）

第九章
关于闷油瓶的关键线索

那天晚上,闷油瓶在老喇嘛房里和老喇嘛聊完最后几句话,交代了明天就离开的想法,表达了感谢,老喇嘛便送闷油瓶回他自己的房间。

寺庙的结构颇为复杂,一般人无人引导完全不可能找到房间,他们在寺庙里绕来绕去,在经过一个院子的时候,老喇嘛的油灯灭了。

一片漆黑,月光下的院子特别昏暗,老喇嘛停了下来,去点油灯,这个时候,闷油瓶抬头看了看天空。

西藏的天空,漫天星辰,美得犹如梦幻一般,这样的美景,对于老喇嘛来说,从小接触,觉得天空就是那样的,他不觉得天空中有什么奇特。

他点上油灯,再次出发,却发现闷油瓶不动了,只是淡淡地看着天空。

"贵客,这边走。"老喇嘛说了一声,闷油瓶才回过神来,便问他道:"上师,你们的喇嘛庙里,是不是有一百二十七间房间?"

老喇嘛愣了一下,确实,这个喇嘛庙有一百二十七间房,这在他刚来寺庙的时候就知道了,虽然有些房间非常小,但是总数就是一百二十七间。闷油瓶怎么会知道?

老喇嘛点头称是，闷油瓶就道："劳烦你，能让我去每一间房都看一看吗？"

"贵客，为何突然有了这个想——"大喇嘛想问，但是随即被他修炼的力量克制住了，无妄想，无好奇，他不应该对这些事情产生兴趣。

老喇嘛克制了一下，忽然觉得，闷油瓶是不是上天派来考验他修行的，于是就点了点头，道："好的。"

"我记得这里的星空。"闷油瓶自言自语道，"很久以前，我应该来过这里，我好像依稀记得，我在这里的某个房间里，为自己留了什么东西。"

"愿你能找到。"老喇嘛说道，心里的好奇几乎憋得自己快吐血了。

（我心说真不是修炼不够，闷油瓶说话确实能把佛祖都憋吐血。）

当天晚上，他们一间一间地去看，一间一间地去找，老喇嘛也记不清楚是第几间了，只知道是两个多小时之后，他们打开了一间闲置的屋子，走进去的时候，闷油瓶的脚步迟缓了一下，不动了。

老喇嘛也不动，但是他知道这个房间里肯定有什么东西，触动了闷油瓶。

闷油瓶走到屋子里，屋子的中间放着一张木头桌子，上面堆满了杂物，他把杂物搬开，在这些杂物之中，露出了一具干枯的尸体。

这具尸体趴在书桌上，完全是一具干尸了，被杂物掩盖着，又穿着僧袍，根本看不清楚原来的样子。

老喇嘛大惊失色，他从来没有想过，在寺庙里的某个长久不用的房间里，竟然会有一具干尸。

但是，庙里的人是齐的啊，这人是谁？难道说，这是以前庙里的喇嘛，死在这里，长久以来都没人发现？

"这、这是谁？"老喇嘛再也无法按捺，结巴着问道。

"这是德仁喇嘛，是我的朋友，想不到，竟然死在了这里。"

"德仁喇嘛？"老喇嘛从来没有听说过这个名字。

闷油瓶整理了一下桌子，发现干尸手上，抓着一卷经文。他把经文摊开，就淡淡地叹了口气，对老喇嘛说道："请你把这个房间整理一下，好好安葬德仁的尸体，我想在这里住下来。"

老喇嘛完全没有反应，他忽然感觉到，四周的一切变得陌生起来，自己对于寺庙了解得似乎还没有闷油瓶多。闷油瓶坐了下来，看着那卷经书，就不再和老喇嘛说话了。

闷油瓶这一住就是几个月。后来他们查了资料，发现了一个让老喇嘛更崩溃的现象：德仁喇嘛确实在庙里登记过，第一笔记录，竟然在这个寺庙初建的时候就在了，往下查，他就发现，几乎每一代喇嘛中，都有一个叫德仁的，一直到这一代，德仁这个名字才在名册中消失。

这肯定不是同一个德仁，而是很多代德仁，并且，看名册中的记录，几乎每一个德仁，都会收一个叫德仁的徒弟。

这算是什么，庙里的另一个传统吗？

似乎德仁这个名字对寺庙有着特殊的意义，寺庙里每一代喇嘛必须有一个叫德仁才行。

变成干尸的德仁应该就是最后一任德仁，他不知道因为什么，死在了房间里，也没有徒弟，所以导致了德仁的断代。

这是为什么，这真的是一个普通的喇嘛庙吗？老喇嘛无法压抑自己的好奇了，做僧人除了可以控制自己的情绪之外，还有一点非常好，如果他发现自己修炼不够，也可以足够坦承。他发现闷油瓶和这座寺庙肯定有联系，所以，他也不需要以礼貌的原因把问题压在心里。

他找到了闷油瓶，询问了事情的真相。

闷油瓶就告诉了他，似乎一点隐瞒的意思都没有。

（我听到这里几乎吐血，因为我觉得闷油瓶怎么对喇嘛就这么直白，对我就那么抠门儿呢？）

闷油瓶说，自己有一种病，每隔一段时间，就会忘记之前所有的事情，除了一些童年的往事之外，他的脑子存不住新发生的记忆。

他确实是从雪山中出来的，并且从雪山之中带出了一个秘密，但他不久之后必然会将这个秘密忘记。

很久之前，他在进入雪山前，和最后这一任德仁喇嘛有很特殊的关系，他们做了这个约定，十年后，他会从雪山中，带着一个巨大的秘密出来，但他出来的时候，必然已经完全忘记了约定，所以德仁喇嘛会在这个寺庙里等待他，而他会把在雪山中发生的一切，在忘记之前全部说出来，由德仁记录下来。

老喇嘛想着他说的话，冷汗都下来了。

那是不是说明，这个十年并不是偶然的，所有的德仁，都是为了记录雪山来客的记忆呢？当初在这里修建这个寺庙是不是因为，有人知道每隔十年就有一个身怀秘密的人从雪山中出来，把秘密带给一个叫作德仁的喇嘛呢？

可惜，这一代德仁没有等到闷油瓶从雪山中出来就去世了，他甚至没有为自己找一个继承者。

也许是知道自己马上就要忘记了，闷油瓶把自己知道的一切都告诉了老喇嘛，他告诉老喇嘛自己来到雪域高原的原因是什么。

他是来找一个人。

第十章
闷油瓶的往事

在二十世纪初期，美国经历了"一战"之后的高速发展时期，世界各地都能见到美国探险家和考察队的身影，东南亚的尼泊尔和不丹这几个喜马拉雅山下的小国，作为连接印度和中国的缓冲地带，有着大量充满各种气味的贸易活动，其中美国人占了很大一部分。

有一支由印度人、不丹人、中国人组成的混合马队正在一个驿站里休息，驿站里各种各样的人混杂，还有从北非过来的法国商人，传递着一些附近边境战事中无法辨认真假的信息。

在马队中，有四个人似乎是核心人员，能从这四个人的身份中看出马队的组成成分。印度人的队伍中有两个头头，两个人是两兄弟；不丹人的头目是一个秃头；而中国人只有一个，他的名字叫董灿，这是一个化名。

董灿原名姓张，是活动在中国边境的一个商人，是中国一个很大的家族的成员，本来他自己有一支马队，但从尼泊尔到中国西藏、四川的路线被各路外国势力、地方豪强给切断了，他现在跟着印度人、不丹人的队伍进行一些小的边境贸易。

董灿的货物很特别，这些货物在战争年代其实价值不大，却仍旧见不得光，其中很多东西运费大于其价值。董灿这一趟，不过是在赚自己带货物的佣金而已。

董灿有一张很像西藏人的脸，这为他在当地活动带来了极大的便利。在喜马拉雅山一带各种力量混杂，一个单枪匹马的行商是相当危险的。董灿是一个相当精明的人，他在这方面做得非常好，使用藏语也经常能蒙混过关。

这支马队在驿站里休息了十二天才筹齐了所有必要的物资，等到难得的好天气，他们进入了喜马拉雅山地区，开始向中国进发。

这是他们的朋友所知道的关于他们的最后的消息。

在此之后，马队一行十七人，七个印度人、九个不丹人、一个中国人，就消失在了喜马拉雅的无人区里。这其实是相当正常的事情，死在那片区域中的商队，从古到今不知道有多少。但是，他们却引起了印度当局的高度紧张。

这种紧张是没有理由的，当然，其实肯定有一个理由，但现在说为时过早。当时印度当局给出的理由是，两个印度人其实是印度的情报人员，他们知道一个很大的计划，但两个人都不明不白地消失了。

董灿一行肯定是走入了喜马拉雅地区并且走错了道路，他们没有从任何出口走出，而是往山的最深处去了，似乎是死在了里面。

然而真实的情况却不是这样。十年之后，有两个孟加拉商人，被人发现就是当年那两个印度人，他们死于孟加拉的一场斗殴事件，这两个倒霉蛋在赌博的时候，被输家用锄头打死了。他们当时的身份已经不是走马队的穷商人，而是当地一对非常富有的富豪兄弟。就在这一年年末，又有人在锡金认出了当地一个低调的富人就是当年那个不丹人头目，那个秃头。

董灿没有出现，但是，其他三个人的出现，显然让当局意识到，事情并不那么简单。

当年的那支马队，似乎没有死在喜马拉雅山中，他们好像都活着，并且改名换姓，以另外一个身份活着。而且，他们身上都有一个共同的特征，就是变得相当富有。

据说当时当局逮捕秃头不丹人的时候,他家中的财产用卡车运了十次都没有运完。

不丹人在被审讯的时候,把在喜马拉雅发生的事情和盘托出。

当时,他们一行深入到喜马拉雅山深处之后,在一个路口遭遇了一次特别恐怖的塌方,他们只好选择另外的道路前进。当时山中的风雪很大,他们并没有发觉在几次兜转之中,他们又回到了塌方的地方,在攀爬的时候都摔下了道路边的悬崖。

看过有关纪录片的人都知道,当时想要走过那段路,只能徒步,能用来驮运行李的牲口一律都用绳索连起来,而绳索的连接特别讲究,打的结也很不相同。而在太滑的路段,绳子必须解开。董灿他们对于路况的判断是错误的,所以,当一个人摔入悬崖之后,所有的人全部都被绳索拉了下去。

那是一次惨烈的事故,其中发生了无数的事情,无法一一记录下来。因为绳索的关系,他们在悬崖上掉落的过程非常复杂,很多人是由于绳子被挂住之后,因为惯性直接撞击岩壁被撞死的,有些人则是被绳子直接勒死的,非常可怕。

这一次事故让他们损失了一半的人和牲口,他们在悬崖下休整之后,发现不可能爬上去,便想找其他能回到悬崖上的路,结果,就直接走入了一个以前从没有进入的区域,并在里面找到了一个奇怪的地方。

那是一个山谷,奇怪的是,山谷中的积雪并不厚。在山谷的中央,有一个巨大的球体,有三四层楼那么高,上半部分被雪覆盖了,但下面还是能清晰地看出是一个黑色大金属球。

而在这个大金属球的边上,在薄薄的积雪中他们又找到了无数个大概只有鸡蛋大小的小金属球,数量成千上万。这些小球大小不一,加上积雪的掩盖,根本无法统计数量。如果把雪全部去掉,那个不丹人估计会和现在的孩子玩淘气堡时一样。

他们已经记不清楚是谁先发现这些球中有一些是黄金做成的。他们拼命地收集,把所有的货物全部换成了这些金球。

他们在捡的过程中发现,那里的球是由许多种金属做成的,铜的、铁的、铅的，似乎世界上所有的金属这里都有。

所有人都疯狂了，因为球非常多，从里面寻找出黄金球来需要耐心。后来，便发生了抢夺的事故，有人在事故中受伤。

之后他们千辛万苦离开了那个山谷，最后活下来的，就只有六个人，除了两个印度人、一个不丹人之外，还有两个伙计以及董灿。董灿是他们中唯一一个什么都没有带走的人。当时，他的目光都在那个大球上，似乎被勾了魂魄一样，满山的黄金他根本没有兴趣。

不丹人说，那个巨大的黑球，就这么放在山谷的正中，一看就是人造的。但这个黑球放在那边有什么作用，又是谁放置的，他无法理解。所有的金属球都有着相当严重的磨损和氧化，放在那边起码有几千年了。

不丹人重获自由之后，把这一切不可思议的事情都记录了下来。他写了一本书，并且在书中做了很多不切实际的推断。其中他声称自己的大部分财富都是自己赚回来的，那些黄金只不过是他起步的资金而已。

两个印度人销出去的金球，陆续在世界各地被找到，有些已经被熔成其他形状或者金币了，只剩下十二个还是被发现时的样子。当时印度政府花高价收购这些东西，这些金球变成了"比黄金还贵的黄金"。

第十一章
比黄金还贵的黄金

董灿最终没被任何人找到，唯一的蛛丝马迹，是他的一封信件，被交给了一个喇嘛（德仁）。信里放着一张画，画上是一些奇怪的图形——那是一张星象图。

不过这封信并没有到达收信人手里，信被人截获了，而截获这封信的人没能看懂信里的画，他们不知道，那幅画就是指示那个山谷所在位置的地图。

然而，没有收到信件的人，却不会善罢甘休。于是，一个年轻人来到了墨脱，他来自董灿所属的那个中国大家族。

他就是闷油瓶。

闷油瓶前来调查董灿的去向，他在当地有一个接头人，就是当时的德仁。

我在这里只能推测，德仁肯定算是张家在西藏设置的一个联络点的负责人。他可能只是一个普通的喇嘛，他的师傅也叫德仁。他正在修炼，等待时机成熟，也收了一个叫德仁的徒弟。

如果闷油瓶没有出现，他要做的，只是当他的喇嘛，并且在适当的时候，为张家物色下一个接头人。

但是闷油瓶的出现，彻底改变了他的一生。德仁这个名字不再是每个月固定的俸禄，他的老板出现了，他要开始为自己的名字所享受的俸禄工作了。

我在这里还可以推断，董灿在这里的活动，很可能也是幌子。他在这里也许另有计划，和雪山之中的某个秘密有关，所以，张家才需要在西藏设立德仁这样一个世袭联络人。

而十年这个概念，更是让我浮想联翩。

但是，董灿出事了，也许是董灿没有继续履行自己的职责，或者他死了，所以，张家派来了闷油瓶，来查明情况。

那个时候的张家，应该是在分崩离析的边缘。但是，事情又非常重要，不能不管，所以，闷油瓶只身一人来了。

可是，他最终没有找到董灿，只找到了董灿栖身的地方，并且在他的房间里，找到了一张油画。董灿在这里生活过，但一切都已经被挪走了，只剩那张油画。

我在这里需要想象一下。从笔记中，我无法判断闷油瓶的内心想法，但是我可以将我自己代入德仁的内心，来反推当时的一些细节。

那是一张画着一个巨大的湖泊的油画，湖泊的颜色绮丽非凡，看到它时，一阵喜悦和震撼涌上德仁的心头，他不知道世界上的水还能有如此遥远神秘、与世隔绝的存在方式，那这个绝美的湖泊是在哪里呢？

德仁随后看到了湖泊中的倒影，湖面上有一座座雪山的倒影，他认出了那耸立在湖泊边上的似乎是岗仁格博峰，湖水倒映出的天空呈现灰白色，通过这种意境，让人觉得这个湖泊神圣非凡，带着非凡的气息。

德仁对于宗教中所谓的美与真实的评价相当抗拒，但看到这幅画的时候，他似乎能融会贯通一些他以前不能理解的东西了。

他想象着，如果油画中的光源发生变化，其间会变成什么样子，湖水折射的各种光线，会构成多么绚丽的美景，想象着各种气候，狂风、暴雨、小雨、下雪、冰雹、雾气蒙蒙，又想着，这湖中的鱼儿会是什么样子，会和其他地方的鱼儿不一样吗?

他对着这幅油画看了很长时间,一直等到发现身边的闷油瓶不见了,才反应过来。闷油瓶一个人坐在房间门口,在朝拜玛尼堆的人群中,只有他一个人面对的不是寺庙,而是远处的雪山。

德仁走过去后,闷油瓶就问他道:"画里的那个湖泊在什么地方?"

德仁摇了摇头,他从来没有见过这么美丽的湖泊,如果要他说,它肯定是存在于天上。不过,看岗仁格博峰的倒影,它应该是在雪山之中,很可能就在喜马拉雅山的腹地之中。他把他的这些推论和闷油瓶说了,闷油瓶便问道:"我如何才能进到雪山里去?我需要你的帮忙,多少钱都没有关系。"

组织一支队伍进入那片雪山,说来非常非常困难,但是,如果找对了人,也不是没有一点希望。

德仁首先想到的是在边境走货的马帮,只有这一批人,有深入雪山深处的经验,只是他们深入的部分,都是前人用生命和时间开掘出来的道路,而不是那些完全没有人到过的地方,并且那些道路如今看来和没有也差不了多少了。他的另一个想法是,如果这些人也觉得不行,那么至少,由他们来劝闷油瓶,要比自己有说服力得多。

然而,事情的发展出乎他的意料,他很容易就找到了三个愿意陪同闷油瓶进入雪山的脚夫。他不知道是否是闷油瓶开的价的原因,显然,那个价格相当诱人。

一周后,闷油瓶在那三个脚夫的带领下前往雪山深处,出发前一天,闷油瓶和德仁说,十年之后,他会再来找他。

当德仁看着闷油瓶离开,他想象着他深入雪山深处的整个经过,他可能遇到的结局,那个美丽得犹如宝石一样的雪山湖泊,那样的美景下他到底要寻找什么?

当然,十年后,德仁已经死去,但是按照规则,寺庙的门口还是设置了炭炉,等待闷油瓶的到来。而闷油瓶在与德仁告别后,便一头扎入了茫茫未知的雪原。

第十二章
进入雪山

第一天。

雪越下越大,临行之前所有的祈祷,全部走向了反面。

果然,不管是什么人,只要试图走向那个所在,老天都是不允许的。远处山峦中黑色的裸露部分,现在似乎看不到了,那个地方,不管是什么时候,都无法轻轻松松地靠近。那本来就不是人应该去的地方。

这雪原之中是否会有活物?以前似乎还有人说他见过一些大鸟和白毛野兽,如今想来,似乎都是吹牛而已,风声漫耳,连一丝暖气都感觉不到的地方,怎么可能会有活的东西。

天地间唯一的活物,恐怕就是行走中的三个人了,原本是四个,不过那一个在出发之前已经和这雪山融为一体了,那个人在早上起来的时候,被发现喝醉死在了路边,和地上的石头冻成了一个整体。

一个脚夫用冰镐敲击着前进路上一切可以看到的冰晶,在风中听来,敲击的声音犹如出自一种神秘的乐器,缓缓地,在风压中时重时轻。第二个人闷油瓶,他闭着眼睛循着声音往前走着,手摸索着,并不是不想睁开眼睛,而是戴着护目镜的他仍旧什么都看不见，一切还不如用感觉。

"要不要停下来休息一下？"身后的一个脚夫道。闷油瓶回头看了一眼，是两个脚夫里年纪较大的拉巴。

拉巴是个四十刚出头的藏人，但看上去已经快六十了，黝黑的脸上满是深刻的皱纹，这是长期风吹的结果，面色发红，有点像喝了酒的样子。他是原来三个人中的老大，也是经验最丰富的脚夫之一。

"能歇歇吗？"闷油瓶问道。

"再这么走下去，走到天黑我们也不过前进几十米，不如等风过去了再说。看天色，这风刮不了多少时间了。"拉巴说道，"否则我们在这里浪费体力，完全没有任何成果。"

"那就停吧。"闷油瓶道。

他们贴着山壁停了下来，但只能站着，慢慢等风停下来。另一个脚夫明显有点虚脱，一停下来就差点滑下去，被拉巴拉住。拉巴很大声地和他说话，把他的精神全部都收回来了。

拉巴松了一口气，他知道，刚才那样的风压，继续往下走才是对的，但是继续走，就得顶着风走过这段险境，不能停，可能还要走一个通宵才能休息。到了那个时候停下来，可以做很多事情，可以生火，可以好好睡一觉，所以这点苦还算值得熬下去。不过，他年纪大了，实在吃不消，他现在宁可在这里站着。

拉巴说的时候，很怕那个脚夫会反对，但显然他们的体力都到了极限，闷油瓶没有经验，没有呵斥他们，不像以前那些马帮的帮头，会逼着他们前进。

总之，情况还在拉巴的控制之中，站在原地，他缓缓感觉到体力有所提升，这总比再前进一个晚上然后失足好。年纪大了，宁可熬不能冲啊。意外永远来得让人不知所措，他这样的年纪，反应不可能像以前那么快了。

闷油瓶非常听话，这让拉巴心里有些过意不去，他其实对闷油瓶有点好奇，就说整个墨脱，一个人进雪山，而且是走这样道路的人，基本上没有，这应该都是第一次。从闷油瓶的年纪和谈吐，都猜不到他是什么目的，实在让人觉得神秘莫测。

"您像是给外国人做事的？"拉巴休息了片刻，几个人挤在一起，他便问闷油瓶，他需要说一些话，在这种疲倦下，如果坚持不住，人很可能会睡去。

"外国人？"闷油瓶微微摇头，"为什么这么问？"

"以前雇我们走这些路的，大部分都是外国人，都高高大大的，有金头发的，有白头发的，眼睛有些是蓝的，还有一些是绿的，像猫眼一样。"

闷油瓶不说话，雪沫都沾在他的脸上，看不清楚表情，似乎是在听，又似乎完全不想回答他。静了半晌，闷油瓶才说道："也是走这一条路吗？"

"走什么路的人都有。"拉巴说道，"每条都有不同的凶险，不过外国人找的脚夫多，什么东西都想往里运，给的钱也少，而这一条路在这个季节却是少走的，否则，兴许我们还能遇到一两个人。不过这些路还都不是真正难走的，雪停了一切好办，后面您要走的没路的地方，才真正可怕。我说了，每走一里，我都会劝您一句。"

闷油瓶没有接话，每次一说到这里，他就不说话了，拉巴心里想着，进来的时间还不够久，只要自己走得慢一些，总有一天他会退却的。这里的环境，不是普通人能承受的。

"那你为什么要来？"闷油瓶很久才问道。

拉巴沉默了一下，他想起了家里的孩子，当时为什么要答应那个喇嘛来这里，他是怀着私心的，他并不想继续走下去，只是如果闷油瓶不懂得回头，那他也没有办法。他摸了摸手中的藏刀，要杀一个人太简单了，简单到连刀都用不着。"欠了钱。"他简短地回答道。

这个非常小的动作，立即就被闷油瓶捕捉到了，但闷油瓶并没有太过在意。

"我们会有什么危险？"闷油瓶并没有接着问他，而是问了一个比较实际的问题。

"危险？在这里不存在什么危险不危险的，我和您说吧，在雪山中，所有的一切都是您的敌人，太阳、风、雪、讲话的声音、石头，随便哪一样发飙，你就死了。在这里，整个一切都是危险，包括雪里的各种鬼。死在雪里的人，如果找不到回去的路，就会一直在这里徘徊。"

"鬼？"闷油瓶似乎听到了一个很有趣的东西，"你们也忌讳这个吗？"

"哪里人不忌讳？"拉巴说道，"只要是活的东西都忌讳。"

"人比鬼可怕得多了，人心看不透。"闷油瓶说道，"活人还不如鬼呢。"说完他看了一眼拉巴的藏刀。

拉巴有点紧张，心说他是不是看透了什么，迟疑间，藏刀已经被抽了过去，到了闷油瓶的手里。

"您？"

闷油瓶把藏刀抛入了身下的悬崖："没有用的东西，还是早些扔掉好，放在身上，太重了。"

拉巴看着藏刀迅速坠落，撞在石头上弹飞出去，然后消失在雪地里，他意识到自己遇到了一个狠角色，转头看去，就看到闷油瓶也在看他，眼神中满是淡然，似乎刚才的事情不是他干的一样。

也罢，在这里，刀其实并没有那么重要，拉巴心想。而且，有刀的也不止他一个人，在前路中，总有需要搀扶或者拉扯的时候，那个时候随时可以下手。

风渐渐小了，脸上刀刮一般的风压慢慢减轻之后，拉巴感觉舒适了很多。这个时候，他看到了前面的山路上，出现了一些他熟悉的东西。

那是另一队脚夫，正在他们前面走着，距离很远，在刚才的风雪中什么都看不到，如今才有黑点显露出来。

"奇怪了，今年冬天这条路这么吃香？"拉巴自言自语道，在这里不能大声叫喊，也不能高声对话，因为会引起雪崩。他只是静静地看着，发现这些脚夫一个都没有动，没有任何的动作，所有的黑点都保持着那个样子。

"他们全都死了。"拉巴看了半天，忽然说道，"那些是死人。"

那些一定都是死人，而且一定是冻死在了这里，他们就像拉巴一行一样，死死地靠在山壁上休息，最终全部冻死，被冰死死地黏在山壁上。

拉巴忽然感觉到一股寒意，他立即站了起来，对其他人说道："风小了，我们还是继续前进吧，去看看前面那些尸体都是哪些人。"

第十三章
关于世界终极的笔记

　　望山跑死马——望喜马拉雅山，跑死河马。

　　前面的那些死人冻在岩壁上，看上去分外清晰。虽然距离他们只有几十米，但在这样的情况下，等真正前进到那里，也将是四五个小时之后了。

　　闷油瓶回头望的时候，就意识到其实这里根本就没有路，他们行走的方式，就是在岩壁上攀爬。这里层峦叠嶂，沟壑众多，前进不是没法落脚，但会十分危险。他记得临走的时候德仁大喇嘛和他说过，一座感觉爬上去必定会摔死的大山并不危险，真正危险的是看着似乎有机会能爬过去的大山，那类山倒是会吞噬更多生命。

　　即便如此，他也没有任何退缩的想法。

　　拉巴到底年纪大了，靠在悬崖上休息了很长时间，才有心思去看那些冻僵的尸体。

　　数量太多了，拉巴看着那些尸体的姿态，就知道他们是怎么死的——所有尸体都紧紧背靠着山崖，就如他现在的动作。他们一定是被之前的大风困在了这里，和他一样，他们也想休整之后再走，结果温度突然下降，在休息的时候,很多人都在心力交瘁的状态下被冻死了。

在寒冷的地方,死亡和睡眠有时候是等同的。很多时候,冻死一个人只需要几秒钟。

"东家,这些人应该是从山里面出来,在这里休整时,气温突变又刮起了大风,于是被冻死了。他们应该算好的,还有很多人,可能冻死后就摔到悬崖下面了,尸体被埋进雪里,永远不会被发现。"

"出来?"闷油瓶有点好奇,"有人在雪山里活动吗?"

"并不是东家想的那个样子,外国人经常进去,也不算在里面活动,他们只是想知道越过这些山口的路径,从而穿过前面那片无人区,并不为了探索什么。"拉巴说道,他的语气暗示着,那个地方真的是无人地带。

闷油瓶听了只是点头,目光自然地看向了这群尸体来的方向。拉巴叹了口气。

这个时候,在一边休息的另一个脚夫,用藏语喊了几句。闷油瓶没听懂,但是拉巴听懂了,那是在和他说:"都是陌生人。"

拉巴转头去看那些尸体。风雪中,他并不能看得太清楚,但他扫了一圈也能看到冻死的人发青的面孔,他们确实不是什么熟悉的面孔。

这不太可能,墨脱的脚夫,他们不认识全部,也能认识个九成。如果是这样的事故,里面最起码有一半是他们认识的人,但显然那些面孔都太陌生了。

"不是墨脱的人。"拉巴看闷油瓶似乎想问自己,就说道。他没有听说这样规格的陌生队伍进出墨脱,那么,这些人是从哪儿来的?难道是从其他地方进入了无人区,出来的时候正好经过这里?

拉巴心里充满了疑惑,因为就他所知,能通过这片无人区的路径,从古至今只有那几条而已,那些路径从来都只有这里的脚夫知道,并且是通过老人带年轻人的方式,一代代传承下来的。因为用语言描述或用图画来表示是根本没有用的,这些路径,必须要走过十几遍,才有可能记住,所以完全不可能被泄露出去。

另外一个脚夫继续用藏语和拉巴说,那是有东西可以获得的意思——在雪山中遇到尸体，有时候并不是坏事情，一是尸体身上可能带着很多东西，可以换取金钱；二是如果能够知道尸体的身份，也能从家属手中拿到一些信息费。

这时伙伴指了指远处的几具尸体，拉巴马上发现，那是三个外国人。他们的穿着和其他人完全不同，边上有藏族人帮他们抬着很多包裹。

外国人的包裹多有值钱的东西，这一点很少有人不知道。一般来说，拉巴他们不会对外国人下手，一来是喇嘛们和外国人的关系都很好，如果外国人遇害，事情一般不会轻易结束，他们终归会受到非常严厉的惩罚；二来是外国人总会把一半的钱放在回来后支付，而他们携带的东西都珍贵奇特，但只要出售就可能会被寺庙或者政府发现。

不过，这一次有些不一样，因为这几个外国人显然不是从墨脱出发的，那他们的东西，在墨脱出现就不会有什么事了。

几个人费了九牛二虎之力才拿到了那几个背包，然后继续前进。整个过程不用多说，因为笔记中也没有记述，总之是一个并不轻松的过程。

大约是在第二天的日出时分，拉巴带着所有人到达了一个雪坡。他们在雪中挖了一个洞挡风休整，这才有机会看背包中的东西。

包内基本上都是仪器和岩石标本。外国人总是带走一些石头，拉巴知道那些是标本，但他不知道标本是用来做什么的。

在翻动、猜测那些仪器价值多少钱的时候，他们发现了包中有两枚金球。

两枚金球被放在一只铁盒子里，铁盒子内还有一件用布包得非常严实的东西。

这样三件东西，两枚金球毫无遮掩，而那件东西却包得如此好，难道它的价值比金球还高吗？

可是打开之后他们却发现，那是一块黑色石头一样的金属，十分丑陋。

整个过程下来，闷油瓶始终在看背包中唯一被认为是绝对不值钱的东西。那是一本笔记本，上面密密麻麻写满了老外的文字。

拉巴看着闷油瓶专注的样子,决定暂时先不去打扰他,他和同伴得到了两枚金球,他觉得他们不用再走下去了,说不定,他们已经比闷油瓶还富有了。拉巴沉浸在狂喜之中,觉得这是自己人生中最重要的一天。

就在他一边喜悦一边琢磨如何同闷油瓶说明自己要退却的理由时,闷油瓶却把老外的笔记本递给了他,问他上面的一行字是什么意思。

原来在笔记本的某一页上,画了一个东西,在它边上,老外用歪歪扭扭的藏语写了一个注释。

拉巴认字不多,但是这一句藏语他倒能看懂,因为他在礼佛的时候,喇嘛曾经讲过这些。这句藏语的意思是"世界的极限"。

拉巴不理解,他看了看藏语边上的图画,然后对闷油瓶做出了只知道这么多的表情。

第十四章
极限的秘密

如今那笔记本以及那幅图画就在我的面前放着,这是老喇嘛吩咐别人拿给我的。

毫无疑问,我不懂得这些文字,但我能分辨出,这是德语,显然小哥当年发现的尸体,是德国人的尸体。

即使我不明白那些文字的意思,但我看到那图,也知道这本笔记在说些什么了。笔记中有很多素描图,在"世界的极限"这一句藏语标示的图画的前几页,我看到了一扇巨大的青铜门。

那扇青铜门用的是非常细腻的笔触勾画的,这笔记本的主人肯定是一个绘画高手。我看得出那扇巨门,虽然和长白山看到的并不完全相同,但我明白,那一定是同种类的东西。

这样的巨门,竟然不止那么一扇?难道在喜马拉雅山的腹地,还有另一扇青铜巨门吗?

我心中诧异,去看那一句"世界的极限"和边上的配图。

难道,这张图上画的东西,就是终极?

我仔细揣摩那张图，三天之后，我才意识到那是什么东西。接下来，我会用最详细的笔触，把这张图上画的东西描述出来，聪明的人也许能猜到，那到底是什么。

首先，这笔记本的大小，大概也就是一个巴掌大的开本。其次，上面的图是用铅笔画的，线条极其细腻。显然，笔记的主人在作画的时候，并不是记录形状的心态，而是在以临摹艺术的标准来要求自己，所以，这幅图画得极为认真。

最后，在图上，我们能看到的是一个如同乌龟壳一样的东西，没有比例尺，不知道这东西实际有多大，但从画中站它边上的人来看，那是一个极其大的东西。"乌龟壳"上有着非常非常细小的裂纹，让我觉得特别吃惊的是，这幅画的作者，把所有的裂纹都描绘了出来，可以看得出，他是极其小心地去描绘，而不是为了卖弄或体现绘画技巧。

就在这个"乌龟壳"边上，还有着八个小一点的"乌龟壳"，它们没有规律地排列着，和大的"乌龟壳"一起，形成了一个奇怪的图形。

而在所有"乌龟壳"的四周，有很多类似触须的东西，或者说，看上去很像电缆一样的东西，如蜘蛛网一样相互连接着。

这就是世界的极限？

我当时觉得非常诧异，因为这些东西看上去，好像只是一些特别丑陋的斑点。如果不是画手特地在构图的时候画上几个人，以示意这几样东西是无比巨大的，那么它们可以被看作是平淡无奇的物品。

这到底是什么？竟会被称为世界的极限？

第十一天。

闷油瓶已经不知道自己身在何处了，四周都是茫茫白雪。如果说之前几天，巍峨的雪山还让他对这里有一丝敬畏，但如今他已经完全麻木了。

拿到金球之后，拉巴和另一个脚夫都很开心，闷油瓶告诉拉巴，这样的金球也许在他的目的地还有很多。拉巴由此理解了闷油瓶——一个似乎是富裕人家的子弟，自己孤身一人来到雪山腹地之中，如果是由于这样的理由，他便可以接受。

"您到这山中来，也是为了那些金球？"拉巴在行路的时候问他。这几天的路途都在雪坡上，他们行走得比较从容，也有了更多的休息机会。

对于拉巴的问题闷油瓶似乎有些难以回答，走了好一会儿才摇头，道："应该不算是。"

"这和一个秘密有关。"闷油瓶接着说道，他慢慢地走着，说了些拉巴听不懂的事情。

很久以前，闷油瓶的家族，从中国的皇帝手中，拿到过一只刻着龙纹的石头盒子。这只龙纹盒子，是死因在山体之中挖掘出来的，其中有一个特别之处，就是盒子本身没有任何缝隙，是一个整体，所以皇帝无法打开，才来求助于他们家的几位长辈。

盒子是如何被打开的，闷油瓶并不知道，那个过程非常玄妙。之后，家族几个长辈连夜密会，因此很多事情在一夜之间发生了变化。

拉巴听得云里雾里，但他觉得很神奇，他知道闷油瓶不会把一切告诉他，他只是想到了喇嘛和他讲过的一个关于龙的故事。那个故事中，也有一只传世的盒子。

"打开那只盒子是一个错误，有些东西，不知道也就无所谓了，一旦知道，就会扛上不可挽回的命运。"闷油瓶喃喃地说着，"在这片雪山中，也许会有关上那只盒子的方法，我们得到了这个消息的前半段，却失去了后半段。所以，我只有亲自来这里尝试一下了。"

"那你家族中的其他人呢？"拉巴问他。

闷油瓶淡淡地看着雪山："他们现在在另外一个和这里很像的地方。"

拉巴没有再问了，他觉得闷油瓶只是想打消自己的念头，这些信息不知道是真是假，听了也没有多大意义。闷油瓶的这些话对他来说没有太多感觉，他的心中只有那些金球。有了那些，他的人生就会发生彻底的改变。他值得一赌，反正要输的话，他也输不了什么。

第十二天没有任何事情发生。拉巴在太阳西下的时候，看着向阳面，忽然意识到自己并不知道自己这是要去哪里，那个有金球的地方，可能是这片雪域中的任何一处。

唯一的线索就是那座雪山中的巨大湖泊。

拉巴安慰自己,虽然这里地域广袤、了无人迹,是世界屋脊上最神秘的无人区,但那么大的湖泊,即使隔了很远也是能看见的。

他和另一个脚夫愣愣地休息着,想着金球和拥有它们之后的生活变化。

我不知道他们的发呆持续了多长时间,我去过雪山,知道在那里很多事情都不能做,要打发时间基本只能靠发呆了。我也不知道,拉巴是如何发现前方雪原中有闪光的,那其实是一件十分困难的事情。

总之,拉巴在黄昏还没结束的时候,看到了前面的雪山中,闪出了有节奏的光。

那是绿色的光,在有频率地闪动着。他一开始以为是幻觉,因为这里离最近的有人的地方,最起码也要走十几天的路程,并且他也从没有见过这样的绿光。

拉巴看了几眼之后,转头叫闷油瓶看,却发现闷油瓶早已经看到了。等他回头再去看,就发现那闪光的点竟然在移动,似乎在朝着他们而来。

拉巴有些慌乱了,他不知道那是什么。野兽?大鸟?还是什么怪物?他站了起来,想找一个地方躲避。闷油瓶把他和另一个脚夫提溜到了一个小雪包的后面,三个人埋进雪里,看着那绿光在前方忽隐忽现,但很快它就绕过了他们面前的几个雪丘,向他们靠得更近了。

绿光移动的速度是如此之快,同时他们也听到了一连串隐隐约约的铃声。那铃音在雪地里显得格外空灵。

很快,他们就看到了那绿光是什么。那是一行奇怪的人,他们穿着藏族人的服装,扛着一件奇怪的东西。这件东西的头部闪耀着绿光,而在这件奇怪的东西上还挂满了铃铛。

这里竟然有人活动?拉巴觉得简直不可思议。他清晰地看到,那些人一路从他们面前的山谷经过,朝山谷最里面走去了。

这时候,拉巴他们待的地方距离那些人还是有些远的,他也看不清太多。拉巴甚至不能肯定,那些人是不是活人,也许那是雪山里的鬼魂?

但闷油瓶已经爬了起来,示意拉巴他们一定要跟过去。

"这里如果有人居住,一定会住在湖边。"闷油瓶说道,"跟着他们,就能找到我们想要找的地方。"

第十五章
雪山里的神秘部落

接下来的叙述，十分奇妙，可以看出，小哥对于所有的事情的记忆方式，和我们是不一样的。我们习惯于遇到一件事情便将其记忆下来，从不管先后顺序，或者我们几天后是否能记住，但小哥叙述的过程，使我能清楚地意识到，他对于记忆是有整理的。

也许是因为，他知道总有一天，他必须把这些全都记起来，所以他用了一种独特的记忆方法。

他先记述的是整个地形。

当时闷油瓶所在的区域，是一座雪山的山脊，他们已经在海拔相当高的地方，但在这个海拔上，并不是说往下看去就是五千到六千米的悬崖。其实在山顶看四周，更像一个黑白分明的丘陵地带，只是那些山并不像南方的山那样圆润，全部犹如刀剁过的黑色乱石，十分尖利而且棱角分明。

在这些山之间有很多山谷，都被厚厚的雪覆盖，有些地方的雪，厚度无法想象。这是一个冰川包裹下的山体，雪在冰上头，石头在冰的下头。

那群奇怪的人，就是在那样的山谷之中行走，而闷油瓶正站在一座小山的顶端看着他们。

毫无疑问，要跟上他们，首先要做的就是从山顶上下来。光线昏暗，夕阳的光照在雪上，让雪染上了一层紫黄相间的迷离颜色，但即使有这样的光线，要踩着那么厚的雪下去，然后跟上他们，绝对是一件非常非常困难的事。

同时，更离奇的是，那几个藏民在雪上行走的速度非常之快，快到似乎不是在雪上走，而是在雪上飘一样。

在雪上走过的人都明白，在雪地中不可能走得那么快，而且，从那些藏民陷入雪地的程度看，雪似乎不是那么厚。

闷油瓶只是追了几步就发现不对劲，他停了下来，思索着应该怎么办，等拉巴跟上来，那绿光已经消失了。

雪地中只剩下一行脚印，在大风中，脚印很快就要消失了。

闷油瓶和拉巴他们跌跌撞撞地冲到山谷下面，就发现完全不对，雪直接没到他们的腰际，根本不是那些藏民走时的状态。

他们一路在雪里扒拉，好不容易来到脚印边上，拉巴就发现，雪下有东西。他们把雪扒开后，竟然发现雪下埋有一座石头和木头搭建的桥，那些藏民应该就是在这座桥上行走的。

他们爬了上去，用脚扒拉脚下的雪，发现雪只不过没到膝盖，桥十分坚固，踩上去纹丝不动，采用的材质，是喜马拉雅山峦常见的黑色岩石。

这桥是谁在这里修建的？拉巴心说，有多长，通往哪里？如果知道有这样一条埋在雪中的路，那他们就不用那么冒险走那些悬崖了，也不用花那么长的时间攀爬雪坡了。

闷油瓶在桥上用力踩了几下之后，便迅速向着那点绿光消失的方向追去，脚印正在快速消失，他走得飞快，拉巴只好跟上去。

这里所有的景色几乎都一样，在雪山之中，如果不懂基本的知识，那就很容易迷路，但拉巴不会，因为在雪山山顶，只要视野够开阔，就一定能看到几座标志性的山，这些山能告诉你是不是在绕圈子。晚上，这里的星空格外璀璨,银河从没有那么清晰地横贯整个天际,各种星座和星星都能帮着指引方向,所以拉巴并不担心。

开始的两个多小时,他们是漫无目的地走着,他们发现这桥并没有任何岔路。

它一定是条设置好的快速通路,从一个地方通往另外的一个地方。要在雪山里修建这样的工程,实在可以称得上可怕,这首先需要把积雪完全刨开,是一项巨大的工程。

过了将近三个小时,他们跟上了那道绿光,他们发现绿光已经变得有些暗淡了,藏民仍然在往前走着。

之后的时间,长得超乎他们的想象,我在这里直接跳过,只说时间长短。几乎是三天后,他们跟着这道绿光走了整整三天时间,顺着雪中的道路一路往前,才来到桥的终点。

等到他们走过一道弯时,正是中午时分,日头十分猛烈,他们戴着护目镜,在进了一个山口之后,忽然,前面变得无比宽阔明亮。

那是一个巨大的琥珀一般的大湖,犹如宝石一样,突然出现在雪原之中。

大湖十分奇怪,和其他高海拔湖泊完全不同,它没有湖滩,湖的四周全是白雪和冰,这些冰层向湖的中心延伸,到了两三百米开外,才变成了湖水。

阳光下,湖水没有一点点波澜,犹如完全静止了一样,光在湖面上反射,湖面好像铺了一层金箔,景象无比绮丽。

这个湖有多大?拉巴无法判断,因为这已经超出了他认知里所有可以用来比较东西的大小,如果让他向别人形容的话,他很可能说和天一样大。但这个湖如凭借目测,应该就是两座雪山的大小。

但在雪山区域,这样的湖简直和海一样大了。

那几个扛着绿光的藏民,一路走上了冰封的湖面,远远地拉巴就看到,湖面上有一艘非常破旧的小船。

他们上了小船，拉巴就对闷油瓶说："东家，我们过不去了。"

闷油瓶没有作声，却看到远处的藏民上船之后船并没有走，而且，有一个藏民没有上船，他等在了岸边，看着闷油瓶他们隐藏的方向。

拉巴也不说话了，三个人一动不动，看到那个藏民朝这边张望了半天，招了招手让他们过去。

拉巴看向闷油瓶，似乎是在询问怎么办。闷油瓶想了想，一开始没有动，但那个藏民似乎有点焦急起来，继续招着手，闷油瓶挪动了一下身子，似乎有点沉不住气了。

如果这是一篇小说，到了这里，为了起承转合，往往必须有出乎意料的发展，因为情节必须推动，所以，最有可能的发展是，闷油瓶站了起来，和这个藏民进行了接触，进而引发冲突。

然而，在现实中，在这样的情况下，最最理智的决定，绝不会是引发冲突。

闷油瓶最终还是没有走过去，他们三个一直耐心地站着，直到那个藏民终于摇着头上了船，摇橹慢慢滑动着，船缓缓向湖的中心划去。

那边是日光反射强烈的地带，什么都看不清，他们似乎是划进了一片金光之中。

可是在这之后，闷油瓶还是没有动。拉巴不知道是什么情况，慢慢挪过去问他刚才为什么不过去，显然那几个藏民是在等他们。

闷油瓶摇了摇头，轻松说道："他不是在朝我们招手。"

"那他刚才在干什么？"

"还有另外一样东西跟着他们，我们完全没有发现。"闷油瓶说道。

拉巴一下紧张起来："你怎么知道？"

闷油瓶的眼睛一直在扫视四周的雪原，虽然表情无比镇定，但拉巴发现他的所有注意力都不在自己身上。

"那你有没有看到，那个'另外一样东西'？"

闷油瓶摇头，不过他指了指一个方向："虽然我不能肯定，但很可能是在那儿。那里藏了一个东西。"

拉巴顺着闷油瓶指的方向看去，看到一块巨大的黑色石头。四周全部被雪覆盖着，唯独这块石头上面，积雪似乎被什么东西蹭没了。

"在石头后面？"拉巴有点哆嗦起来，他本来是不会被闷油瓶吓到的，但闷油瓶镇定的样子，让他不由自主地把自己放在了服从的位置上。

"在雪下面。"闷油瓶说道。

拉巴努力去看那块黑色石头四周，但完全是一片雪白，他什么都没有发现。又过了好几分钟，拉巴看了看另外一个脚夫，终于有点沉不住气，说道："东家，你确定，我觉得那个人，就是在朝我们招手，我们——"

话还没说完，拉巴身子忽然一重，像被什么东西抓住了脚一样，顿时被扯进了雪里。

雪很深，那东西的速度非常快，瞬间拉巴就被整个儿拖进了雪里，临没顶之前，拉巴看到闷油瓶扑了过来，似乎想抓住他，但晚了一步，扒拉了一下抓空了，顿时已经一片漆黑。冰冷的雪贴着脸，顺着所有的孔洞——鼻孔、嘴巴、耳朵——灌入了拉巴的体内。

第十六章
守护者

　　按照一般的叙述，之后一定是一场非常激烈的追逐或者打斗，但小哥只是在记述一件事情，所以他完全没写中间的过程，我们不知道到底细节如何，如果我虚构出来，便与事实不符合了。既然一开始就选择很理智地看待这些记述，我在这里也必须用理智的方法来衔接。

　　通过之后的记录，我大概也可以推测出当时的情况，因为我对小哥会做的事情太熟悉了。

　　拉巴首先是活着被救出来了，但他被救出来之后，神志就有点不太正常了，所以我没法再用拉巴的视角来叙述。

　　能确定的几点是，第一，小哥当时没有看到雪下的那个东西，只有拉巴一个人看到了，拉巴被救上来之后神志不清，雪下的东西一定让他受了极大的刺激。

　　第二，小哥应该是在三分钟之内就把拉巴救了上来，虽然溺雪比溺水要好一些，但三分钟也是极限，如果这个时间里小哥没有成功，那么拉巴肯定不会活着。

所以我几乎能肯定，情况大概是这样的。

在拉巴突然被雪下的东西扯入积雪中后，小哥虽然第一次没有抓住他，但在接下的几分钟里，他肯定几次把手插入了雪中。

我见过他的速度，他可以用他的手指，在水中夹住游动极快的水生昆虫，所以过程肯定非常快。

他的手指夹住了雪中的拉巴身上的某个地方，可能是皮带，可能是衣领，因为小哥的力气极大，所以即使只是两根手指夹住，他也能把人从雪里提上来。

同时，我能相信他们肯定在某块石头边上，否则，小哥很可能也被拖到雪中去，他的另一只手一定抓住了边上的山石。

问题是，拉巴是怎么看到雪中的东西的？

我不在现场，小哥也没有记录下来，我能猜测某个可能，就是拉巴被拽出来的时候，连那个东西也被拽出来了，但是，小哥因为某种原因没有看到那个东西，只有拉巴看到了。

我在摘录这一段的时候，和陈雪寒以及老喇嘛有一段讨论，这段讨论很有意思。

小哥从雪山中出来，和老喇嘛见了面，之后找到了德仁喇嘛的尸体，开始慢慢回忆这十年里发生的一切。因为是逐渐回忆，因此并不是完全地记述，所以小哥对老喇嘛说，除了记录下这些东西，他在回忆的过程之中有很多问题，需要向他提问。

而老喇嘛在听到小哥的问题之后，发现靠他的智慧根本无法回答，所以他领着小哥去见了当时庙里修行高的上师，当时上师又安排庙里另外一个喇嘛去山下其他的喇嘛庙，请来了很多上师，希望通过他们的智慧能够解答这些疑问。

这些疑问，包括小哥说的那些奇怪的故事，还有一些奇怪见闻，都记录在案。

这些信息，我在后面会一一讲述，现在先说他们的那些讨论，那其中就谈到了，在雪中活动的东西，到底可能是什么。

当时，根据我的经验，我就问老喇嘛，在西藏的各种民间传说中，有没有这样的东西能在雪下面活动。我们能在网络上查到的资料中，这样的东西一般会被引向那些喜马拉雅雪人的传说，专业一点的话，可以称呼它为"雪猿"，这是一般神奇小说的写法。但是，从当地人嘴里听来的真实的东西，往往非常出乎人的意料。

老喇嘛几乎直接就说，那种东西就是棕熊，棕熊有时候会在雪窝子里捕猎。

我当时想立即反对，因为这是绝不可能的事情。海拔倒不是问题，棕熊能生活在海拔五六千米的地方，但小哥他们遇险时所处的地方，几乎全是皑皑白雪，完全没有任何生命的迹象。在这片区域里，棕熊如何能生存？也许它一辈子只有捕猎小哥这样一次机会可以获得食物。

话说回来，如果真是棕熊的话，还指不定是谁捕猎谁呢。

最大的问题是，我能肯定小哥不太会犯错，那个藏民肯定是在招手示意，他为什么要对一只棕熊招手？

难道是"喂，小心你的熊掌"之类的意思吗？这个人是个二货吗？

陈雪寒说，也许那个藏民是想提醒小哥，不要在那个地方待着，那个地方有危险？

这倒是有可能，我心想。这时候老喇嘛告诉我，让我不要怀疑了，一定就是大棕熊，因为他知道西藏以前就有人圈饲棕熊来看守寺庙。棕熊是一种非常聪明的动物，它能认得哪些是保护它的人，哪些是陌生人。他还听说过某个寺庙的喇嘛在食物比较稀少的年份，用食物的残渣喂食一只生活在寺庙附近的棕熊，后来英国人入侵西藏，几个英军搜刮这座寺庙的时候，受到了棕熊的袭击。

棕熊之凶猛，可怕至极。有人在可可西里见到的最大的棕熊，体长有两米五，是一个站起来比姚明还要高的相扑选手，可想而知，那几个英国人肯定是在瞬间就被拍死拖进了林子里。

后来的记述也证明了老喇嘛的说法很有可能，这一只棕熊可能就是那些藏民养在湖边，保护那个入口的。

对着棕熊招手，可能是饲养者的一种习惯。但是棕熊发现了入侵者，所以没有过去藏民那里，而是选择了袭击入侵者。

如此说来，小哥从一只棕熊那里救下拉巴，是一件相当不容易的事。

这些只是最开始的各种推测，我们一直到这个故事的后段，才真正知道那到底是什么。在整个故事的叙述中，我们一直以为那就是棕熊，并没怀有什么疑问。

第十七章
冰封的神湖

闷油瓶带着拉巴一路往藏人上船的地方走。湖面离岸近的地方，冰冻得非常厉害，踩上去和陆地没有什么区别，但越往湖的中心走，冰就越薄，走到最后，一脚下去，脚下立即传来让人心悸的裂冰声。

他们只得顺着湖的边缘绕行。

这个大湖的形状特别奇怪，其实如果不在高空俯视，很难想象它的形状。整个湖面像一把巨大的蒲扇，一部分是扇形，另一部分是由一条非常深的山谷，形成的狭长的扇柄。在这样高海拔的寒冷地区，湖面应该是全部结冰，怎么这片湖面的中心是这样的情况？

他们沿着湖边一路往前，走了起码有四五个小时，终于绕了过去，此时闷油瓶明白了为什么要用船，因为如果有船的话，走这一段距离不过十几分钟。

绕过这片扇形区域后，湖面变得狭长，两边是悬崖峭壁，都被白雪覆盖了，湖面虽然是狭长的，但实际看来相当宽。他们继续往里走，几乎走到天黑，走到了峡谷的中段，忽然就看到前方有一些异样。

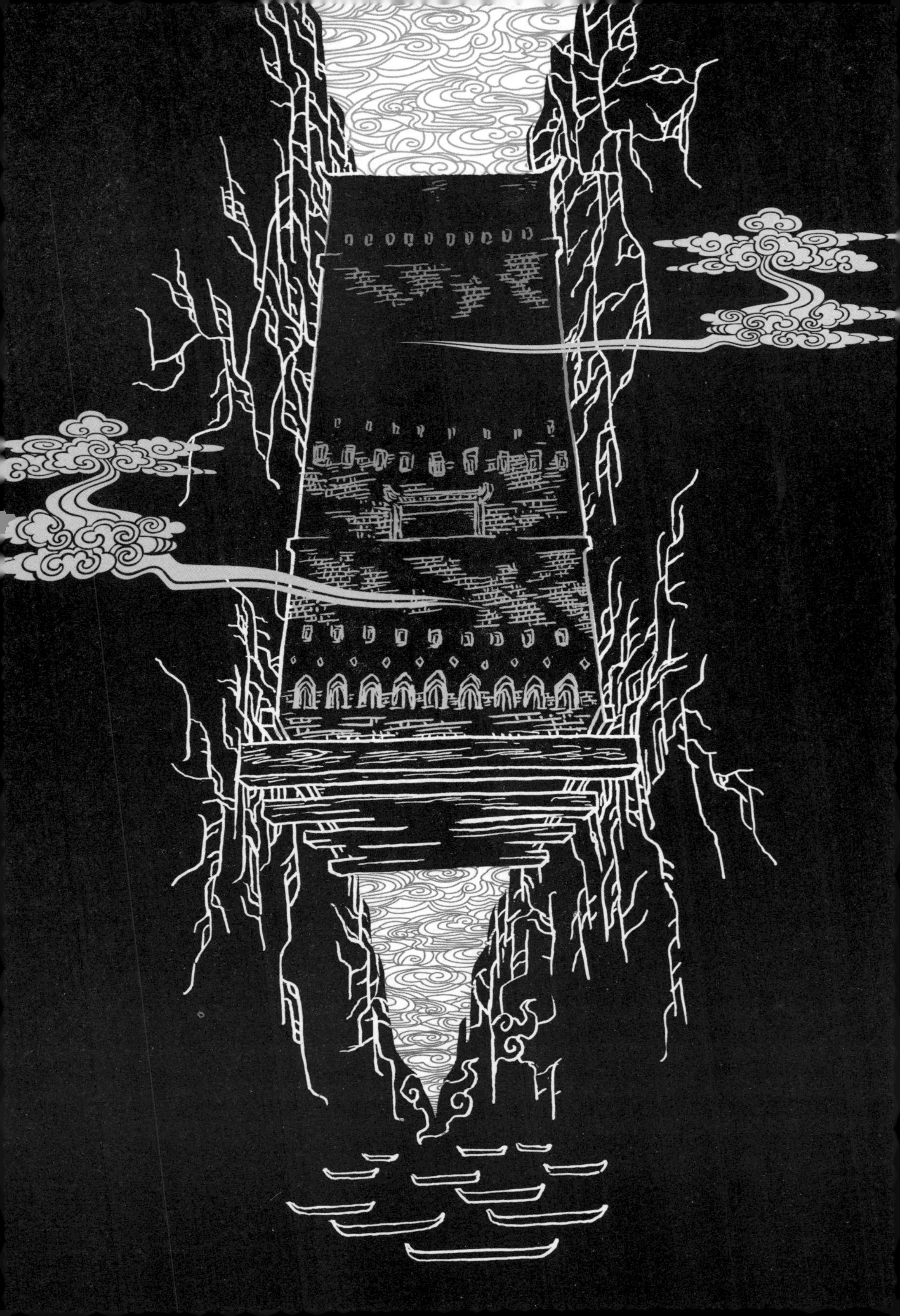

在峡谷的尽头，竟然凌空搭建了一座庙宇，那座庙宇采用的是什么结构，对于学建筑的我来说，几乎可以立即想象出来。那一定用了很多的大型横梁架在两边的悬崖上，中间使用立柱打入湖底，然后在这些横梁上修建庙宇。

那是一座典型的喇嘛庙，年代相当久远，使用喜马拉雅山的黑色山石垒筑而成，最起码有七层楼那么高，而且庙宇的一层相当于普通楼房的两层半。这座喇嘛庙，就像一道水坝一样，拦截住了整个峡谷。

走到喇嘛庙之下，闷油瓶往前望去，看到湖面继续往前延伸，看不到尽头，而喇嘛庙下的湖水中，有好多小船，有一条船结了一层新冰，有的地方还很湿润。

闷油瓶便让拉巴在一边等着，自己一点一点往上爬去，果然在庙的底下发现了一个入口，但它被一块木板挡住了。闷油瓶推了一下，上面似乎压了什么非常重的东西，纹丝不动。

闷油瓶并不放弃，他缩了回来，深深地吸了一口气，然后用力顶住木板门，肩膀一用死力气，悄无声息地，木头门被他顶了上去。

这里要说明一下，一个人往上用力是很难的，所以举重和提重的难度完全不同。要一个人把一个东西举起来非常困难，因为往上举的动作我们平时不常做，所以往上举的那几块肌肉得不到锻炼。

但闷油瓶的手臂显然锻炼得十分强壮，他缓缓地把木门顶了上去。从木门进去后，看到压着木门的是一块二百多斤重的石头。

他翻身进入木门，看到了一个杂物间，一个用来制作、修理、储藏食物和原料的房间。闷油瓶看了一圈，看到了很多炭、木材、食料，还有挂在房梁上的不知道什么肉。

这些肉都冻得像石头一样，在这里不存在阴干一说，只要有水分，挂起来没几分钟都会变成"喜马拉雅山石"。

肉的数量非常多，闷油瓶借着从石头墙缝隙透进来的光线，找到了继续往上的楼梯，都是直上直下的木梯子。他小心翼翼地往上爬，到了上一层，立即闻到了一股浓郁的藏香味。上一层里挂着各式各样的毛毡，在毛毡之间有很多炭炉，使得整个房间非常暖和，不知道是在烘干毛毡，还是单纯为了保持这个房间里的温度。

闷油瓶在毛毡中寻找继续往上的楼梯，但这个地方实在太暖和了，在寒冷中行走了许多天的他，不由自主地停了下来，想让身体暖和起来。

这时候他听到，毛毡之中传来了一个人的喘息声，声音十分轻微，似乎是一个女孩儿。

闷油瓶思索了片刻，蹑手蹑脚地循着声音走去，穿过几块毛毡，就看到在四块毛毡的中间，躺着一个东西。

这四块毛毡挂得十分整齐，四四方方的区域似乎围出了一个房间，那个东西就在当中的地板上，正在轻微地颤动。

那是一个女孩儿，她的四肢已经全都废了，手肘及膝盖以下只连着皮挂在身上。女孩儿的头发十分长，有着典型的藏族脸形，身上也盖着一层毛毡一样的东西。

闷油瓶走过去，看到这个女孩儿的眼睛也是瞎的，眼里一片混浊。他轻声蹲下，发现这个女孩儿面容非常清秀，残废之前应该是一个相当漂亮的姑娘。

不知道是什么事情，让这个女孩儿遭受如此大的折磨。能看出她的手臂和腿是被人打断的，连着肉打断的。外表看上去没有什么异常，但那种剧痛以及不让骨头长好带来的折磨是巨大的。古代屠城的时候，为了强奸妇女，很多女人的四肢就是这么被打断了再惨遭蹂躏。

看起来，这个女孩儿一定受了极大的酷刑。

闷油瓶并不觉得心疼，对于人世间的各种丑恶，他看得太多了，他很明白，情绪这种东西是最没用的。

他转身离开，只走了几步，就听到女孩儿说了一句话。是藏语，他听不懂，回头就看到女孩儿已经把头抬了起来，朝他这里张望，虽然她看不到，但她还是靠听觉判断出了方向。

闷油瓶站住了，就看到女孩儿痛苦地想坐起来，不停地转动头部，而且，忽然说了一句汉语："你是谁？"

闷油瓶停了停，没有说话，女孩儿一直在转头，他等了等，继续走了两步，女孩儿说道："你如果不说话，我就叫了，到时候你也跑不了。"

闷油瓶再次站住，转过头去就看到女孩儿正对着他，脸上有一种狡黠的笑容。

闷油瓶从来没有见过这样的人脸上还会出现这样的笑容，虽然四肢残废，且看不见东西，但在这个房间里，占优势的竟然是她。

闷油瓶知道，他可以在几秒内把这个女孩儿弄晕过去，在他面前，这种小聪明带来的优势是完全没有用的，但他意识到不对，女孩儿这样的态度，也许会对自己有用。

"你知道我是谁？"

女孩儿点头。

"你知道我是汉人？"闷油瓶轻声问道。

"我能闻出你的味道，这里只来过一个汉人，你的味道像他，但你不是他。你也来自山下？"

"嗯。"闷油瓶问道，"那你是谁？"

"你是来找他的吗？那个汉人说，一定还会有人来这里。"女孩儿说道。她的汉语有一些蹩脚，但没有任何发音错误。她没有回答闷油瓶的问题，而是继续说道："你要小心，他们不喜欢汉人。"

"我不知道你指的是谁。"闷油瓶说道。

女孩儿说道："不管这些，赶快带我走，带我离开这里。"

"为什么？"

"既然是汉人，肯定都想知道这里是什么地方，你带我走，我就把一切都告诉你。"

闷油瓶看着女孩儿，她脸上露出了期盼又急切的表情。之后闷油瓶点头说"好"，便走到女孩儿的身边，伸手一下按住她的脖子，她昏迷了过去。

喜欢威胁人的，一定不会轻易把秘密说出来，闷油瓶心说：还是靠自己吧。

他把女孩儿轻轻放下，正想继续前进，忽然听到另一边传来了脚步声，有人说着藏语从什么地方下来，似乎是听到他们刚才的对话查看来了。

　　闷油瓶闪到一边，迅速退到几块毛毡之后，闻到了更加浓郁的藏香味。只见两个藏民抬着一个炉子，从他隐身的毛毡前经过，将东西搬到了女孩儿身边，开始将里面的东西沿着女孩儿四周摆放起来。

　　藏民的态度很是恭敬，藏香越来越浓郁，闷油瓶却发现不对，他闻出了藏香中不应该有的另一种熟悉的臭味。

第十八章
尸 香

　　这些气味隐藏在藏香的香味中，说明气味其实相当浓郁，但因为毛毡本身也有一股特有的味道，加上有那么多炭炉在边上烘烤，所以闷油瓶才没有第一时间把那气味从毛毡和藏香的味道中区分开来。

　　这个味道一定是被夹在藏香中带进来的，应该就在藏民抬着的炉子一样的东西里。

　　那是尸体的味道。

　　藏民把所有东西在女孩儿四周摆好便迅速离去了，似乎一点也不想久留。

　　这个举动看似没有什么特别的地方，但闷油瓶还是感觉到了一丝不对劲。他看了看四周的毛毡和上面的图案，就着那些味道，他不由自主地摸向腰间，想去取兵器，但腰间什么都没有，他忘了他这一次什么都没带过来。

　　他为什么忽然警惕起来？那是因为他看到了毛毡上的图案。

　　西藏的传统花纹非常多，如果这些毛毡是不同时期弄过来的，那么上面的花纹应该呈现多样化。但这里所有的毛毡，样式虽然稍有不同，上面却全

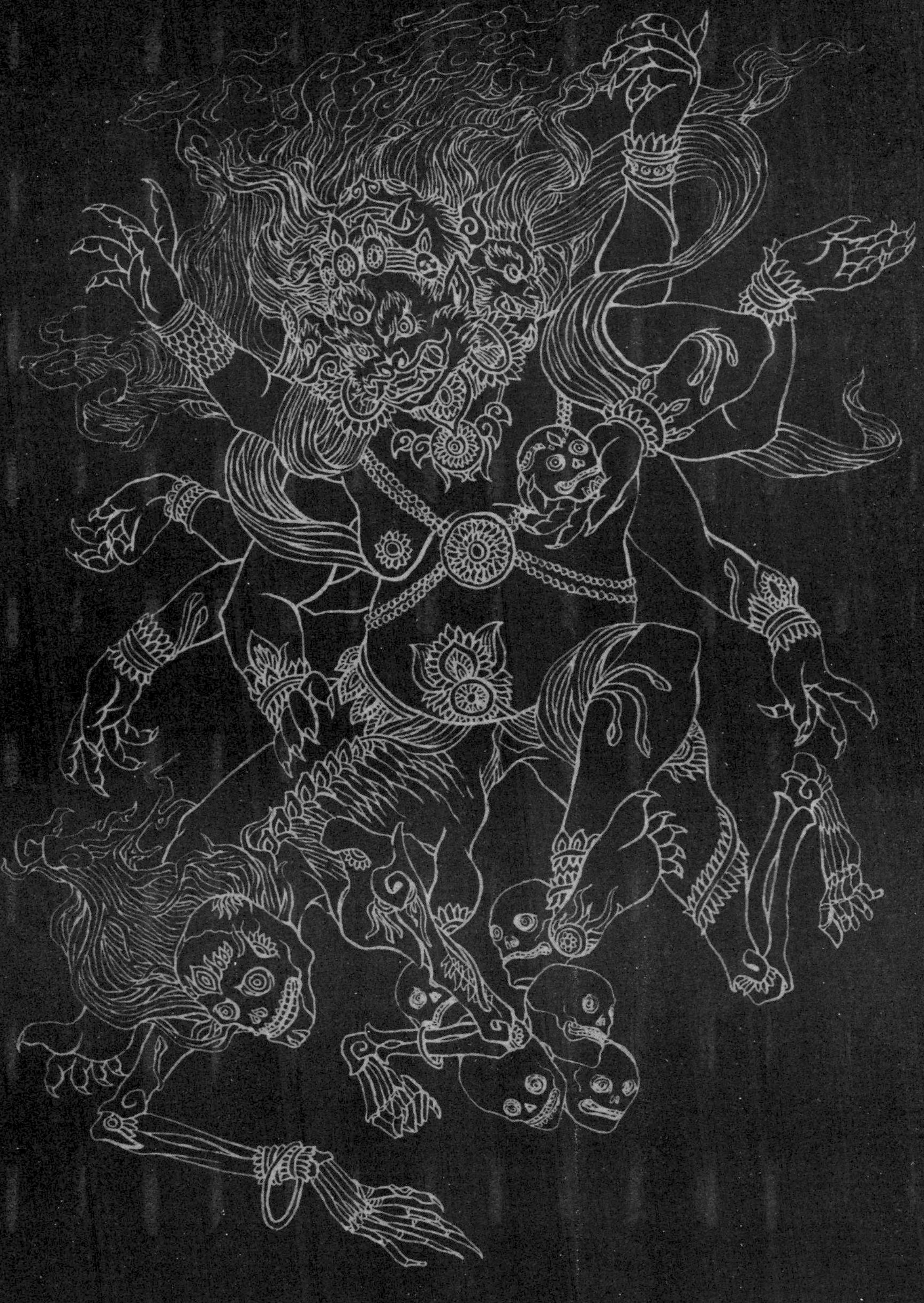

都画着同一幅图案。

这幅图案叫作"阎王骑尸",图案是地狱阎王骑着一具女尸在山川间穿行。闷油瓶忽然知道了女孩儿真正的身份。

"阎王骑尸"最早出现于一张铁制的唐卡上,那是一块薄铁,上面用金箔和银箔镶嵌出了阎王骑着一具女尸在山间行走的图案,唐卡四周有一圈蔓草一样的装饰铁纹,中间有很多骷髅图案。

阎王在梵语中被称呼为"阎魔罗",所以这张唐卡也被叫作"铁阎魔罗骑尸",这样的图案在唐卡出现之前特别少见,很多时候别人都认为这些只是西藏诸神造像中特别常见的踩尸、踏人的夸张造型。但后来就发现不对,因为在铁阎魔罗骑尸中,座下女尸的造型有时候甚至比阎王的造型更加突出。

女尸一般面容凶恶,眼盲,用肘部和膝盖爬行,整个人如同恶鬼一般,但乳房丰满,有着极其明显的女性特征。

闷油瓶看见的这个女孩儿的手脚全部被打断了,眼睛也瞎了,难不成,这个女孩儿是阎王的坐骑?

闷油瓶对于尸体太熟悉了,这个女孩儿一定是活人,他有一些不祥的预感。对于阎王骑尸,他有一定的了解,但他不明白,女孩儿以这种状态在这里出现,是为了什么?

难道她是献给阎王的祭品?还是说,是一种什么仪式?

思索间,另一边的味道更加浓郁起来,闷油瓶听到了女孩儿痛苦的呻吟声,但是隔着各种毛毡,他看不到具体的情况。

闷油瓶对这些并不好奇,如果在其他地方,他对这些肯定持置之不理的态度,但这里的一切和他的目的都有联系,这里到底是什么地方,这些藏民到底是什么人,他必须知道。

于是闷油瓶探了过去,找了一个角落,透过毛毡之间的缝隙,他看见摆放在女孩儿附近的炉子正在燃烧,奇怪的味道和藏香的味道就是这样混合着剧烈地涌出来。

不知道为什么，女孩儿显得相当痛苦，似乎这些味道对她有强烈的刺激。

闷油瓶缓缓地走过去，发现女孩儿的脸色已经转为青灰，一如那些毛毡上的图画中，用银箔刻出的女尸的颜色。女孩儿已经失去了神志，一直在痛苦地呻吟着，边上是一只只奇怪的小香炉。

他小心翼翼地打开了一只香炉，发现里面燃烧着一种奇怪的粉末，发出浓烈的味道。他看了看四周，手指卡入地板的缝隙中，用力一抠，硬生生撕下一条木刺来。他搅拌了一下粉末，发现里面有很多细碎的骨头，虽然已经研磨得非常细了，但还能看出是陈年的骨骼。

这些粉末是藏香混合着某些阴干的尸体研磨出来的。

闷油瓶从来没有遇到过这样的事情，不知道所为何事。等他再抬头看向那个女孩儿时，发现女孩儿已经爬了起来，用她的肘部和膝盖撑着地，赤身裸体地跪爬在了地上。

闷油瓶绷紧了神经，单手死死握住香炉，这是身边他唯一可以使用的武器，以他的速度和臂力，甩手出去至少能为自己争取一点脱逃的时间。但他心里还是没底，因为他发现，女孩儿用肘部和膝盖爬行得非常快，一点也不像一个残疾人爬行的速度。

然而，女孩儿并没有攻击他，甚至连看都没看他，而是径直朝着另一个方向爬了过去。

闷油瓶紧随着过去，看到女孩儿爬向了一道木头楼梯，瞬间就爬了上去，那里似乎通往这个喇嘛庙的上一层。

闷油瓶看看身后，是那几个藏民来的方向，和这个女孩儿走的方向不是同一个。

木头楼梯特别大，所用木料都是碗口粗的圆木头，每一节之间的距离差不多有一米。楼梯通往上面的门口，那里宽得能通过一辆解放牌卡车。门边挂满了毛毡和写满红色藏文的古老的黄色绸缎。

通过绸缎老旧的颜色看，感觉那起码是几个世纪前的东西了。

闷油瓶本能地感觉到，这个楼梯不是给人走的，因为人根本爬不上楼梯，这就是给这个女孩儿准备的。

那么这个楼梯通向的是什么地方呢？奇怪的毛毡和符咒，几个藏民又急匆匆地离开，这里面一定有什么了不得的东西。

闷油瓶按了按楼梯，想看是否结实，手一压，身体瞬间就跃了上去。他没走那些横木，而是踏着楼梯两边的长杆一路往上蹿去。

还没等他够到门边上的黄色绸缎，砰的一声枪响，不知道从哪里打来一发冷枪，打在闷油瓶脚边的木头上，木头整个炸裂开来。闷油瓶反应非常快，一下子跳了出去，一手扯住边上挂着的毛毡借着腰力翻身下来。

几乎是同时，下面的枪声连着响起，子弹全打在了楼梯上，等子弹转移到毛毡上时，闷油瓶已经隐入了毛毡中。

他屏住呼吸去看枪声传来的方向，只看到蓝光闪动，似乎有一个穿着蓝色藏袍的人也在毛毡间快速地移动。

闷油瓶手按在地上，一边听着声音辨别那人的行动方向，一边摸着四周是否有可以防身的东西。

他的手刚刚碰到地板，一发子弹就穿过几层毛毡打了过来，闷油瓶头一移，子弹就擦着他的耳朵飞了过去。

他立即知道对方并不是普通人，不是一个好应付的角色。但闷油瓶对付这种人经验太丰富了，他忽然站了起来，几乎是贴地奔跑，就听着子弹在身后呼啸。转眼间他已经冲到了一只炭炉前，在火炭上一踩。

火炭炸起一大团火星，闷油瓶借着这一跃，跳起一人多高，一下抓住一条毛毡，如同一只蝙蝠一样，悄无声息地缩挂在了毛毡后。

几乎是同时，几发子弹打在了炭炉上，把炭炉全部打翻在地，接着那穿着蓝色藏袍的人冲了过来。

这种巷战式隐蔽射击，射击者虽然有非常强大的武器，但没有任何信息优势，如果遇到身手敏捷的人，反而很容易被偷袭。最好的方式，就是往自己射击的方向跑，因为射击后对方肯定得离开，而被射击者离开的地方必然是安全的。

射击者受到枪声的影响最大，多次射击后如果没有击中，被偷袭的可能性就会变得特别大。因为你不知道别人在你开枪时靠近了你多少距离。

在这个看似特别隐蔽,但毛毡根本无法作掩护的地方,这个办法最实用。

所以蓝袍人瞬间跑到了炭炉边上,闷油瓶几乎在他到的同时就从上面狠狠地落下来,双膝一下子压在了蓝袍人的肩膀上。

体重加上重力、速度,瞬间蓝袍人就被压跪下了。闷油瓶转动腰部,但没有死死钳住他的头,而是顺势夹住了他的手,用力一转,就把他手里的长枪夹脱了手。

枪落地,闷油瓶脚一抬把枪踢了出去,站定之后就看那人是谁。还没等他看清,对方的反应也非常快,藏刀出手,一道寒光立即向闷油瓶的面门来了。

用枪闷油瓶没有办法,但要是有人想跟他动手,那真是找死。闷油瓶稍稍一让,避开刀锋,拳头从极其小的缝隙里一下打在了蓝袍人的鼻子上,这时候就算有人在他身边,根本来不及看到他是怎么出的手,只听到拳头打在肉上的一声闷响,蓝袍人趴在了地上。

闷油瓶蹲下身子,一下子掐住蓝袍人拿刀的手,略一用力,蓝袍人整个人都缩了起来,同时刀脱了手。

闷油瓶低头去看,就见那是一个特别年轻的藏族青年,最多只有十八九岁,被他捏得痛苦万分,不停地用藏语说着什么。

闷油瓶知道枪声肯定已经惊动了很多人,这里不能久留了,刚想把他打晕离开,就看见从毛毡后面一下子走出来更多的蓝袍藏民,足有十几个,手里都拿着长枪并对着他。

闷油瓶轻叹一声,却看到所有藏民都蹲下来,对他做出了西藏人最敬重的礼仪。

所谓最敬重的礼仪,其实就是跪拜。跪拜之后,由其中一个年纪较大的蓝袍藏民献上了五彩的哈达。

其实我觉得这是一个十分奇怪的场景。献哈达的场景在太多故事里出现,但在西藏,献五彩哈达确实是最高的礼仪。

但刚才的情况十分诡异，突然出现了这样的局面，我在看资料的时候也觉得相当不可思议。

接着，一个中年人出现在了闷油瓶面前，用非常熟练的汉语说道："我们等你很久了，张先生，请接受我们的道歉，并且接受我们献上的哈达。"

闷油瓶不动声色地看着四周的人，就看到中年人从口袋里掏出一张发黄的黑白照片并递了过来。

"这一切都是董先生安排的，他说得果然没有错。"

照片上是穿着藏服的董灿。闷油瓶接过来翻到后面，看到了一行字："秘密就在这里，他们能帮助你。"

第十九章
阎王骑尸

蓝袍的藏民称自己为"康巴落人",他们住的地方叫康巴落,是雪山里的一个河谷。

闷油瓶和他们的交流只有短短几个小时,但其中透露的信息之多,让人目不暇接、混乱不堪。对于闷油瓶来说,康巴落人所说的东西他几乎立即就看到了,所以所有信息都可以立即接受和消化,但对于我们来说,所有信息都只有文字,无法有效了解那到底是一个什么样的所在。

如果我们从天空中俯视整个河谷,就会发现雪山中的奇湖呈现出偏宝石蓝的蓝色,就像一颗异形蓝宝石镶嵌在白色的绸缎之上。

这个奇湖就叫康巴落湖,翻译成汉语就是"蓝色雪山"。当闷油瓶被他们带上喇嘛庙的顶层,从那里出来行走在两边的悬崖上,一路看见广阔湖面的时候,闷油瓶被眼前看到的东西惊呆了。

说实话,能深深震撼闷油瓶的事物并不太多,他对于"冲击"的训练使得他对任何危险的第一反应是冷静和无动于衷。他受的所有训练都是为了使他在遇到任何突发情况时,能在第一时间做出最正确的反应。

但是，所有这些都是针对危险和丑恶的东西而言，这样一来，看到再可怕、再恐怖的东西，闷油瓶内心都不可能泛起任何一丝波澜，即便是遇到最惨烈的场景，面临最大的心理负担，他也都能承受。

但这一次，是不同的。

因为这是美。他看到湖面的那一刹那，美，就突破了他的一切防线。

他看到了一片碧蓝的湖面，在悬崖上往下看和在湖边时的观感完全不同。在这里，阳光被充分折射，那片蓝色简直澄净得不像天然可以生成的，而像是蓝色的丝绸，被死死绷在雪谷中。

这一抹诡谲的蓝色并不是所有情景的核心，最让人无法移目的地方，是湖面中倒映的巨大雪山。

雪山当然是白色的，但倒映在湖面上后，竟然变成了一种奇异而魅惑的蓝色。湖边耸立的雪山神圣、肃穆，让人的心灵有一种无法言说的悸动，而湖面上倒映的雪山，比白色的雪山更加神秘和宁静。

他们在悬崖上顺着湖边一路行走，很快就发现了一条隐蔽的河谷。

他们下到了河谷之内。下面的河面已经完全结冰了，他们走到河面上，踩着冰往前走，很快，在一公里外的地方，河谷变得有四五公里宽，在这条河上，出现了无数突出河面的石头。

这些石头上堆满了玛尼堆，一眼看去，就像一个奇怪的石头阵。

闷油瓶继续跟着走。经过了玛尼堆群，湖面已然变成了一片石滩，闷油瓶发现石滩以一个非常陡峭的阶梯状在下降，但其中有很隐蔽的楼梯。他们一级一级下去，进入了一个海拔在两千米左右的山谷，那是雪山中非同寻常、满是绿色的山谷。闷油瓶看到了农田、溪流，还有很多白色的石头房子。

这就是康巴落人生活的地方，一共有一百九十多户，大部分都是藏民。蓝袍人将闷油瓶带进了最高的土司的房子，献上哈达的人告诉他，这里已经没有土司了，上一任土司离开后留下了一个命令，让他们等待下一任土司的到来，但他们一直没有等到。

闷油瓶看到了主位的毛毡后面挂着的土司的画像，他一眼就认了出来，那是董灿的画像。董灿竟然是这里的土司？他有一丝意外，盯着看了很久。

原来，在所有进出西藏的脚夫中，有很多人都来自这个隐蔽的地方，但他们并不是受不了这里的环境而离开这里，而是康巴落安排出去的。真正懂得如何跋涉无人区雪山的，只有康巴落人，因为他们知道一条雪上密道，就算是来暴风雪，这条密道也至多埋没他们的小腿。

这些出生在康巴落的脚夫，一直在做他们的土司交代的一件十分重要的事情，就是等待一个要进入雪山的汉族年轻人。

他们的土司说，这个年轻人是他在汉地时的族人，在他离开之后，这个人的到来能帮助解决他们的灾难。

在这个年轻人到来之前，这个汉族土司将雪山里的一个秘密封闭在了一道巨大的青铜门之内，但这道青铜门每隔一段时间必然会打开。汉族土司离开之前告诉他们，他一定活不到下一次青铜门打开的时候，即使活到了，也无法再来保护这个秘密。但好在青铜门打开之前一定会有一个年轻人到达这里，接手他的工作。

康巴落人必须保证年轻人能平安到达这里，并且要保证他们所接到的就是这个年轻人。

所以他们进行了一个计划，在等待的这些年里，被脚夫带到这里的汉族人有很多很多，但经过他们的测试，发现都不可能是董灿说的那个人。最后，闷油瓶出现了。

之前对着闷油瓶射击的蓝袍藏民叫丹，他是这批蓝袍藏民里身手最好、最聪明的一个，他来攻击闷油瓶，是为了测试闷油瓶是否有好身手。

所谓的蓝袍，是指这里成年男性狩猎时必须穿的冲锋衣。

听完这些叙述，闷油瓶已经喝了四五碗酥油茶，寒冷的天气让他第一次觉得有点力不从心，只能安静地听着，没有做任何防护措施。

他们继续说着董灿到达这里的经过，如何当上了土司，如何教他们对付雪山上的恶魔，又是如何离开的。

闷油瓶明白，所谓的秘密，很多时候可能并不是字面的意思。董灿和其他几个人是从那个有着巨大球体的山谷出来后才来到这里的，其他几个人休整好后就离开了这里，到了外面的世界，拿着那些黄金过着富裕的生活。

而董灿留了下来，在这里"保护秘密"。他应该在这里待了很长时间才离开，接着把这里的消息带到了张家，但他本人却再也没有出现。

闷油瓶了解董灿，他知道董灿也是一个相当冷静的人，这样的行为只能说明一点，那就是有什么东西扰动了他静如死水一般的心，使得他心灰意懒。离开康巴落之后，他只是尽责地把信息传达到了张家，自己却不想再回到那样的生活状态。

如果单单是一个秘密，不可能是这样的结果，到底是什么原因呢？

康巴落人也不知道，交流进行到最后，他们就告诉闷油瓶，希望他能帮他们度过这十年一次的灾难。

闷油瓶就问，这秘密到底是什么？

康巴落人说，秘密就是秘密。他们带着闷油瓶进入土司房子的后屋，闷油瓶第一次看到这个故事中最关键的一样东西——一个奇怪的黑色石头神像。

整间屋子非常大，但什么都没有摆放，只有一个黑色的神像。

这不是西藏的神像，闷油瓶对各种文明都非常了解，他意识到，这是他第一次看到这种模样的神像。

它很可能来自于一个他还不知道的文明体系。

我们说那是神像，是因为它符合神像的所有特征，但那肯定不是人类的神，小哥在资料里说，他无法用任何语言来描述那是一个什么东西。

是的，虽然写不出来，但小哥画出来了。

我一眼就认了出来，这个神的体系，和我们之前在长白山看到的那个长得像棒槌一样的神是一个体系的。

神是比我们更高级的存在，但是，假设世界上有软体动物，或者是珊瑚虫修成了正果，它们变成了神，我们是否能理解它们的价值观？我看到那简单的画时，脑子里忽然出现了这么一个奇怪的念头。

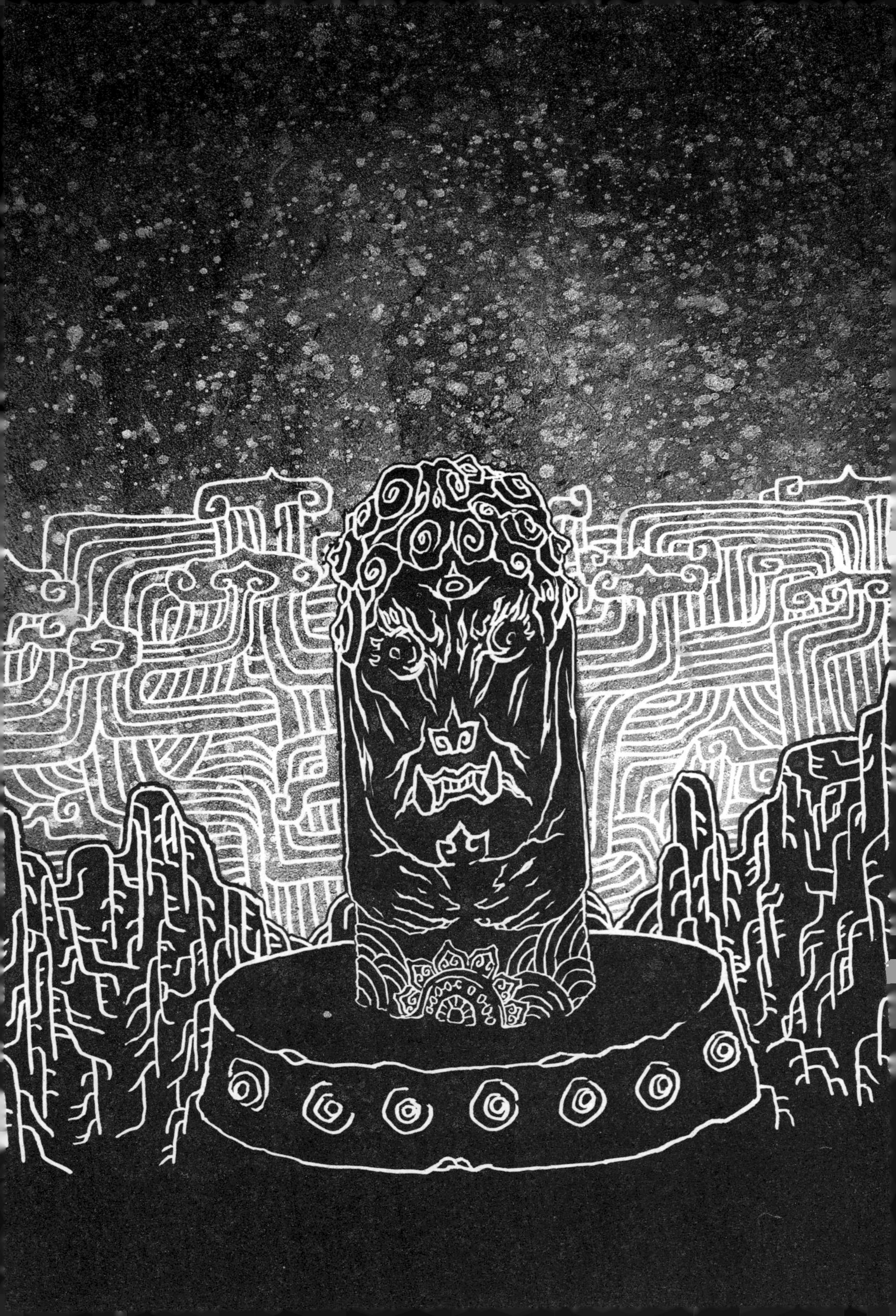

康巴落人告诉闷油瓶，他们要阻止的，就是这个东西。

那个董灿去过的有着无数金属球的山谷就在康巴落村庄的另一面，距离他们十七公里远的地方，路途非常难走。这里很多人都去过那个山谷，看到过那些奇怪的球，还捡了些回来。

闷油瓶觉得这样的说法有一些问题，又问：刚才那个女孩儿，又是怎么回事？

这一次，却没有得到回答。

在聊这些事情时，闷油瓶忽然发现，在他们所在的这个屋子里有一个极其别扭的地方，他仔细看了几眼，发现确实有一个绝对不可能出现在这个屋里的东西就在这个屋子里。

他不动声色，但心里已经明白，刚才他听到的事情，似乎和真相完全不一样。这个村子看似是一个世外桃源，一个香格里拉，然而却完全不是表面上那样。

第二十章
独立于其他文明的邪神

看到这里，我已经基本能明白董灿在山谷里到底发生了什么，不管所谓的秘密到底是什么，董灿最后心灰意懒的原因，一定是因为，他爱上了一个女人。

对于张家人来说，和爱这种东西搞上关系似乎很难理解。对于小哥，我和他相处了那么长时间，我一次都没有看到他表现出任何人应该有的欲望来。

按照常理，无论是多么圣洁的人，除非是被下了药，否则绝对不会如此清心寡欲。就算是平时喜欢种花，赏玩本身也是一种欲望，但小哥平时最喜欢做的事情是发呆，也就是说，如果他有欲望的话，他的欲望就是坐着不动。

以他平时的表现，似乎没见过他对任何女人有兴趣，平日里也不见他有什么自慰之类的举动，也不会对吃的特别在意，也没有对任何信息表示出兴趣。

当然，就算有兴趣，他也不会表现出来，我突然起了一个很歹毒的念头：假如还有再见的机会，一定要喂他吃几只西班牙大苍蝇，不知道他的体质是否也能免疫。

所以，我一直觉得，张家人似乎是一种特别死板、特别不会表露感情的人，但是，董灿却打破了我的这个想法。

我知道，只有爱情的破灭才会使得一个受过那么严苛的训练、心思缜密而且身手不凡的男人对于外面的世界心灰意懒，而且这个女人的下场一定让人失望。

我不由得想到了胖子。胖子是一个特别能消化痛苦的人，虽然对一个人来说，开心与不开心只是两种情绪，情绪本身并不能用来卖钱，但像胖子那样的人也有过不去的坎儿，何况是自己都会给自己添堵的张家人。

我觉得，事情应该是，董灿在康巴落期间爱上了当地的一个姑娘，然而在某个事件当中，这个姑娘死去了，或者出了其他什么事情，董灿虽然解决了村子的问题，但也失去了留在这里的意义。

八点档的电影频道放的三流探险电影里的情节，在现实生活中却往往是很容易发生的。

闷油瓶在那个房间里发现固定用的石头之间的缝隙中灌的浆是混凝土。

这是一种十分像泥浆的混凝土，极其坚硬，特别是在那么冷的地方，凝结速度会非常快。但有一点是，凝结得无论多快也无法快过水变成冰的过程，所以这些石头墙必须经过保暖才能浇灌。

一个这样的山村，怎么会用混凝土来浇灌墙壁呢？

闷油瓶的第一判断是，这个地方有猫腻，但所有的一切又让他觉得不像有猫腻，于是他直接问了领头人为什么这里会有混凝土。

领头人的回答非常复杂，最后又牵扯到了一件非常重要的事，但是为了叙述的流畅，我在这里先按下不表。

接着，闷油瓶还是询问那个女孩儿的事情，他感觉所有的一切都应该互有关联。

问了几遍，那个领头人才告诉他，那个女孩儿就是董灿爱上的女人。董灿之所以要留下来，就是要救那个女孩儿，然而，最后还是失败了。

看到这部分的时候，我已经在喇嘛庙待了七天了。连日阅读、分析、分类后，我已经相当疲倦，而且庙里的食物也让我相当不习惯。到了此时，我觉得我已经到极限了。

这里的环境对于我来说是惬意的，虽然寒冷的墨脱让我几乎无法去室外，但炭炉和毛毡形成的温暖屏障让室内格外舒服，我也习惯了这里的棉被那奇怪的味道，睡得特别舒服。

如果是以前，我在这个时间点一定会想办法下山，再吃一点不一样的东西，天天吃酥油糌粑真不是我这种肠胃可以承受的。

但我之前经历了太多东西，使得我绝对不会离开我正在做的事情，因为我知道，离开哪怕只有一分钟，都可能有无数变故发生，而有些变故，只要我在这里，就是完全可以由自己控制的。

这个世界上，如果有一些秘密不能让人知道，那么即使这些东西在你的桌子上，你也要认为，四周有无数的眼睛等你离开这张桌子，哪怕只有一秒。

所以，我让我的伙计想办法下山去买一些蔬菜和面粉来，然后找一个汉人厨师，带着一个锅子到喇嘛庙里来。

因为伙食有很大的区别，最开始我让这个厨师帮我煮了一些豆饭吃，之后偷偷让他在这些豆饭中放一些咸肉。

这一段时间我都没有再去看那些信息，有几次想拿起来再看，但都有一种特别疲倦的感觉立即涌上来，因为之前看得、整理得实在太多了，我有点接不上气。

老喇嘛成了我在这段时间里的一个好朋友，他对于我在查看的东西也十分感兴趣，我和他经常讨论一些细节。当时各地会有游客到来，他还要时常帮寺庙出去接人。因为我一直闭门不出，一些到来的客人我也不认识，他就负责给我介绍。

喇嘛庙的饭堂是人最密集的地方，我看到了零零散散的陌生人，都是之前没有见到过的,并不都是庙里人。我带着我的饭来饭堂,打算一边吃一边找人唠嗑时,就发现事情有些不对劲了。

庙里来了很多奇怪的人,看模样都来自于香港或者广东,能看得出粤味来,似乎是个驴友团,都在饭堂吃饭。

老喇嘛告诉我,这个驴友团在我入住后第三天就来了,那正好是我最疯魔的时候,几乎都在房间里吃饭,所以根本不知道这些人的到来。

这个驴友团来自香港,名字叫作"绿色家园",是一个香港的驴友网站组织的队伍。这个驴友网站的站长和这个老喇嘛的关系很好,似乎很久之前就认识了。

他们会在这里住到下个月,因为他们要往山里一个更深的地方去拍雪景,最好的时间还没有到,所以要在这里休整。

这批人每年都会来,陈雪寒给他们当过好几次导游。

我并没有太在意这些人,只是和他们打了个招呼,虽然说有一些不是喇嘛的人在这里,我的日子可以过得有意思一些,但我不想中途惹出太多别的事情。

这些人的到来让这个饭堂显得太拥挤,以至寺里的很多喇嘛都到了另外一个房间,把那里当作临时吃饭的地方。我想了想,觉得和老喇嘛讨论我整理出来的那些信息可能更有意义,也到那个房间吃饭去了。

到了那个房间后,让我更加惊讶的事情发生了,我看到那里也没有老喇嘛,那里住的是一群老外。

老外当然没有香港那边的人多,但也有六七个,可能是为了避嫌,一个喇嘛都不在屋里,毕竟老喇嘛都是非常有智慧、修为非常高的人,很多时候都在静修,不能时时刻刻处在吵闹的环境里。

我去问其他喇嘛到底是怎么回事,怎么这个偏僻的喇嘛庙变成一个MOTEL了,我来了之后,竟然跟着来了那么多人。

喇嘛们也说不知道,虽然这个喇嘛庙并不与世隔绝,但除了几个固定的团队之外,真的很少有人会这么扎堆进来。有可能是我比较旺,我在这里风水就变了,这里的人丁就兴旺起来。

我也找不到老喇嘛到底在什么地方，这样的情况下，他有可能躲到喇嘛庙的上层去了。那里是我们没有权利进入的地方。

我托小喇嘛传达我的消息给老喇嘛，我也想参与他们的讨论，毕竟这些信息都是我整理出来的，但小喇嘛对我说，会见老喇嘛的时间和地点他会来通知我，我不能随时去见老喇嘛。

百无聊赖之下，我就在各个天井里闲逛，尽量避开有人的地方，走着走着就走到了一个特别的天井里。

这个喇嘛庙有无数个天井，说是无数也许有些夸张，但数量真的非常多，而且都非常小，有些小得真的就好比是一个井。

我走到这个天井之前，已经经过了三四个几乎听不到人声的天井，也就是说，这里已经是这个喇嘛庙比较荒芜的地方。

这个天井的墙上有一些斑驳的佛教壁画，因为是露天壁画，已经剥落得只剩下一些色块，无法辨别图案。我看到了一个背影，我能肯定，这个人只是在那里发呆而已，他并不是真正在看什么东西。

但我就是不敢过去，因为这个背影我太熟悉了，熟悉到在一瞬间，我怀疑自己是不是恍惚了，是不是进入了另外一个时空。

这是小哥的背影。他穿着一身黑色的雪地冲锋衣，安安静静地坐在天井的石头上，四周都是积雪，他似乎一点儿也不冷，而是完全澄净地进入到了他自己的世界当中。

第二十一章
闷油瓶出现了

我不知道我在那个地方待了多久,就那么呆呆地站着,看着这个背影。

我心说这算是怎么回事?他不是说要十年吗?他怎么就出来了?

难道他根本就是欺骗我?还是说,事情又有了新的变故?

而且他来到了这里,难道这里真的是一切的关键,他一出了青铜门,就直接到了这里?

等我转到了背影面前,梦游般的疑惑一下变成了一种带着沮丧的愤怒外加疑惑。因为我发现这不是一个人坐在这里,而是一个石像。

一件黑色冲锋衣披在石像身上,整整齐齐的,防雪帽戴在头上,看上去就跟真人一模一样。

我愤怒的是,到底是谁做出这种恶作剧,要把冲锋衣披在石像上;而疑惑的是,为何这个背影和小哥如此相似。

我凑近看到了石像的真面目,那是喜马拉雅山石雕刻出的简单石像,非常粗陋,完全没有细节,但整个身形真的特别像小哥。我下意识地去看石像的双手手指,就发现雕刻并没有精细到手指部分。

我看了看四周,这冲锋衣价值不菲,在这里的驴友到了这个地方都很不容易,不可能有人随身带两套冲锋衣,之后留一套在这里搞恶作剧。这冲锋衣肯定有主人,而且他想下山的话,一定会过来取走。

周围没有人,我绕了几圈,又来到石像面前仔细查看。

这种感觉很奇怪,我身边留存的关于小哥的影像非常非常少,除了有些照片里有模糊的影像,我和他相处的那段时间里竟然再没有留下什么其他的东西。

事情之中和事情之外,当人生过得没有什么意义的时候才能有真正意义上的朋友,否则,在意义中交的朋友,在意义消失之后是否还存在就是一个问题了。

我点上一支烟,看着没有雕刻完的石像,心里想着一定要问一下老喇嘛这到底是什么东西,但是我很快就发现,这个石像并不是没有准备雕刻细节,而是在中途停工了。

所有雕刻的部分,细节的程度完全不同,最精细的是脸,这部分一定是本来准备最先完成的。

我能从脸上所有的细节刻痕上看出石像的表情和雕刻家的意图。我发现,这个石像雕刻的脸,就是小哥的脸。

小哥的脸其实相当有特点,他不是一个会淹没在人群中的人,但这些都不是让我在意的地方,我在意的是这张脸的表情。

我发现,这张脸是在哭。

我走远了几步,越发觉得毛骨悚然。我发现整个石像呈现着一个让我震惊的情景——小哥坐在一块石头上,头低着,然后,他是在哭泣。

小哥从来不会有任何明显的表情,包括哭泣,就连一丝丝的痛苦,我都没有看到他表达过。

我看着石像,把烟全部抽完,之后准备脱掉那件冲锋衣,直接找老喇嘛询问这件事情。但我的手一抓到那冲锋衣的表面就发现不太对劲,一捏冲锋衣,它就沾了我一手的灰。

我继续小心翼翼地解开拉链和扣子,就发现这根本不是一件黑色冲锋衣，本来的颜色已经无法考证了，很可能是白色或者红色的，但因为实在太脏和过于老旧，所以变成了黑色。

这件冲锋衣应该已经披在石像身上很长时间了，从材质来看，是尼龙复合材料质地，但款式很新，想必不会超过三年。也就是说，这件冲锋衣是三年内某个人披在石像身上的，而这个人后来没有把冲锋衣拿回去，同时似乎也没有人在这段时间内发现。

后来我问老喇嘛，老喇嘛告诉我，喇嘛们活动的区域并不大，这个喇嘛庙的很多区域喇嘛们可能永远不会进入，只有当初建造这个地方的人才到过。

也就是说，这个石像是谁雕刻的，冲锋衣是谁披上的，都无从查证。老喇嘛帮我问了一些人，但没有任何结果，因为几乎所有喇嘛都说，他们几乎从进入喇嘛庙开始就没有到过那个天井了。

我相信喇嘛们的诚实，对于这个地方来说，来这里的喇嘛都是非常虔诚的，他们的好奇心早就在前期的修炼中被克服了，所以他们都在一个非常简单的没有任何欲望的环境中生活，没有必要到达的地方，即使只隔着一扇门，他们也不会推开看一看。

那么，这个石像的雕刻，很可能发生在德仁喇嘛的时代，而那时候的喇嘛已经去世得差不多了，推论到这里，给石像披上冲锋衣的人更无法考证了。

我脑子里想象着，什么时候，小哥竟然在这个院子里，偷偷地哭泣？

然后，小哥哭泣的时候还被人看到了，并且秘密地被雕刻下来，雕像又在这三年内被人披上了冲锋衣。

这里面肯定有大量的故事是我不知道的，当年小哥住在这里的日子也许并不是我想的那么宁静。

我回到我的房间，让伙计快速翻阅资料。我想找到任何关于"哭泣"的记录，我自己则在房间里仔细查看冲锋衣，想找到任何关于它的主人的信息。因为我知道，只要有一个突破口，我就能抽丝剥茧，找到决定性的线索。

　　这件冲锋衣是哥伦比亚牌，这是一九三八年创立的一个美国品牌，销量非常大，几乎全世界都有这个牌子的专柜，从牌子着手似乎是不可能的，原来的颜色也完全无法考证。我只知道，这件冲锋衣的尺码是 XL，能穿这个尺码的很可能是男人，当然也有可能是比较强壮的女人，但可能性比前一种小很多。

　　不会是当地人，因为穿这么专业的冲锋衣的当地人基本都是科考队的，是老百姓的概率非常小。

　　我把冲锋衣所有的口袋都摸了个遍，在一个口袋里，我发现了几枚硬币，是一些外国的硬币。我对于外国钱币没有太多了解，我觉得，这会是一个老外的冲锋衣。在另一个口袋中，我找到了一张收据，是一个饭馆的收据，我不能保证就是墨脱的饭店，但肯定是西藏某个地方的饭店。

　　在冲锋衣的内袋中，我找到了一张用防水袋包起来的纸。

　　这张纸被完全密封在防水袋中，我拿了出来，发现上面用德文写了一连串文字，在文字后面是一串数字：02200059。

　　我倒吸了一口冷气，立即让我的伙计下山去找人翻译那些德文。另一方面，我有些着急，我想到了那些德国佬，马上找来几个喇嘛，让其去德国佬休息的地方找他们帮忙。

　　喇嘛中有几个会一些德文的发音，而德国佬的翻译也帮忙翻译了一下，于是我知道了那纸条上写的文字是：

　　　　敬爱的张先生，你给我的那个古老的盒子我已经打开了，我明白了您的意思，我也推演了您给我说的整个世界变化的过程，我明白您所担心的局面已经正在发生。

　　　　我为我之前的说法而道歉，我希望您说的您族人的方法确实还能继续生效一段时间。这不是我们这一代人可以解决的问题，我会尽力说服我的朋友们把真正的希望留在十年之后的未来。希望您在那个时候还能记得我们。

打开盒子的下一个排列是02200059，应该是最后一个排列了。我们的时间不多了，我迫切希望能够尽快见到您或者您的同僚。如果您看到这张纸条，请往我原来的地址写上一封信，我将立即赶到。

　　无论是谁，看到这张纸条，请将其放在原来的位置上，我们希望将这个信息传达到一个非常重要的人手上。

署名是空白的，但在署名的位置上画了一个由德国字母组成的奇怪徽章。

第二十二章
召唤胖子

我点上一支烟,知道很多事情已经不可避免,是时候做一个选择了。

我在山下的一个小酒吧里,打出了一个重要的电话。我所在的地方,说是小酒吧,其实就是一间装饰成酒吧的小屋子,墙壁上贴了很多驴友的照片,能喝到很多山外能喝到的饮料,能看到香薰蜡烛和一些酒吧里应该有的东西,但都非常昂贵,一罐本来卖几块钱的啤酒,在这里要卖三十块钱。现在这个季节,酒吧里燃起很多炭火堆,人们三三两两地围在火堆边上,南腔北调地聊着各种故事。

虽然是下午,但整个屋子很昏暗,只有炭火光和蜡烛光两种光源,金属和玻璃器具反射出的光,在整个空间里游走不定,这是我最喜欢也是最能让我安定的氛围。所以我打出的这个电话,时间比预想的长了很多很多。

电话那头是远在几千公里外的胖子,胖子那边的气温应该很高,从他讲话的腔调我都能感觉到温度从话筒里喷出来。

我和胖子分开之后,最开始时很少联系,因为巴乃那里实在很难联系,我往那边打电话,总是阿贵接的,叫他让胖子给我打回来,胖子总是不打回来。

而在那个状态下，其实我也挺怕他真打回来，因为有太多的回忆我没法面对，他不打回来，其实我也如释重负。就这样，一直到半年后，我和胖子才重新接上头，让人欣慰的是，他的状态已经好了很多，能开一些玩笑了。

那之后，我大概每周都会和他联系一次，他也越来越放得开。我试图让他离开广西，但这个问题在他那里似乎一直让他产生不好的情绪，谈到这里，他都会打哈哈过去，说自己现在和岳父在一起生活得很好，这儿还有好多人想当他的岳父，所以他不愿意出来云云。

后来我也就不勉强了，但还是希望我的电话能够给他带去一些现代的气息，让他不会沉迷于瑶寨闲云野鹤般的生活，等以后出来，还能了解这个社会上正在发生什么。

在这次通话中，我把我在这里发现的事情和胖子说了，胖子听到我发现小哥的画像时，他的状态一下子就变得很兴奋，我也随之有点小得意。

原来他内心还是有激情的，或者说，他心中积极的一面已经恢复了，只是他还不愿意承认而已。

起初我这样以为着，但和胖子聊着聊着，我就发现他的兴奋有些不对，听他的语气，似乎不是对我说的事情有兴趣，而是好像从我这些话语中听出了什么，在沉思和怀疑。

"你在琢磨什么呢？"我就问他，"啧啧的，你一边说话还一边吃黄泥螺呢？"

"这儿还真没这种东西，你胖爷我是听你说的，觉得事情不太对。不过，也许是我多想了。"

"什么叫事情不太对？"我问，"我这儿没发生什么事情，虽然没有巴乃那么潮湿舒适，但要说避世，不会比你那儿差，别说得我好像特别俗、盲似的。"

"那是，咱们家天真那是清新脱俗小郎君、出水芙蓉弱官人，走到哪儿哪儿就开展学雷锋活动。不把西湖比巴乃，却道墨脱就是娘，佛曰：雷峰塔总是要倒掉的。"

"你他娘的哪儿来那么多破词？"我怒了，"这儿公用电话很贵的，你能说点情真意切的吗？别扯淡。"

"绝对不是扯淡，胖爷我很久没想起你那二哥了，是有确实根据的，你听我说。"

我嘴里骂了句。

胖子笑了一声，才道："这样，你听我说，你是从尼泊尔回来，然后去墨脱的对吧？"

我点头，点完才意识到他看不见，说道："是的。"

"你从尼泊尔回来，为什么去墨脱？你是一只鸟，从尼泊尔飞过来，落在墨脱停一停？你是去做生意的，身上带的东西又不是大货，你应该绕过墨脱走更加便利的线路或者直接从尼泊尔坐国际航班回来啊？"

"我不是没事太无聊了嘛，就想走走这条线。"

"那你身边的人就让你去了？你知道去墨脱是件很麻烦的事，而且以我对你的了解，你不太会有这种念头，你现在有夜长梦多恐惧症，去墨脱不符合你的做事习惯。"

我点头，心说还真是，夜长梦多恐惧症，是我经历了那么多事后的后遗症，对于一件事我总是觉得，一旦我停止了，或者有所喘息了，这件事就会被人破坏。所以我不再随性地做事，而是特别追求高效率和走捷径。

"你想想，你是怎么去的墨脱？肯定是发生的很多事潜移默化地促使你做了这个决定。"

我回忆了一下，就说道："也没那么复杂。"接着就把我去墨脱的原因说给胖子听。

"你觉得这是命运吗？"胖子听完说道，"你再想想，怎么你就看到小哥的画像了？"

胖子说完这个，我忽然明白了他想说什么，心中咯噔一下，就听胖子道："世界上没有那么多凑巧的事情，即使小哥真的在墨脱待了很长时间，怎么就那么巧被人画了下来，还挂在你能看到的地方，你以为是拍电视剧吗？"

"你是说——这是别人设计好的？先是引我来墨脱，然后用小哥的画像把我留在了这里？这里有一个什么阴谋？"

"你以为事情完结了、松懈了。如果是以前的你，以你的小心思绝对不会忽略这点。"在我心里一紧的时候，胖子忽然道，"天真，你入套了，恭喜你升级成天真的二次方，又天真又二。"

"少他妈嘴欠。"我有点郁闷，"你说现在怎么办？我立即离开？"

"千万别。你身边就那么几个窝囊废，你现在入套，他们的计划正在进行当中，很稳定，你没有什么危险；但是，假设你突然表现得识破了他们的计划，他们肯定会用第二套方案把你留下来，你可能就没那么自由了。你先不动声色地待着，把地址给我，我用最快的速度赶到。"

"您决定出山了？"

"您都'天真的二次方'了，在您被开方开掉之前，我得来拯救您一下啊。"胖子的声音很平淡，"而且，这事和我也脱不了关系，您被开了，下一个可能就是胖爷我了。"

我心中一暖，刚才那一丝淡淡的慌乱也没有了。我把地址念给他，知道他最快可能一周就能赶到这里，便放下了电话。

环顾四周，我忽然发现这里的气氛没那么轻松惬意了，反而鬼气森森，不知道是心理作用还是本来就是如此，只是由于我刚才太过放松没有发觉。

把啤酒喝完，我在冷热交界处待了一会儿，便从屋子里走了出来，迎面走入风里。虽然胖子是那么说，但我还得去那个邮局看看事情是不是真如他说的那样。而且，不知道为什么，我特别想再去看一看画，看一看画里的闷油瓶。

如果真如胖子所说，还有人在设计我，那到底是为了什么呢？事情已经过去了那么久，我也不再纠结了，难道还有人想把我推进那些无尽的深渊里吗？

我不由得冷笑，我已经不是当年的我了，如今想来糊弄我，我大意的时候就罢了，但如果让我察觉，那对方也不会好过到哪儿去。

我来到邮局，里面一直很繁忙，全是各种各样的人，正在交换包裹、打包、填地址。我趁乱走进了柜台后面，里面的人看着我，我就道："我是来付钱的。"

"什么钱？"里面一个会计模样的人问道。我掏出了三千块钱，说道："上次欠的，你查一下，有个条子写在你的办公桌上。"

他接过钱，很纳闷："我没看过条子啊。"

"不是你，是另外一个人。"我说道。

"是个女的？"

我点头："应该是你同事，要不你打个电话去问问。"

会计有点迷糊，就打电话去了，我立即装出无聊的样子，来到那面墙前面，看着墙上油画里的闷油瓶。那边电话刚刚拨通，我就把画从墙壁上拿了下来，仔细去看挂画的钉子。

是老钉子，画框后的墙壁上有一个很明显的印子，表示这画在这里挂了很长时间了。

嗯？难道是胖子多虑了？我心说。

我把画放了下来，看那边还没有打完电话，还在翻办公桌上的纸头，我就去看边上挂着的锦旗和画框。一翻之下我心中一动。

那个画着"鹏程万里"的画框后，墙壁上并没有印子，而且墙面颜色非常均匀。

这玩意儿反而是最近才挂上去的。

我退后了几步，看对方还在讲电话，立即转身离开，走到外面，冷风一吹，我就什么都明白了。

闷油瓶的画太小了，而且色泽暗淡，如果当时大意，很可能看不到，为了让我看到，必须使这幅油画显得非常突兀。

在这样的私人小邮局里，墙壁上是不可能出现一幅油画的，本身我要注意到这幅油画就十分困难，而要让这么一个小东西能够被人一眼发现，那势必需要在边上有一个和它完全不同但又不起眼的大东西来突出它。

以前我觉得人不可能处心积虑地做这种细节布置，但现在我知道了，人算计起来，对于细节的掌控能力其实是无穷的。而且，这也确实有效。

这面墙被精心设计过，就是为了让我看到这幅油画。为什么油画背后的墙壁上有印子呢？我觉得，肯定是这里本来就挂着一幅画，只不过后来把画换了，画框还是沿用原来的，所以才会那么吻合。

我在风中疾行，心里琢磨着办法，想着到这里来的过程中发生的一切，被胖子一提醒，我的思路瞬间清晰了，很多之前完全没有想到的事情，都开始历历在目。接下来要做的事情，也开始在我脑子里一件一件地形成。

我非常镇定，好像在做一件经常做的事情。在胖子到之前，我觉得我完全可以把自己的局搭好，让他看看我不天真的一面。

第二十三章
西藏的天罗地网

我做的第一件事情就是把自己孤立起来，因为我回忆了到墨脱的整个过程，发现我身边的几个人在这件事情当中起了很大的作用。

我是一个没什么主见和想法的人，在当年的小铺子生涯中，没有生意时我从来没有想过主动做什么，一方面可能因为我确实不爱这行，另一方面，这和我的性格很有关系。

我当天晚上没有回寺庙，专门在墨脱到处乱逛，但并没有发现有什么人跟着我。不过墨脱是一个非常难以进出的地方，所以这不代表什么。他们如果要控制我，只需要在几个路口安排人就行了。我这样的人在这里还是相当显眼的。

一直到天黑，我住进了一家招待所，找了一个房间住下来，之后就把服务员叫过来，让他帮我去买些东西。

东西里包括橡胶手套，一些衣服架子，很多橡皮筋，四个打火机，两条在墨脱能买到的最好的烟，胶带纸，口香糖，方便面，长的铁钉子。

晚上我在被窝里把橡皮筋全捆连在了一起，藏在皮带上，又把一包只剩

109

一半的烟放到了床缝下。

第二天早上,我带着东西回到了喇嘛庙里,装作什么事情都没有发生,回到了自己的房里。一进去,我就把门窗全都关上了,然后拔下自己的头发,在胶带纸上蹭了点黏性物质,每个窗缝上都贴了一根,再用衣服架和橡皮筋做了一个弹弓。

从邮局里的局来看,那些设计我的人肯定十分高明,不会是一些土包子,所以,他们一定会用高科技的设备来监视我,也许在这个喇嘛的房间里就有针孔设备,我的这些行为他们都会看见。

我首先就要测试,我到底被监视和控制得有多严密。

我走出屋子,他们不可能监视整个喇嘛庙,我开始乱走,确定身边短距离内没有人的时候,我开始观察地形,把身边所有的东西都藏到了喇嘛庙的各个角落里,包括弹弓。

接着我回到自己的屋子里,检查了一遍窗缝上的头发,发现所有的头发都在。

没有人从窗口进来,但这暂时还不能说明什么。

我继续看闷油瓶写的笔记,一直到晚上我才出门,和一些人打招呼、吃饭。就在这个时候,我看到,那群香港人雇用的几个脚夫在门口抽烟。

他们抽的是墨脱最好的烟,就是我昨天买的那一种。

我看了看那群香港人,看了看那些脚夫,知道自己设的第一个陷阱奏效了。

在墨脱的街头,要跟着我是很不容易的,因为不是本地人都会非常显眼,而这里的脚夫爱抽烟,我在招待所里假装丢了半包烟不要了,如果他们不是非常专业的队伍,就一定会捡起来抽。

我不动声色地坐到那些香港人边上,他们倒也没有表现出异样,还是很自然地聊天,在这里,人的状态都很天然,所以我随便找了点他们的食物来吃,听他们到底在聊什么。

粤语聊天语速快起来的话很难听懂,我很快便放弃了,但这段时间里,我点了他们的人头,第一次对每一个人都进行了观察。

很快我就对自己的大意感到惭愧,我发现,这群人中至少有三个身手绝对不会差,有进行过专业训练的迹象,并且所有人看上去都非常健壮和健康。

一般的旅游团,一定是有身体特别好的人,也有特别傻×的体验生活者,而这些香港人的身体素质看上去太好太平均了。

等我再次打量那群人的时候,就发现我判断的那三个身手不会差的人中有一个是女人,她走动后我才发现她有女性的曲线,但脸一直裹在衣服里看不清楚。

我点上烟朝她走了过去,一支队伍里,身手最好的人地位反而不会太高,而我搭讪一个姑娘也不会太惹人怀疑。

"美女。"我走到她边上,朝她笑道,"我这儿有速食面,你吃腻了这里的东西,要不要来一碗?"

那姑娘抬起头看着我,看了看我手里的面,又看了看我的脸,忽然伸手把我的烟从我嘴里抽了出去,叼到自己嘴里,对我说道:"面你省省吧,这烟老娘笑纳了。"

我愣了一下,她边上的男人就笑了起来。我镇定了一下,觉得不能被这个下马威震住,就道:"我叫吴邪,美女你叫什么名字?"

姑娘看了看我,把她嘴里的烟吐到了地上:"我后悔了,烟我也不该要,还给你。快给我滚开。"

我这辈子还没有这么狼狈过,不过我真的不是以前那个遇见这种事情会羞愧得钻到地缝里去的毛头小伙子——这时候,我只是觉得很有意思。

那姑娘吐完烟后,从我的身边擦肩而过,我看向四周看热闹的人,就耸耸肩膀,他们立刻笑得更加厉害了。

我问其中一个人道:"她叫什么名字?"

"我可不敢告诉你。"他说。一下子所有人又是哄堂大笑。

我也跟着笑,心说如果真是你们在算计我,等下你们就笑不出来了。我弯腰从地上捡起烟继续抽,离开了这群人。

我之前做那么多举动的目的很简单，这也是我这几年做生意自己摸索出来的方法，也许只有我这种人适合这种方法，因为只有我有相当多的精力能够注意那么多细节。

以前三叔做生意用的是一种中央集权制度，以自己的威信和制度来管理整条链子，而我肯定不适合这条路线，因为我很难在特别激烈的条件下坚持太长时间，也见不得太多的残忍和强硬。我喜欢所有人都好好的，自己赚到自己该赚的钱，然后和和气气过日子。所以我的手下都叫我"吴小佛爷"。

这个称号源于我当时一个口头禅"阿弥陀佛，放下屠刀赚钱成佛"，和张大佛爷没有一点关系，但我听着就是觉得非常不吉利。

我不喜欢冲突但不代表我不擅长冲突。我有自己的方法，比如说，我总是一次去谈十几个客户，统筹十几件货物的走向。这边还在谈呢，那边就开始卖了。所以，别人根本没法和我竞争，因为对他们来说，他们面对的细节和信息量太大了，根本不知道我在干吗。他们就算能抢走我某一笔生意，其他的也一定会错过。

但我在谈的所有订单、走货细节，在我这里就清晰得像我自己编织的网一样。

如果你要让你的对手露出任何马脚，最好的办法就是一次出无数招。

假设我认为有人设局把我留在这个地方，并且把我引到了这个喇嘛庙里，那么，这些人一定有着很重要的目的，他们势必要监视我。

那么我的一些可疑的举动也一定会引起他们的兴趣，比如说，我下山后在一个招待所一个人待了一夜；比如说，我往房间里所有的窗缝都贴上头发；比如说我把东西藏在喇嘛庙的一个个地方；比如说我忽然做了一个弹弓；比如说我突然来搭讪他们队伍中的一个女性。

所有的行为都是十分诡异的，如果他们全都监视到了，那么他们会觉得我一定在谋划什么。

这种思考是很折磨人的，我以前经常陷入这种思考的怪圈中。他们一定会去查我到过的地方，所以我在招待所里留下了烟，在寺庙中灰尘最多的地方留下了我的东西。在那种地方，只要有人去查看，一定会留下痕迹。同时，窗缝贴头发的举动，也可以暂时阻碍一下他们的行动，至少他们不敢轻易进我的屋子了。并且这样一来也提醒了他们，我似乎已经知道了什么，使他们的行为不得不更加小心。

我的这种策略就好比是不停地在自己四周撒上钉子，只要我身边有隐形的怪物，一定会踩到。

最可怜的是，这怪物还不能和我翻脸，现在他们只能在我边上看着。

现在他们面临的局面是：我似乎已经知道了什么，所以他们必须非常非常小心地行事，但是，我又做了很多很多很诡异的事情，所以他们必须每一样都去查看。

我回到自己的房间，没有再继续阅读，而是灭了灯，在黑暗中把床移了个位置，然后缩起来，准备早早睡觉。

我以前也监视过别人，知道让监视的人最讨厌的事情是，一晚上都没事，早上五六点的时候，那东西才开动。那时候人最困最累，也最容易犯错误。

所以我今天晚上需要好好睡觉。

第二十四章
惊人的细节

我很快就睡着了，也许是因为上山太累，也许是因为琢磨这些坏事情让我费了太多精力，手表上的闹钟在五点就把我吵醒了。

我努力让自己起来，外面还是一片漆黑，我做了几个俯卧撑让自己清醒，然后伸着懒腰走了出去。

院子里什么动静都没有，整个寺院安静得犹如死域一般。我叼上烟戴上手套，朝寺庙的黑暗处走去。

在我去的第一个地方，我藏了四只打火机，这四只打火机全都一模一样，在一面石墙的墙缝内按照顺序放着，只在我自己知道的地方有一些十分细微的记号。

我把打火机一只一只取下来，就发现顺序已经改变了，对方并没有发现我的小把戏。

果然有人监视我，那现在肯定也有人跟着我，可惜，我什么都感觉不到，对方是高手。

我用其中一只打火机点上烟，之后将打火机全都收进一只小袋子，放进兜里。

第二个地方是放弹弓的地方，那是一堆杂物上空的房梁上，一眼看去一片漆黑。当时我是甩上去的，现在就算我跳起来也够不到，要拿到弹弓必须攀爬或者用东西垫脚。

这里的杂物可以垫脚，我过去一眼就看到它们已经不是我之前来时记下的顺序了。

我蹲下来，发现其中一只水罐的边缘有手印，把水罐翻过来，就发现它被人翻转踩踏过，底部有一个很模糊的脚印。但那人显然不想留下痕迹，用手把所有的印子都抹过了。

我看了看其他杂物，竟然再没有任何被踩踏过的痕迹，不由得有些吃惊。

这个水罐并不高，我身高一米八一，踩上去后即使跳起来也不可能够到那个弹弓，而这里只有水罐被使用了。这里杂物很多很局促，就算是一个弹跳力很强的人踩着水罐跳上去的，这里肯定也会留下更多痕迹。

拿到弹弓的人一定比我还高，但在那群香港人中，我没有看到比我更高的人。

整个喇嘛庙里，比我更高的人，可能只有那些德国人了。

他们也有份？难道整个喇嘛庙里，只有我一个人是无辜的，其他人全都有问题？

到这时，我心里才第一次有了一些恐惧的感觉，如果是这样，那这就是一出大戏了，而我是唯一的观众。

希望事情不要发展到这种地步。

我把两个水罐垒了起来，踩着它们才把弹弓拿了下来，仔细检查了一下，没有被损坏，就直接插入了后腰带。

其他几个地方我不想再去了，我需要保持一些神秘感。我回到房里，关上门，用打火机把方便面烧焦，把它们捏成非常细的粉末，在水里弄均匀了，用牙刷蘸上，然后拨动牙刷毛，把黑水溅成水雾弹在打火机上。

很快指纹就显示出来，我用胶带把指纹粘在上面，采集下来。

如法炮制，我把所有打火机上的指纹都采集下来。

那天晚上，我的几个伙计来找我，我对他们交代了一些事情后，便自己下山找了个有电话的地方，拨号上网，把指纹扫描发到了我朋友那里。我需要看看，这些指纹的主人是否有案底。因为，如果是我们这一行的人，很可能是有案底的。

晚上我依然住在了上次的那个招待所里。我的朋友姓毛，是近几年才认识的，主要是在打雷子的关系时，希望他提供一些便利。很快他就给了我回复，邮件里他告诉我，我提供了七个指纹，有三个是一样的，可能是五个不同的人，也可能是一个人的五根不同手指。

他在数据库里查了，只查出了其中一个指纹是有记录的。

他在邮件中附上了指纹记录者的档案。

我拉下竖条，一份正规的电子档案就出现在我面前，我看到了一张有点阴郁的脸。

我惊了一下，忽然意识到我见过这张脸。

他妈的，这是那个女人的脸，就是昨天吐我烟的女人。

"姑娘，原来是你。"我自言自语了一句，照片下面有她的档案，她姓张，但没有名字的记录。

原来是小哥的本家。我拉下档案，继续看下去，这人和我一样大，在一九九八年的时候被判了三年牢，罪名是故意伤人致残。她当时的职业却和这个罪名相距甚远，她当时是一家培训机构的培训师。

看来，我在庙里藏东西的时候，跟着我的人就是她，只是不知道现在跟着我的是不是也是她。

在她二〇〇一年出狱之后，记录就是空白的了，但我并不是没有办法。我在档案上看到了她从事过的那家培训机构的电话，我搜索出了那家培训机构的网站。那是一个香港的户外运动培训机构，打开培训师的页面时，我一下看到了很多熟悉的面孔。

在喇嘛庙里看到的很多人，我都在上面看到了。

那家机构所有的培训师几乎都在喇嘛庙里，而且，我还在列表上看到了那个张姑娘的照片。

似乎她出狱之后，仍旧到了老单位上班，老单位竟然还要她。

那到底是什么培训机构，专门培训人恶心我的吗？"恶心吴邪培训班"，专门教人怎么恶心吴邪的？

这个时候，我发现了一个惊人的细节。

我看到这个页面上，几乎有百分之八十的培训师都姓张，一眼看过去，密密麻麻的张姓。

我心中一动，一个不好的念头产生了。我开始回忆这些人，我发现，我看不到这些人的手，这批香港人，他们手上全都戴着手套，从来没有脱下来过。

在那个小破招待所里，拨号上网的网速很慢，我慢慢打开网页，久违的焦虑又泛了出来。

不知道从什么时候起，我已经变得很镇定，镇定得让自己都害怕，因为和我自己有关的，不管是多危险的环境，我都已经觉得无所谓。

我经历过最悲剧的岁月，连水电费都交不上，和过去比起来，现在已经好太多了，所以，大不了回到那个时候去，任何失败我都能承受。而会危及生命的事情，我又不会去做，于是我一直活得相当淡定。

唯独看到这样的消息，看到这些好似涉及原先那个秘密的消息，我才会很焦虑。

我看着这些人的名字，越看越慌乱，香港人多数有英文名，所以这个页面上大部分都是英文名，只是底下附上了繁体的中文名字。

几乎所有名字，全都是很工整的三个字，张××，其中有一个人，名字叫作张隆升。边上和他年纪差不多大的人，名字叫作张隆半。一看就是一族的同一代人。

"你妈妈的，张家的巢穴，小哥的家里人来找他了？"我摸了摸自己的脸。

小哥的家族很大，难道香港还有他们的势力？不过看来他们在香港混得也一般般，一大家人都在搞培训。

那他们设计我干什么呢？难道，他们找不到小哥了，把事情怪罪到了我的头上？

那也不用设计我，扁我一顿不就行了？要是想问小哥行踪的话，我肯定实话实说，不信的话可以押着我一起去啊。

我心里很乱，如果他们是小哥的族人、朋友的话，那是敌是友就很难说了，我很多狠招也就不能用了。

他们都戴着手套，如果他们的手指都是小哥那样的话，是不是说明这批人全都身手不凡？如果都和小哥一样，那我也别耍什么阴谋诡计了，跪倒投降任他们操吧。怎么斗也不可能斗得过啊。

我左思右想，觉得这个发现太重要了，我必须告诉胖子，于是连夜打电话过去，巴乃那儿却没人接。我一看时间确实也晚了，就想着明天再说。

总体来说，我的计划进行得相当顺利，此时不免有些小得意。别人以为我什么都不知道，但仅仅一天时间，我就了解了很多有用的东西。另外，我心情好的第二个原因是，我从心里觉得，小哥的同族人是不会伤害我的。

我到招待所的公共厕所上了个大号，蹲下来就抽烟琢磨接下来该怎么办。

我不知道他们想干吗，现在也推测不出来，他们似乎只是想监视我。

为什么？在什么情况下，他们需要监视一个人？

我忽然想到霍玲的那些监视录影带。监视……一道闪电从我的脑海中闪过。

难道，他们认为，我不是吴邪？

我知道，这个世上还有另一个和我一模一样的人在游荡，他在做一些诡秘的事情，不明目的。

张家人难道是为了判断到底我是真的，还是那个冒牌货是真的？

我忽然觉得很有道理，立即就想去澄清自己，但转念一想，这贼哪有自己承认是贼的？而且，如果那么好辨认的话，这些香港张就不会用那么复杂的方法了。

如果他们认为我是假的，我会怎么样？会不会被毫不留情地灭掉？

我忽然对做自己这件事情产生了很大的压力，心说我必须表现得更像吴邪才行。

不过，如果是我猜想的那样，那么，至少我能肯定，他们和假的那个不是一伙的。

按一般道理想，他们应该喜欢真的那个，所以，我让他们知道我是真的，也许他们就会开始和我交流了。

但要怎么证明呢？

我忽然发现，其实在哲学上，人这种东西很难自证。

我长叹一声，觉得也没有什么心情上大号了，而且这单人间的沼气厕所也实在太臭了。

硬挤出了几条，我就想草草提裤子走人，抬头的时候，忽然就看到，厕所的门上有人用十分恶心的东西，涂鸦了什么。

那东西是黄色的，难道是大粪？

谁他妈心情这么好，上大号的时候用大便在门上乱涂，太恶心了。我有点作呕，小心翼翼地站起来，怕自己碰到。

就这么一来一去的工夫，我忽然发现，用大便画在门上的，是一个我很熟悉的东西。

这是一张塔木陀的星象图，我从笔记本上看到过。

在这张图的边上，写了一个号码。

104。

104是这里的房号啊，我愣了愣，心说这是怎么回事？

第二十五章
不知道从何而来的暗号

  难道有个同道中人以前也被这张图疑惑过，然后也正好住过这里，又在"憋条"的同时惆怅满腹，用自己的便便在门上涂鸦以排遣寂寞空虚冷？

  104 是什么意思？房间号？难道，这是一个提示，有人让我注意 104 号房？

  这房间与我的房间隔了四五间，我一下子就意识到，这确实是一个提示。

  事情越来越有意思了，我身边到底在发生什么事情？

  我站起来，一泡尿把这些东西全冲了，抖擞着出了厕所，决定不去琢磨，一路就溜达到了 104 号门口。很快，我看到房门开着，有个人正裸着上身在房间里就着脸盆擦身体，一边擦还一边哼歌：

  "妹妹你往前走哦哦，哥哥在房里等，恩恩爱爱，别让人看出来。"

  我看那人的肚子，看到肚子上有很多伤疤，跟棋盘似的，但那人的胡子和头发都非常长，看上去万分邋遢，身上一团肥膘。

  胖子？

我惊了,但惯性让我走过104号房门口,一路下了楼,我边走边心说:这人是胖子。

我靠,胖子怎么可能来得这么快,现在这种天气,他从一个荒郊野外出来,再到另一个荒郊野外,怎么也不可能这么快。

而且,这里是墨脱,进这里比出十万大山更麻烦。

但显然胖子不想让我跟他相认,才没有找我,只是在厕所里留下了标记,而且开着门让我看到,还唱歌暗示我。

我来到楼下,自己也不知道自己应该干吗去,就随便找了一个地方开始抽烟,忽然就看到胖子把脏水直接从楼上泼下来,对着下面喊:"老板娘,没热水了,再打两壶热水上来。"

下面的门巴族老板娘哎了一声就提了两壶水往上走。胖子又说道:"快点,等下我又拉肚子了,我来了你们这鬼地方,每天早上七点准时拉稀,你家的菜是不是不干净?"

"不会的,老板,绝对干净。您是不是吃不惯这里的东西?"老板娘进了胖子的房间,讲话的声音就很模糊了。

我点上烟,不由得就笑了,早上七点准时拉稀,好吧,那我就早上七点十五分跟着你拉稀好了。

第二天时间一到,我准时进厕所,除了一股新鲜的恶臭之外,我看到门的后面用很恶心的东西粘着一张卫生纸,上头写了很多字。

我小心翼翼地撕下来,心说果然是拉稀了,胖子做戏真的做全套。

纸上写了很多信息,我看完就明白了一切。

原来,胖子早在三周之前就发现阿贵家的电话被窃听了,但他在村子里又找不到任何监视他的人,他意识到,窃听这台电话的目标应该不是他,而是每周都给他打电话的我。

所以,他设了一个局,让阿贵把手机贴着座机,每次我打电话去,阿贵先不接,先打通手机,之后再把手机、座机都免提,让我以为他还在广西,而事实上他早就离开了,准备偷偷去杭州找我。

结果他到了杭州之后,发现我在尼泊尔,他就等我回来,一直到我到了墨脱、准备待一段时间，他才从杭州赶过来。

最后一个电话，他几乎就是在附近的林芝接的，之后他立即就进了墨脱。进来之后，他一直没有和我会合，而是在山口等我，之后就一路跟着我。他说，我离开一个地方超过三分钟，必然有跟踪的人出现。

都是当地人，显然经验不是很丰富，只能通过他们对当地的熟悉来跟踪我。

他们没有发现，螳螂捕蝉黄雀在后，胖子一直在附近看着我。

正因为这样，胖子一直没法和我联系，他说，只要他一出现，一定是和我一样的下场，因为这个地方太小了。他会自己单独去调查，看能不能发现什么，他暂时找不到和我隐秘联系的最好办法，就让我多注意身边所有的厕所。

我把卫生纸冲到蹲坑里，心里踏实了很多。

不管我自己再怎么强大，有人保护和照顾，总是好事情。

事后我想想，在这个时间点上，我又犯了一次二，但这二犯得很有争议性。按照我以前的做法，此时应该什么都不想，和胖子先离开这里再说。但是，我和胖子都在心里想着要弄清楚到底是谁还在设计我们，目的是什么？

我提上裤子推开门出去，觉得一切都可以从长计议了，在这儿的博弈才刚刚开始。

但是一推开门，我就看到两个喇嘛站在厕所门口。

我愣了一下，问道："排队？"

喇嘛摇了摇头："吴先生，大喇嘛让你立即上山去。"

"怎么了？"我问道。

"五十年前发生的事情又发生了，从雪山中，又出来了一个人。"

我不记得我是否把行踪告诉过喇嘛，但喇嘛在这里神通广大，又或者是人家是一家一家找过来的，我也没空儿计较这些了。

一路跟着他们上了山，来到喇嘛庙里，我发现一切都已经乱套了。所有人都疑色重重，忙忙碌碌地不知道在干些什么，这地方就像某个战地医院一样。

喇嘛们一路把我引到了大喇嘛的卧室里，我发现里面还坐着一个人。

这个人背对着我，穿着一身藏袍，正在安静地喝酥油茶。我觉得气氛有一些微妙，因为我一进屋子，屋子里靠边的几个喇嘛都用一种非常奇异的眼神看着我。

不能说是眼神奇异，而是说，他们觉得我很奇异。

这种气氛让我觉得很不舒服，我来到那个人身边坐下来，随意地往边上一看。

在那一瞬间，我几乎从座位上弹了起来，一下跳到了一边。

我的脑子嗡了一声，几乎被吓晕过去。

在喇嘛对面坐着的那个人，竟然不是别人，而是我自己。

不，我当时脑子混乱，有点语无伦次，不是我自己，而是，我看到了一张和我长得一模一样的脸。

"是你？"我惊讶得合不拢嘴。

对方看向我，眼神很是不在意，只是点了点头，说道："我就知道，你没有那么容易死。"

"你到底是谁！"我大骂，"你到底是什么妖怪，为什么要扮成我的样子？"说着就想上去掐死他，但他立即就站了起来，退后了几步，让我的攻击失败了。接着他摆了摆手："咱们现在已经没有利益冲突了，你不用这么极端地对我。"

"不用？！"我继续大骂，"狗日的，你要是我，你会不极端？老子今天不仅要极端，而且要端了你！"

"呵呵，其实，我就是你，你就是我。"他又喝了一口酥油茶，"这也不是我想要的，我们两个都是受害者。"

我心中的火越来越旺，觉得简直不可理喻，就想把他放倒再说，这时候大喇嘛说话了。

"两位，你们不需要用这种方式争吵，还是先来解决我们眼前的问题吧。"

我看着对面的自己，又看了看大喇嘛无所谓的样子，忽然觉得这场景好像在哪儿见过，《西游记》里？

大喇嘛就是如来佛吗？我是孙悟空，对方是六耳猕猴？

我警惕地坐下来，这家伙以前想置我于死地，我是绝不会回到没有防备的状态的。所以我离他远远的，而且随时保持着可以防御和攻击的姿势。

我对大喇嘛和这个人道："到底是怎么回事？"

大喇嘛说道："这位先生今天中午突然出现在了寺庙门口，和五十年前发生的事情一样，他告诉我的徒弟，他是从雪山中来的。因为他和你长得一模一样，我以为你在开我徒弟玩笑，但我和他接触之后，发现你们确实是两个人，于是赶紧把你找了回来。我想知道这是怎么回事。"

假吴邪说道："我和他们说了几句，就发现你可能也在这里，但他们不让我离开，我想了想，有很多事情见上你一面说清楚也好。"

"你是从雪山里出来的？"

他点了点头，我问道："既然你想说清楚，那你就告诉我，你是谁？你的目的是什么？"

他拿起酥油茶，一点也不客气地续了一杯，就道："我告诉你了，对你没有好处。"

"我就想死，你就告诉我吧。"我道。

"可惜我刚活出点味道来，我可不想奉陪你。我只能告诉你，我的事情和你经历的那些事情，最好不要混在一起想。"他道，"时间已经过了，你们都已经自由了，你不要再查下去了，不要把成果毁掉。你如果继续纠结下去，你可能会不知不觉陷入另外一个大谜团里去。"

"我不在乎，死猪不怕开水烫，而且，我也没有纠结什么，我之所以在这里，只是一个偶然。"

"你不是自己查到这里的？"他显出有些吃惊的神情。

我点头。他放下了茶杯，问道："那你是怎么来的？"

我心想，我该怎么说？难道对他说我是被人设计来的吗？我有必要说实话吗？于是摇头，骂道："你管得着吗你？"

"你不了解你所处的环境。"他忽然站了起来，"如果你不是自己查过来的，那咱们两个的麻烦就大了。"

他站起来之后，迅速环视这个房间，就问大喇嘛："上师，这个房间有其他出口吗？"

大喇嘛摇头，我正想问他干吗，忽然这个房间的门一下被打开了，接着走进来好几个人。

是那些香港人。

加上大喇嘛他们，一个小小的房间里聚集了十来个人。

为首的那个香港人，我一眼就认了出来，是那个叫作张隆半的年纪略大的中年人，还有那个张姑娘，其他的人我就记不住了。

"果然，你这小子中计了。长了一样的德行，你的脑子就不能长好点吗？"假吴邪叹了口气。

"几位为何不请自来？"大喇嘛说道。

张隆半没说话，只是看向我们两个人，对我们道："两位不用动任何小心思，以两位的身手，绝对不可能离开这间房间。真不容易，两位终于会聚到了一个地方，那么我们的一些疑问似乎也可以揭开了。"

"您是？"和我长得一样的家伙问道，"何方神圣？为何要设这个局来套我们？"

"在确定您是否可靠之前，我和您一样，不会透露任何信息。"

"你倒是挺了解我的。"假吴邪说道，"不过，你们未免对自己太自信了。"说完，他忽然靠近我，把我卡在了他的手臂里往后拖去，"让开一条路，否则，你们的目的不会得逞。"

张隆半像看两个笨蛋一样看着我们，他闪出一道缝隙来，后面是那个张姑娘，她抬手举起一个东西，我发现那是我做的弹弓，几乎是瞬间我听到了破空的声音，在我身后卡住我脖子的假吴邪浑身一震，抓着我就翻倒在地。

我赶紧推开他的手臂,爬起来就看见那家伙捂着脸疼得都蜷曲起来。

我转过头去,正看到那姑娘拿弹弓对着我,我立即道:"住手!我很乖的——"

话没说完,就见她弹弓一抖,我"哎呀"一声,翻倒在地上。

第二十六章
与张家人正面交锋

倒地之后，我用尽自己全身的力气翻滚，想减轻额头和鼻梁上的疼痛。就势翻滚了几下，却忽然发现这两个部位并没有什么感觉，反而是倒地之后，屁股撞到地板生疼生疼的。

我松开手，疑惑地看着那个姑娘。姑娘就像看着一个废物一样看着我，说道："至于嘛，吓吓你就这德行。二叔，这人肯定就是真的。"

"未必，吴老狗家的传统就是扮猪吃老虎，一个个看着和谁都能搞好关系，其实心中算的账谁都猜不出来。"张隆半说道。

我听着他们说的话，对躺在地上这副丑态有些不好意思，于是站起来说道："我真是吴邪，我不知道我的上上辈都是什么样的德行，但我确实是废物点心。不知道张隆半先生设计我到这里来，是为了什么？"

张隆半听了就露出吃惊的表情，我看着安心了很多。看来这些人不像闷油瓶那样，一点感情都不流露出来。张家人并不都是榆木脑袋。

"你怎么知道我的名字？"他问道。

我心中暗爽。为了挽回刚才被那臭婆娘耍的颜面，我决定装出一副了然于胸的样子，于是我说："我知道的事情还多着呢，别以为我不知道你们在这儿的这些勾当。"

张隆半却也不继续吃惊下去了。一边的大喇嘛开始说话："几位，你们到底在做什么？"

张隆半对其他人使了一个眼色，我和地上那家伙就被拖起来带出了大喇嘛的房间。我回头看，看到张隆半坐到大喇嘛对面，似乎准备开始解释，房门适时地关上了。

我被拖到了喇嘛庙里他们活动的区域。在这个过程中，我们两个都被戴上了手铐。

我心说：接下来会发生什么？听那张姑娘的说法，他们果然对我们两个的真伪有所怀疑。现在我们两个都被逮住了，他们会怎么来检验我们？总不会滴血认亲吧？

我想着我老爹该不会已经被绑来，捆在他们的房间里了吧？

或者来一个知识大问答，事先采访了我的很多朋友，收集了很多问题，然后在房间里摆一个智力问答大擂台。搞不好第一个问题就是：你妈妈在你五岁的时候送你什么礼物？

狗日的，我怎么记得住五岁时我妈送过我什么！

我心中发虚，胡思乱想，但是倒也不害怕，还是有那么一种感觉——这批人是不会伤害我的，我会吃点苦头倒是真的。

他们把我们两个拖进他们吃饭的饭堂，把门窗全部关上。我看到张隆半也赶了过来，所有香港人全聚集到了这里。

我们两个被按倒绑在椅子上，这时候边上那货才缓过来。

他呻吟了几声，抬眼就骂了一声，但剧痛立即让他重新皱紧了眉头。他看向我："你这白痴，你看看你干的好事！"

"不关我的事。第一，你倒霉我开心；第二，他们设套儿抓的我们两个，我是自己进套儿的，你也是自己进套儿的，你有什么资格说我？"

"如果不是你在这儿，我他妈能入套吗？"

"你他妈干吗要装我？你要不装我，这些事情根本不会有。"

"谁他妈装你了？谁装你这个孙——哎呀！"

他骂到一半，破空之声掠过，他连人带椅子又翻倒在地。

我转头一看，张姑娘拿着我的弹弓，恶狠狠地走过来，说道："有完没完？再吵我就打你其他地方了。"

"为什么你只打我不打他？"地上那人大骂。

"你们两个长得一样，谁分得清楚啊？"

"你们他妈的偏心！"

我心中暗笑，张姑娘看着也笑，走到我边上顺手拍拍我的脸："别说姑奶奶没罩过你啊。抽你一口烟，老娘就还你个人情。你们要再吵，我可就雨露均沾了。"

"别靠他们太近。"身后一个人说，"这两个小子都不是省油的灯。"

张隆半走了过来，看上去地位很高，几个人都退后不说话了。他拿了张椅子坐到我们面前，说道："我看过两位的面皮，你们其中一个肯定戴着面具，但戴面具的时间超过了二十年，所以面皮和脸已经完全融在了一起。你们中的一个人，面部骨骼肯定经过手术，以能够更加适应面具。而且，其中一个人为了调整身高，双腿肯定做过接骨手术。

"但是，实施方为了消除所有的手术痕迹，在计划实施前很久就完成了手术。我相信这个时间肯定在二十年左右。也就是说，手术是二十年以前做的。现在我们没有专业的设备，没办法通过触摸来判断手术痕迹。所以，在理论上，如果不检验DNA，不通过专业鉴证，你们几乎等于是同一个人。

"我们有一个十分重要的消息告诉吴邪先生。但我们开始寻找之后，却发现有两个吴邪在活动，其中一个到墨脱后就消失了，另一个一直在全国各地出现。我们蹲守在墨脱寻找失踪的那个吴邪，同时决定把墨脱作为我们的据点，把另一位也引到这里。一旦两个人都出现，我们希望能够在比较后找出真正的吴邪。"

"二十年前怎么可能有人会知道我长成什么样子？"我就问道。

"你当时已经十几岁了，可以据此推测出你将来近八成的样子。"张隆半说，"好了，我只需要十五分钟就可以把你们分辨出来，但你们会吃一些苦头。我可以明确地告诉你们，假的那个我们一定会除掉，所以你们必须竭尽全力证明自己是真的。"

"等一等。"边上那老兄说话了，"你们凭借什么来分辨真假？你们什么都不了解。"

"很多人告诉我们，吴邪是一个十分弱的人。但我们觉得，很多事情都可以伪装很长时间。所以，强弱、智慧都无法让我分辨。我们在很久之前就知道，吴家的吴三省可以同时出现在相隔几千公里的两个地方。我何尝不知道你们两个到底是怎么回事？"

"你想太多了。"我说，"弱和笨的就是真的，我就一笨蛋，你何必给自己设套？"

"因为我不可能靠这些来确定谁真谁假，所以我才需要把你们两个放在一起。"张隆半道，"我的方法你们听完就明白了。别害怕，如果是真的，就一定没事。"说完他打了个眼色。

边上的张姑娘一下就从包里搬出一些四四方方的东西，放到我们面前。我一看这些东西，几乎立刻尿到了裤子上。

第二十七章
七个吴邪

其实那并不是什么酷刑用的刑具,东西本身并不能对我们造成伤害。但对于牵涉到这件事情的人来说,这个东西的威慑力是巨大的。

我转过头去看身边的人,对方也露出了惊讶的表情。

这是七个人的人头。姑娘把人头一字排开,放到我们面前的茶几上。

人头应该不太新鲜,经过了什么处理,颜色发黄而且面容安详,但一看就是死亡了的状态。

让我头脑发涨的是,这七个人都长着同一张脸。

我的脸。

"这……这是怎么回事?"我结巴道,"为什么有那么多我?"

"很多事情不是一次就能成功的,一个完美的复制品后往往伴随着很多次品。次品没法回炉再造,也无法流通。"张隆半说,"于是,它们只能作为资料存在。"

"这些是……"

"这些是你们其中一位的铺垫。在你们其中一位变成吴邪之前,这些人也曾经有可能变成吴邪，但显然，他们的运气不太好。"

我看着那些人头，还是有点无法理解："但是，他们都死了。即使他们失败了，也不至于要杀了他们。"

"你知道我姓张，也应该知道我的来历。当年，判断易容是否成功，不是靠脸就可以的，要从身到心都天衣无缝，需要常年和被模仿的人时时刻刻待在一起。但是，时间长了，有些人就会和被模仿的人产生感情，而不愿意执行自己的使命，这种人往往会逃亡海外。易容的技术其实很难长期使用，因为想真正去瞒骗熟悉的人是很难的，只有在某种体制下，很多不可能的事情才能实现。"

张隆半停了一下，似乎在从头梳理，片刻后才道："我们在一段时间内，发现有人在全国范围内大肆搜捕名叫张起灵的人，于是开始介入，发现了一个让人瞠目结舌的阴谋。我们旁观着这个阴谋，并且开始发现事情变得越来越不可控。为了让事情重新可控起来，我们只好悄悄干预了一部分，收拾了一些让我们眼花缭乱的人。"

"那你们是佛爷的人，还是真正的张家人？"我问道，其实并不能完全听懂他在说什么。

"早就没有真正的张家人了。不过，张大佛爷在很久之前，就已经不属于我们的体系了。"张隆半说，"大陆内乱的时候，我们在香港进行国际贸易的一支体系相对完整地保存了下来。"

"那么这些人，都是你们杀的？"

"是的，我们的前辈负责了其中的大部分。"张隆半说道，"如果你了解你们家族参与的整个阴谋，你会发现很多地方都有我们参与的痕迹。其实，我们一直在看着你们。"

说这些的时候，张隆半流露出一种傲慢而又淡定的情绪，这种感觉我很难形容。后来我发现，那是一种发自本身的、类似于贵族的气息。

但又不是贵族，那不是一种奢华的贵气，而是一种长年洞悉一切的优越感。

"具体的事情我会在分辨完你们之后，再告诉你们中真正的那个吴邪。

现在，我们开始吧！"张隆半对张姑娘使了一个眼色。张姑娘和另一个人就把七个人头抬着靠近了我们，说道："只有一个问题——你们分别仔细看这些人头，说说哪个最像自己。"

我和边上那位老兄互相看了一眼。我心说：这怎么能判断出来啊？到底像不像自己，完全是见仁见智的，而且这些人头都是我的脸，看着就让我觉得头晕目眩，根本无法判断。

"只要按照感觉分辨就可以了。"张隆半说，"判断权在我。"

猜的话，只有七分之一的机会。我脑子发涨，简直无法直视人头。边上的假吴邪就对我说道："你不要上当，这是无论如何也分辨不出来的。我们只有都拒绝，才有一起活命的机会。"

"其实并不是这样。"张姑娘说，"对于我们来说，如果实在分辨不出来，我们只好挑断你们的手筋脚筋，把你们关在一个房间里，等你们都老死了。"

"我不相信你们会做出这样的事来。"我反驳道，"我们无冤无仇对吧？"

"你们只有十分钟时间，否则你们只能在某个地方爬来爬去度过下半辈子了。"张隆半对我的话毫不在乎。

我心里直犯嘀咕，边上的假吴邪又看了我一眼，忽然就说道："我已经选好了，给我纸笔，我写下来。"

"你他妈的！"我一下就骂出来，"说话像放屁一样。"

"因为我相信他们会干出那种事情来，你最好也快点选吧。"他说道。

我脑子里嗡嗡的，看着面前的七个人头就觉得天旋地转。哪个更像我？我靠，如果我选错了，我就成第八个脑袋了。

想不到我的脑袋还能成为收藏品，而且还能成套。我想起以前打大菠萝游戏的时候，心里骂道：狗日的，自己也会有这猎头族的待遇。

"你选不选？早死早超生。"张姑娘看着我催促道。

我骂道："选错了又不是你的头被晒成梅干菜，能让我为我的脑袋好好负一回责吗？"

"行，那就让你好好琢磨。"张姑娘看着我，似乎觉得好笑，"不过这节骨眼上，你还能调笑，也算是个爷们儿。你要错了，我会让你死个痛快的。"

我不理她，再次看七个人头。哪个像我？哪个像我？我靠，都长得那么衰，每个都他妈像啊。

思路，思路，我要一些思路，一个思考方向。

我拼命逼自己想：哪方面的思考更容易理清思路？是年龄吗？

根本看不出年龄，都死成这样了，还怎么看出年龄？我想想我老娘以前是怎么形容我的长相的，好像是——看着不像是生出来的，而是拉出来的。

妈的，老娘，你就不能有点建设性的调侃吗？

"还有三分钟。"

"别催，你一催我，我就烦！"我大骂。

"好好好。"张姑娘说着退到一边去了。

我再次看向那几个人头，忽然灵机一动。

烦——我上大学时，有一个似乎是喜欢我的女孩，对我说过一句话，说我的脸很安静，看着人不烦。

第二十八章
艰难的选择

这里哪个人看着不烦？脸最安静、最淡定的那个。

我想想，忽然又觉得不对。那女孩觉得我的脸很安静，会不会是因为我那时候懒得像一摊烂泥一样？

而且，我也很难分辨出这些人临死时的状态。看着最安静、最淡定的，也许是因为死的时候最绝望，不一定是长成这样的。

我晃头，知道自己这样是在浪费时间。已经没时间让我瞎琢磨了，我只好深吸一口气，又看了一遍人头。

据说在最紧张的时候，人脑的思维速度会加快十几倍。这一遍虽然只有十几秒钟，但七个人头的所有细节，还是全部在我脑海里排了出来。我一下就看到，其中一个人头不像其他人头一样闭着眼睛，而是眯着，我能看到他的眼珠。

"让我过去，让我过去。"我说道，"把这些人头的眼睛全部给我扒开。"

"眼睛？"

眼珠是不能易容的。我心想，和我最像的人，一定是和我所有的细节都像，那么眼珠也一定像。

我这段时间研究过易容术，看了很多文献，其中就有一些记载了辨识易容最简便的方法，也就是观察对方的眼珠。因为人眼的颜色深浅、眼白、眼白中的血丝，还有瞳孔的大小，都是不同的。

眼珠的细节，因为需要贴得很近才能看到，所以，如果不是和我特别亲昵的人，一般是无法看见的。而且其实没有和我特别亲昵的人，甚至连我自己都不太会注意自己眼珠的细节。恰巧我最近在看这方面的书，所以特地看过自己的眼睛，这才让我抓住了一丝机会。

不管对方是不是朝这方面考虑的，至少这是一个思考的方向，不至于让我那么绝望。

他们解开了我们两个人的手铐。反正时间也快到了，假吴邪开始在纸上写下自己的答案，我则翻开那几个人头的眼皮，去看他们的眼珠子。

一番观察下来，我发现自己是个笨蛋，因为所有死人都是翻着白眼的，只有那个眼睛微微睁开的人是正视前方，说明死的时候死不瞑目。

那个死不瞑目的人，眼珠和我并不一样。

我看向张隆半，问道："我能把这些脑袋弄坏吗？"

"你想怎么弄坏？吃猴脑吗？"他问道。

我道："我要把他们的眼珠抠出来。"

"放弃吧，防腐处理没法处理到眼球，他们的眼珠都是树脂的。"张隆半就摇头，"而且你没时间了，赶快做决定吧！"

"等一等。你们就没有想过，因为你们的这种行为，真正的吴邪肯定会由于自己的性格弱点，在惊恐下做出错误的选择，最终你们可能错误地杀害了我？"

"我们不在乎。"张隆半并没有丝毫迟疑，"我们对你们做选择这件事，绝对有百分之百的信心。"

"能不能不要对我这么有信心啊？我现在对自己超级没信心。"

这时边上的假吴邪就说道："你能不能快点？不行就蒙一个，少他妈那么多叽叽歪歪的事儿。"

我看着假吴邪的脸，心说在一个两个中蒙也就算了，在七个中蒙中的概率未免也太小了，蒙他妈的腿啊。

等等，蒙蒙蒙。

我皱起眉头——刚才那些人说的话，全部在我耳边响起。

"我们不在乎。"

这是张隆半说的。

他们不在乎是什么意思？不可能不在乎啊。如果他们的目的是寻找吴邪的话，肯定会考虑到，如果我被这种情况吓得屁滚尿流，很可能会闹乌龙，那他们就找不到吴邪了。

不在乎，但是又对自己的选择有百分之百的信心。

难道，他们的侧重点不在于我对七个人头的挑选上？这是一个幌子，他们判断我到底是不是真的，靠的是其他方面？

比如说，我面对这七个人头的反应才是他们考查的重点，而人头本身没有任何意义。

想到这里，我忽然有种醍醐灌顶的感觉。是这样的，是这样的，布置那么缜密的一个局，又有这种计谋能力的人，不可能会犯这种错误。

一定是这个选择本身没有意义。

题目没有意义，那么，他们观察的就是人的行为。也就是说，刚才的过程本身就是考试。

那么，这个假吴邪肯定早就知道了，所以他一直在用另外一种方式应付考试，而我则傻不拉唧地一直在这儿傻着呢。

"时间到了，你到底选不选？"张姑娘问道。

"你是不是很想割我的脑袋？"我骂道，指了指眼睛睁开的那个人头，就道，"这个。"

张隆半和张姑娘对视了一眼，看了看假吴邪递给她的纸——上面应该写着他的答案，然后张姑娘叹了口气，从后腰上拔出匕首，来到我面前，对我边上的人道："绑上，在院子里找个地方，我要用小刀切。"

我一下蒙了。一直到别人绑上我，把我推到院子里，将我的脑袋压到一个石磨上，我才反应过来，说道："我靠，我答错了？"

我转头看到张姑娘走到我身边，匕首从我面前闪过，一只玉手压在我的后脖子上，按住了我的动脉。姑娘说道："别怕，我从脊髓开始切，你感觉不到任何痛苦时，就是最开始的一刹那。"

"我是真的吴邪，你们搞错了！"我大吼道。就感觉后脖子一凉，火热的血流了下来。紧接着，我发现我一下就感觉不到自己的身体了。

完了，我死了，我心说。

这一次是真的了。我花了那么多的精力，用了那么多的运气，经历了几百种可以让我死一万次的情况都没死，结果就在这儿，因为我傻×，回答错了问题，我就这么轻而易举地死了。

人生果然是奇妙啊！

这一刻，我竟然也没有觉得太遗憾，心里竟然还有点幸灾乐祸，心说：小哥从青铜门里出来，一定会发现我被他的族人误杀了，到时候看这姑娘和那什么张隆半是什么脸色。

第二十九章
分崩离析的张家

很少有人能和我有一样的经历，能够在这么清醒的状态下，感觉到有人在切割我的脖子。但是张姑娘没有骗我，我感觉不到任何一点疼痛，只能感觉到滚烫的血顺着我的肩膀往外流。那种滚烫的感觉，不是由于我的血真的滚烫，而是我的身体太凉了。

"你何苦假扮别人？"姑娘的刀锋在我的脖子间游走，她轻声说道。

"你切错人了。"我用尽全身的力气，挤出了这么一句话。

哦，不，不是全身的力气，我已经没有全身了，我的身体很可能已经和我的脑袋分家了。

接着，我开始感到无比困倦。假吴邪点着烟走到我的面前，朝我笑了笑，用一种很揶揄的表情做了一个他也没办法的手势。

我越来越觉得眼皮沉重，在失去意识前的最后一刻，我听到假吴邪对姑娘说道："他应该是真的。停下吧，别真的吓死他。"

接着我就感到背上一股剧痛，一股非常强烈的酸胀就从剧痛的地方传遍我的全身。我慢慢就不觉得困了，意识又恢复了。

我被人扶起来放在椅子上抬回屋子里，就看到假吴邪不知道从哪儿拿出一条毛巾给我披上。

我迷迷糊糊就问道："怎么回事？你们不是要切我的脑袋吗？我的脑袋已经被切下来了，那我怎么还没死呢？"

"我们对你的脑袋没兴趣。"假吴邪说道。

"我们？你怎么也自称'我们'了？你不是和我一样惨的冒牌货吗？"我有气无力道。

"我只是演得和你一样惨而已。重新介绍一下，我姓张，和你的朋友同族。我的名字叫张海客。"假吴邪坐到我对面，"我是这一支的成员，刚才切你脑袋的姑娘叫张海杏，是我妹妹，我们同属于海外张家。不好意思，为了试探你是不是真的吴邪，我们费了一些周章。因为，人皮面具这东西，在上一个世纪被滥用得太厉害了。"

"那你怎么——我刚才的脖子断了——"

"刚才我们只是在你后脖子上插了一针，注射了一些阻断麻醉剂，然后往你的后脖子上洒了点猪血。"假吴邪给我点了支烟，"你就傻×呵呵地以为自己的脖子断了。"

我心说：妈的，这帮人心眼儿太坏了。

"不过，我相信人到那个时候，是不会说谎的。而且在那种状态下，你也不可能察觉出这是个局。"张海客拍了拍我，"你也别生气。你看看这七个人头，我们就是为了找你，找出这么多人来。这几年里，在你不知道的地方，到处都是你在活动。"

"这是为什么？"我看着他的脸。我可没看到很多个我，我就看到这么一个"我"。

"因为你是唯一的一个了。"张海客说道，"也许你自己不知道，你是这个世界上唯一一个有可能救张家的人。"

我心说：放你妈的狗屁，你们一个个都牛逼轰轰的，怎么可能需要我去拯救？先来拯救拯救我的脖子吧，疼死我了。

接下来的半个小时里，张海客把一些我不知道的事情，全给我讲了一遍。

我迷迷糊糊地听着，也听了个八九不离十。

当年，张家的主要势力盘踞在东北一带，已经延续了相当长的时间。这样的家族其实控制着很多的历史事件，包括中国历史上很多张姓的名人，都属于张家暗中的棋子。

张家就像是一张无形的网，渗透在社会的所有关键节点上。

这样一个家族，经历了无数朝代，他们自己都无法理解，为什么他们也会有分崩离析的一天。

以张大佛爷那一支的离开为起点，张家在新思潮的侵蚀下，开始慢慢地瓦解。他们一开始也不明白为什么会这样，为什么家族会被一套并不完整的体系所侵蚀？后来他们想通了——那是因为他们强大了太长时间，几乎所有的尝试他们都做过，于是他们中的很多人，希望能达成一种完全不同的状态。

好比一个电子游戏，一个人打 easy 模式已经上千遍了，他对游戏中的一切已经无比厌倦了，但他又没有新的游戏可打。所以，他唯一的办法是，挑战一下 hard 模式。

主族体系瓦解得非常快，虽然家族中的很多年轻人对于所谓真正的自由非常向往，但另一批人的感觉则完全不同。

这就是常年在南洋活动的张家外裔。他们是对外的窗口，也是张家人的保守体系中唯一在圈禁之外的一支。

这一支本来就在极度自由的南洋地区发展，对于世界的格局、各种新鲜思潮的碰撞都非常适应。这批人一直非常稳定，直到张家完全瓦解，这批人仍旧在海外发展得非常好，并且慢慢变成了另外一种形态。

对于海外的张家来说，他们对于内陆家族的感情是复杂的：一方面，内陆家族太强大了，高手如云，控制着一个巨大的封闭体系，他们觉得自己很幸运，能够游离于这个体系四周；另一方面，内陆家族又和他们有着极其紧密的联系，感情非常深厚，他们对于家族的崩塌毫无办法，但他们和每一支体系都保持着联系。也就是说，虽然他们都旅居海外，完全可以不用履行作为张家人的一切使命，但既是张家的人，无论身在何方，对自己的家族都保持着一种非常紧密的牵绊，他们只是化整为零了而已。

这种情况持续了很长时间，一直到张海客这一支也迁往海外，海外的张家人才意识到，自己的族裔在经历一场浩劫。似乎是有一股无形的力量，不仅想分解整个张家，甚至开始把他们从历史上抹掉。

这是一件相当困难的事情，即使是整个国家，也无法对付张家这张弥天而无形的大网。然而，有人做到了。有人不仅瓦解了这张网，还想把网的碎片全部清零。

"这个人是谁？"我问张海客，但他没有回答，只是示意我继续听下去。

所以，海外的张家开始进入内地调查，发现了各种奇怪的局面。

老九门只是其中的一个旋涡而已，但因为其中牵扯到了组织和小哥，所以格外引起他们的注意。他们逐渐就看到了一张弥天大网，完全为了张家这张巨网而设计的更大的网，正在起着作用。而这张更巨大的网的编织者，只有一个人。

张海客看向我："这个人姓汪，名字叫作汪藏海，他死了快一千年了。"

第三十章
汪藏海的千年伏笔

一个死了快一千年的人，如何才能布下一张天罗地网，使得在将近千年的岁月里那么稳定和强大的家族分崩离析？

张海客说谁也不知道，他们只能从一些特别细微的事件反推，才看到了汪藏海整个设计的可怕。

首先，汪藏海一定是发现了他们张家人暗中干涉的各种痕迹。当年汪藏海前往东北长白山地区，便是为了探寻张家的各种线索，不料却被绑架去修葺东夏的皇陵。

说起来有一个特别奇怪的地方，就是张家本族势力之庞大、财富之多、人才之众让人咂舌。虽然我不知道张仪、张良、张角、东方朔（本姓张）这些改变历史进程的人是否和张家有关，也不知道张道陵创立道教是否和张家本族的计划有关——从名字上看很可能是张家人——但是这样一个家族，为什么会选择生活在干燥寒冷的长白山地区？

不是说那片区域不好，但至少和当时富庶的江南扬州相比，各方面都有问题。那片区域各民族混杂居住，又战争不断，他们为什么一定要生活在狼烟四起又都是层峦叠嶂的地方？

他们是为了东夏吗？

张家是否知道什么，所以把所有积累来的资源，全部用在了守卫那道青铜巨门上？

那么，青铜门后面到底是什么？

我们假设，当时的世界上有这么三股势力，一股是青铜巨门的使用者东夏人，一股是以家族盘踞来封闭东夏人的张家族人，还有一股是发现了张家家族存在的汪藏海。汪藏海一定对青铜巨门、东夏文明和张家人之间的复杂关系非常好奇。

于是汪藏海在探索东夏人秘密的同时，也发现了中国被置于一个巨大的网络控制之下。

张家人一定不愿意青铜门的秘密被散发出去，而汪藏海却希望这个秘密被所有人知道。

张家的秘密。

我记得闷油瓶和我说过，张家族人有一个巨大的秘密，已经守护无数个世纪了。在张家势力分崩离析之后，闷油瓶希望通过老九门的力量来替代张家的力量。但是显然，老九门其实并不相信他的话，或者说，老九门衰落得太快，根本无法履行承诺。

这个秘密一定和青铜门背后的世界有关，并且被埋在了张家古楼的某个地方。

为此，汪藏海做了很多事情，但他很快就发现自己无法越过张家这个巨大的网。任何他散布出去的消息都会很快消失。

"所以，汪家必须毁掉张家才能达成目的。"我问道。

"这靠计谋是做不到的。"张海客说。

"那么，张家和汪家斗争的核心是，是否要公布张家隐藏的秘密，而斗争的前提是，张家必须瓦解。我理解得对吧？"我想着就道，"也就是说，现在你们的目的是继续守护那个秘密，因为现在你们的斗争肯定已经到了最后的阶段了。"

张海客点头:"秘密即将被揭开,我们这个家族为了守护这个秘密而存在。你想,一个家族需要把自己强大到能控制社会才能保住那个秘密,它一旦被公布出来,后果该有多严重?"

"你们知道这个秘密是什么吗?"

"我们不知道,我们只知道这个秘密代表着世界的终极。"张海客说道,"我们毕竟是张家人,要为我们的家族负责。"

我咧嘴笑笑。一个宿命也许是痛苦的,但也是很多人走到一起的契机。意义本身就没有意义,所以,为一个宿命活着其实也是无奈之举,但好过那些没有宿命只有宿便的人。

我指了指张海客的脸,就说道:"我相信你说的这些,但你的脸是怎么回事?你为什么要变成这个样子?"

"你们老九门的格局太复杂,我不进去,也完全不知道你们的目的,所以我只好用你的脸,替换掉那些假扮你的人,去看看他们到底为什么要假扮你。因为根据我们的判断,你是最没有价值的。"

"然后呢?"我也有这个疑问——难道是因为我长得比较帅吗?

"我不能告诉你,除非你答应一件事。"张海客笑了笑,"这个答案是我们的筹码,你需要用你的东西来换。"

"请说。"

"我们需要你帮我们从雪山中带一样东西出来。具体的方法我们会教你,那很难,肯定很危险,但也不是那种必死的危险。这件东西是我们的族长留在那里的,我们很需要它。"张海客说,"如果你能成功地出来,我们会把秘密告诉你。"

"你们为什么不自己进去?"

"我们进不去。"

"开什么玩笑,大哥,你们这帮人这么牛,我除了长得帅点儿,其实真没什么本事,你们都进不去我哪成啊。"

"你都能活着从张家古楼里出来,这还叫没本事?当然,我们不会让你孤身一人的，我们会派两个人保护你、照顾你。"张海客指了指张海杏，"一个是她，还有一个你可以从我们中间挑。"

我看了看身边围观的人，就问道："我能带自己的人吗？"

"你有带人过来？"

我点头："我不是待宰的羔羊。如果再给我几天时间，你们绝对牛不起来。"

"呵呵！"张海杏在一边说道，"看来你带来的那人身手不错啊。这样吧，我去试试，如果他能过我这一关，我们就让他去，否则，我们也没必要让别人跟你去送死。"

我看向张海杏，琢磨了一下胖子大体上应该没问题。不过张海杏有些特殊，有些地方我得规避一下，就道："可以，但不准色诱。"

"他想得美。"

第三十一章
胖子的实力

四个小时后，胖子被五花大绑地绑了回来，但显然张海杏也没有占到多少便宜，头发耷着，衣服被拉得松松垮垮，一脸暴怒。

我看着脑袋被套在布袋里的胖子，又看了看张海杏，就问她："你是去干吗了？你是去强奸他吗？你有那闲心，你强奸我啊。我再不行，也比这死胖子好啊。"

张海客没有理会我的话，开始问张海杏："这家伙实力如何？"

"身手是还不错，就是脑子笨了点，而且打架的时候手太他妈的不规矩了。要不是不能下杀手，老娘当场阉了他。"

我看着张海杏就笑，不过也有点郁闷：妈的，老子怎么就没这福利，乖乖躺倒等着被切头。早知道我也反抗一下，该捏的地方捏一记！

"你觉得他跟着和我们的人跟着，哪种比较合适？"

"我觉得这样的人呢，力气有，但在里面那样的环境里，可能不是特别灵活。你知道，我们进去之后，很多东西不是靠打，而要靠各种计谋。"张海杏拍着衣服回答道，"我还是觉得我们自己的人在其他方面会更加默契一点。"

我叹了口气，张海客就看向我："不好意思，我相信海杏的说法还是很客观的。你能不能接受？"

"我不能接受，我觉得你们得听听我朋友的说法。"我说道，"快把他解开吧，都绑来了，别把胖爷勒着。"

张海杏一下就发起怒来："不管谁说都没有用，除非他现在能自己挣脱了逃出去，否则，对我们来说，他已经死了一次了。"

说着她就拉掉了胖子的头套。我看向胖子，想看看他的窘脸，可头套一扯掉，我就发现不对，"咦"了一声。

"你们抓错人了。"我道。头套里的根本不是胖子，而是一个藏族的壮汉。

他的身材和胖子有点像，但比胖子黑多了，显然也没听懂我们刚才在说什么，一脸迷茫地看着我们。

"这不是你朋友？"海杏惊讶道。

"不是，我朋友可比这猥琐多了。"

"那他是谁？"

"我不知道，你自己问吧！"我道。

张海杏转向那壮汉，啪啪啪啪机关枪一样说出一连串门巴语，那壮汉才慢慢回答了几个问题，我看张海杏的脸色忽然就绿了。

"翻译一下啊！"我知道她肯定被涮了，心里无比痛快，存心挤对她。

"他说，他被一个汉族的胖子灌醉了，汉族的胖子给他喝了很多好酒，送了很多好烟，他就在汉族胖子的房间里睡着了。接着，忽然有人来绑他，他大怒，就和那人打起来了，结果被绑过来了。"张海杏翻译道。

我不由得哈哈大笑。太爽了，这丫头太他妈飞扬跋扈，亏得胖子机灵，真他妈扬眉吐气。

"那真正的胖子现在在哪里？"张海杏脸上似乎有些挂不住，马上就问我。

我说："我怎么知道？不过，以我对胖子的了解，他做这种局不会只是为了不让自己被绑走，这一定是一个大局的一部分。胖子不像我，他要阴人，一定是攻击性的，而且非常狠。一旦入了他的套，对方会死得很惨——但是，胖子的套一般比较糙，不是特别自大的人很难中计。"

"他这会儿肯定在我们附近。"张海客说道，"如果是我，一定会尾随而来，而且做好万全的准备。如果对方人多的话，我们现在已经是瓮中之鳖了。"

"那我让其他人加强守卫。"

"不用，按照吴邪的说法，这个胖子一定知道我们的一些事情，不是一个普通人物。"

刚说完，忽然从那个藏族壮汉的衣服里，咣当掉出一个东西。

众人的目光投射过去，就看到那是一个罐子。

"这是什么？"张海杏问他。

壮汉摇头。忽然，那个罐子一下爆炸了，大量黄色的气体瞬间弥漫了整个房间，一股无比刺鼻的气味涌进了我的鼻子里，我几乎晕过去。

"毒气！所有人都趴到地上！开窗！"张海杏大叫。

张家人的反应太快了，几乎就是一瞬间，所有的窗子立即就开了，外面的凉风吹进来，烟雾在五分钟内散了开去。

"有没有人进来偷袭？"在烟雾里海杏问道，"有没有少人头？"

"没有，都在。"

"妈的，想阴我？"张海杏都快气疯了，对着我叫道，"叫你朋友快出来，有种和老娘单挑，这种小儿科的伎俩在我们面前没狗屁用！"

话还没说完，张海客忽然让她别动，接着我们就看到，她的额头上闪着一个激光点。

一道激光瞄准器发射出的激光从刚刚打开的窗户外面射进来，稳稳地点在她的额头上。无论她怎么动，瞄准器都跟着移动。

"吴邪，你告诉你的朋友我们是谁，我们向他道歉，让他不要轻举妄动，造成误会性的牺牲。"

我看向张海杏，她已经完全冷静了下来，一言不发地看着我。

张家人占优势太久了，恐怕很久没有尝到过这种苦头了。不过，胖子从哪儿搞来这么牛的枪啊？

我看外面是一片漆黑，胖子肯定在非常远的地方，所以守卫才没有发现。不过这样一来，我也不知道该怎么和他沟通了。

"你别动。"我突然想起了点坏主意，"我讲话他听不见，我必须用行动告诉他，你是自己人。"

"什么行动？"

我慢慢靠过去，来到了张海杏的边上，就把脸凑了过去。她一下就慌了，道："你想干什么？你要是敢轻举妄动，老娘就算爆头也饶不了你。"

"放心，我和你们不一样，我是文明人。"我说道。

说着就凑过去，用我的后脑勺挡在她额头上的激光点前。瞬间，张海杏就以极快的速度挪开了。

我看着就觉得好笑，转身做了几个没事的动作，然后拉过张海客来，做了各种哥儿俩好的动作。我们两个的样子看起来是一模一样的，那个场景肯定很好玩。

激光点在我们身上游走了一番，终于灭了，连我都松了口气。张海客说道："请你朋友过来吧！他过关了，确实是相当厉害的人物。"

我呵呵直笑，扭头就看到旁边的藏族壮汉已经自己解开了绳子，坐在一边的沙发上喝酥油茶，嘴里道："这么着就完了？胖爷我还没玩够呢。"

我惊奇地看着这个壮汉用衣服把自己脸上的油彩抹掉，下巴都差点掉下来了。

海杏怒目转向我："你不是说我抓错人了吗？你们两个联合起来阴我！"

壮汉把妆全抹了，撕掉胡子就对我道："默契，你知道吗？这就是战友的默契。"

果然是胖子。

我定了定神，心说：狗日的战友默契，你化装成这样，我怎么可能认得出来？但我也不能露怯啊，于是仰天大笑，上去拍拍胖子的肩膀。

"窗外那人是谁？"张海杏问道。

"是我住的招待所老板娘的儿子。那不是激光，是种小玩具，讲课的时候用来当教棍用的。"胖子说道，"你们呢，太自信了。我这小朋友，天真无邪，一点战斗力都没有，我怎么可能让他这么单独过来？我早就在他身上放了一个窃听器。"说着胖子就从我裤兜里拿出一个小东西来，那竟然是我当时在小卖部买的香烟。胖子撕掉香烟盒底下的包装，露出一个小仪器："你们说什么我都听得到。姑娘，你们太嫩了，已经不适合在这个社会混了，回去再修炼修炼啊。"

张海杏气得眼睛都红了，转身就走。

胖子撕开烟盒包装，拿出烟点上，就道："娘儿们就是娘儿们，靠不住。"忽然他愣住了，把烟盒再拿起来，自己看了看，又从里面拿出一个东西来。

"怎么了？"我问道。

"还有一个窃听器，这不是我放的。"

话音刚落，就从窗外各个地方射进来无数的激光瞄准器红点，所有人身上都被点了一个。

啊哦，我心说：真他妈乱，黄雀在后啊！

第三十二章
胖子的保险措施

事情发生之快，让我们无法做出任何反应。我们谁也不敢动，张海杏轻声问胖子："这也是你安排的？"

"放屁，我去哪儿找那么多老板娘的儿子？"

那这事儿就大条了，我心说。僵持了片刻，就看到门口走进两个外国人。

是那批德国人中的两个。之前我压根儿没有注意，现在看着他们走进来，才发现这两个家伙真他妈的壮，都像牛一样。两个人都比我高一个头，银灰色的头发，脸上全是刀刻般的条纹。

这是登山家的脸。

两个老外进来后挥了挥手，瞬间所有的激光点全部消失了。但是我知道，这并不代表所有狙击手已经撤退了，刚才只是告诉我们，他们在注视着我们，现在激光点撤了，是不想让我们知道他们的动向。肯定还有为数不少的狙击手依然瞄准着我们，好的狙击手都是用瞄准镜的，而且可以一次锁定两个目标。

德国人走进来后，一直在用中国的抱拳礼仪向我们问好，其中一个用很蹩脚的中文说道："不好意思，不好意思，大家坐，大家坐。"

"这鬼佬武侠片看多了吧。"胖子在我边上说道。

"你们两位可以走了。"一个鬼佬来到我和胖子身边说道。

"啊？"我有些讶异，胖子说道："我们可以走了？"

"对，赶快走。"鬼佬看也不看我们说道，"这里的事情和你们没有关系，是我和他们的事情。"

我和胖子对看了一眼，张海客就说道："有的走还不快走？我们自己能应付。"

我觉得非常奇怪，这事情的逻辑关系我理不清楚。胖子朝我咧了咧嘴，意思是有便宜不占王八蛋，别等回头鬼佬反悔，能走先走了再说。

我和胖子僵直着像小鸡啄米一样从房间里走出去，来到院子里，我就看了胖子一眼，说："怎么办？去哪儿啊？"

"先去你的房间吧，这儿没事的，我和这批德国人有交流。"胖子说道。

"这真是你安排的？"我惊讶道。

胖子对我做了一个别说话的动作："别说，不是安排，是我的保险措施。胖爷我觉得这一次的设计冒险成分太多，所以事先拉德国人下水。这儿说话不方便，回去说。"

我点头，心说这很像我们去朋友家做客，结果朋友和他老婆吵起来了，我们待着很尴尬，只好出来，出来一想：我靠，里面该不会发生杀妻或者杀夫的事情吧？正不知道该如何是好时，同行的朋友就说：放心吧，他老婆爱的其实是我。

想想这样形容好像也不太对，想着听胖子解释算了。我和胖子一路回到房间里，进去把门关上，我就问胖子这一系列事情到底是怎么回事。

胖子就道没事。他在见我之前，就冒充小卖部的营业员，卖给了我几条放着窃听器的香烟，每包香烟的盒子里都有窃听器。之后他一路跟着我，洞悉了我很多想法。在我被设计的时候，所有过程他听得一清二楚。而且当时他就在喇嘛庙附近，一听到他们要试他，就立即回城，设计了这个局。

不过在这之前，他在关注我时，发现虽然张家人监视着我，却也有人在监视着张家。

这是一个面积问题，胖子才一个人，所以很难被发现，但监视张家的人很多，而且都是老外，所以只要略微注意就很容易发现。

胖子觉得，如果张家人自己进行这些监视活动，必然就会发现自己被监视了，但张家人太自信了，起用了当地人，当地人没有这种经验，所以完全不知道自己跟踪别人的时候，还有另外一些人在监视自己。

"这批老外是什么人？"我问胖子。

"裘德考的海外投资人。"胖子说道。

我摇头。我不懂这种东西，胖子说道："裘德考的公司是一个股份制公司，裘德考死了之后，公司一片大乱。我相信你前几年肯定知道他们乱成了什么德行。当时他们的公司董事会作了两个决策，把其中的优势业务剥离出来，组建了一个新公司，同时把裘德考的很多项目和资料留在了母公司。因为都是巨额亏损项目，所以是一个巨大的烂摊子。他们把这个公司放到资本市场上去，希望有人接盘低价买过去，如果不能就准备破产了。

"结果，像奇迹一样，竟然有人买下了这个烂摊子，不仅接下了巨额债务，而且很多项目都保存了下来，其中，最受推崇的就是裘德考在中国的项目。买方是一家德国公司，中文名字叫作'安静'。"

安静？和安利有什么关系？我心想，嘴里问道："那你是怎么和他们接上头的？"

"说来惭愧，不是我接上头的，是他们来找我的。"胖子道，"你上山后不久，他们就找到了我。狗日的，在十万马克和几挺机关枪下，胖爷我转念一想，不妨就和他们合作一把。他们的目的是知道这批香港人的真实目的，希望我能配合他们，于是我把他们当成一个备份，假设我设的局出了问题，咱们至少还有一条退路和盟友。"

"这么说来，这批德国人完全不知道我的重要性，才会把我放走。"

"也许，但是未必，也许对于那群德国人来说，你根本不重要。比如说，那群香港人的任务是到雪山里去拿出一样东西，在这件事情里，你是相当重要的一环。但对于德国人来说，他们的目的肯定仅仅是找到雪山中的那个地方，所以你就完全不重要。而那群香港人知道去雪山中那个湖泊的路线，他们两伙直接沟通就可以了。"

我沉思片刻，觉得有些道理，只是如果他们两方谈拢也就罢了，要是谈不拢，这庙里岂不是要发生一场火并？

"鹬蚌相争，渔翁得利。"胖子道，"在下诸葛肥龙觉得，不管结果如何，都对我们有利。因为我们在这个局面下太傻×了，难得其他两边也傻×了起来，不妨让他们傻×个淋漓尽致而我们看戏，省得他们傻×完了我们继续傻×。"

我想起张海杏，忽然觉得有些不妥。张海客、张隆半这些人行事老辣，不达目的誓不罢休，在我面前保持着那种礼仪不过是因为我很关键，但张海杏这个姑娘是个真性情的人。说实话，我不愿意这样的人枉死在这里。也许是出于对张家本身的感情和对裘德考的厌恶，我的立场很早就站在了张家那边。

我觉得我不能让局面发生这样的变化，能帮忙的我还是得帮忙。

我点上一支烟，就对胖子道："你这个想法太消极了，我们干革命的就得积极向……"

话说到半句，就听到一声闷响，一道火光以流星之势从窗外射入，胖子的太阳穴爆起一团血花，人被子弹带出去三四步，整个人翻倒在地。

第三十三章
差点儿死了

我吓了一跳,立即上去看是怎么回事,才冲到胖子身边,就被胖子踹了一脚。我一个趔趄翻倒在地,与此同时,另一颗子弹几乎贴着我的后背射了过来,打在另一边的烛台上。

烛台被打得火星四溅,翻倒在地上,我以为会立即烧起来,结果火油一下就灭了。看来这儿的地板经过了那么多年,包浆厚得真是安全。

我身上粘到了几点火星,我一边拍,胖子就在一边骂我:"这么大年纪了还不机灵,这种时候你还跑什么,应该直接趴下。"

"你怎么样?我以为你已经被爆头了。"我看他的脸上全是血,"老子这不是担心你嘛。"

"你担心个屁,我死了也不用你埋啊。老子多的是相好儿给我送终。"胖子说道,一手捂着太阳穴。我心说应该不是头被劁开了,否则话不能说得那么顺畅。

"胖爷我是什么出身,想狙击我没那么容易,要不是这儿太他妈冷了,胖爷我绝不至于闪不过去。"胖子道,"想当年上学的时候,胖爷我可是有名的'打不中的大肉包'。"

我看着他的太阳穴，真的只是擦伤而已，心说对方手艺也真差，胖子脑袋那么大都打不中。

胖子接着道："我们这种混江湖的，在容易被狙击的地方，都会不停地让头做螺旋运动，这叫作未雨绸缪。"

胖子平时说话确实都是摇头晃脑的，我想了想，觉得他肯定在胡说八道，这肯定是他二流子的习惯。

刚想反驳他，忽然，又是一枪打了进来，也不知道打在什么地方，木屑四溅。我和胖子都缩了一下脖子。

"这个狙击手是不是瞎子啊！我们趴着他都开枪，他不怕暴露自己的位置吗？"

"不是，你看，蜡烛被打灭了，这里的窗户纸太厚了，他只能根据窗户上的影子打，我们趴下了，他就弄不清楚我们在什么地方，看到有东西动，可不就得开枪。"

"那现在岂不是安全了。"

"但我们也不能一直趴着啊，听刚才的枪响，狙击手离我们非常远，这里太冷了，手指僵硬他才会打偏的。但是，能离我们这么远进行射击的人，必然不是菜鸟，我们不能随便冒险。先趴着让他再冻一会儿。"

"狗日的是谁啊？"我道，"那群德国人不是放我们走了吗？难道放我们走是为了有两个移动靶？"

"那群德国人要弄死我们太容易了，不会是他们干的。如果是张家人，他们家的人个个身手了得，不会使用狙击这种手段。狙击手的作用一般是以少胜多，我们这里是两个人，狙击手那边如果有五个人以上，就不用狙击我们了，直接进来打就是了，反正我们也不是对手。"胖子用衣服捂住被子弹擦过的地方，四处去看，显然想找瓦解这种局面的对策，"所以狙击我们的人，恐怕人数很少，甚至可能只有一个人，看我们落单，想弄死我们。"

"不是我们知道的任何一方？"我惊讶道，心说这庙里到底聚集了多少势力？刚说完，又是两声连续的枪响。子弹穿窗而入，打向的竟然是我所在的方位，只是高度不对，从我头顶上飞了过去。

"是，还有一方的人。"胖子道，"我其实还有一些事情没和你说，但是现在没时间了，晚点再讨论这些。你看，他已经能判断我们在什么位置了。"

"为什么？"

"经验，他事先肯定勘察过这间屋子。"胖子四处看了看，"这屋子里能躲的也就这么几个地方，他一定事先勘察了屋子，把所有我们能躲的地方全部标了出来，由此选择了射击这个屋子时死角最少的地方埋伏。他现在是在赌你躲在哪儿，用子弹试你。"

刚说完，又是一颗子弹向我打来。这一次角度很刁，竟然是从窗户那里，以一个向下的斜线射入，打在我身后的地板上。地板震得我全身都麻了，我赶紧朝边上爬去。

胖子也露出了奇怪的表情："不过，赌得也未免太准了。"

"也许他刚才看到我扑向你了。"我道，"所以觉得我应该在这一带。"

"不可能，这儿爬来爬去很方便的，谁都会选择一个最隐蔽的地方躲藏。"胖子露出了若有所思的表情，"但是如果，他能看到我们，我们早被打中了，所以他还是在猜。"

我房间的另一边，有由木棍搭的架子，那是我在房间里晾衣服用的，毕竟在这里待了很多天了，我的内裤都是直接在水盆里洗了就挂在暖和的房间里，等几个小时就干了。

胖子转头，小心翼翼地抽了一根下来，对我道："先不管了，我们先把他的子弹骗光，然后在他换子弹的间隙，我们就从后窗出去，到了山里就好办了。"

说着，胖子把自己的衣服脱了下来，那是一件藏袍，用竿子挑了起来。

刚露出窗沿就是三颗子弹，藏袍立即被打落了下来。

我看向胖子，胖子啧了一声，说道："这是什么狙击枪啊，射速这么快。"

就在一瞬间，我听到了一些奇怪的声音，于是立即对胖子做了闭嘴的手势。

胖子知道我露出这种表情，肯定是有意义的，便没再说话。我顺着刚才的感觉去听，忽然就听到外面的院子里，有一种很轻微的"簌簌"声。

我对着胖子指了指耳朵，又指了指外面。胖子眼珠转了转，也去听，听了一会儿，胖子忽然露出一股愤怒的表情。

他用唇语给我做指示，让我贴到门边上，用手指做了一个"1、3"，然后起脚，意思是让我看到他数"1、2、3"之后，把门踹开。

我和胖子多年的友谊形成的默契在这里发挥得淋漓尽致，我毫不怀疑和犹豫，立即爬到门边，转身用脚压住了门口。胖子在一边捡起被打翻在地的灯台，掂量了一下，忽然半蹲着身子，对我做了一个"1"，我点头，深吸一口气，接着他做了"2"的动作，在"3"的手势刚出来的瞬间，他忽然站了起来。

就在此时，我用力一脚踹开了木头门，同时胖子唰地蹲了下来。

瞬间，两发子弹就贴着胖子的头发射了进来，胖子就势一滚，手里的灯台已经甩了出去，他也跟着冲了出去。我听到那边连续几声很闷的枪响，竟然就是在院子里。

翻身起来，胖子已经和一个人扭打在一起，那人的枪已经被胖子直接用嘴咬得松了手。我赶紧上去，捡起地上的灯台加入了战团，一只手卡住那人的脖子，另一只手握着灯台猛敲那个人的头。

那人相当强壮，但是我和胖子的这种打法，谁也吃不消。我对着他的脑袋连敲了好几下，那人就没动静了，我和胖子翻身起来，发现竟然是一个喇嘛。胖子捡起边上被打落的枪，那是一把手枪，带着消音器。

"妈的，这王八蛋竟然在院子里用手枪模仿狙击枪。"胖子摆弄了一下枪，插入自己后腰没收了。

我道："你怎么这么莽撞，就这么冲出去了，你又不是小哥，这灯台要是砸不中你就挂了。"

"我听动静就猜到是用手枪，声音这么轻，肯定是有消声器。而且刚才几个射击角度是斜的，如果是在院子里，肯定离门很近，所以就赌了一把。果然，这家伙就在我们门外几米远的地方，天气那么冷，用手枪射击，打得中才怪。"

我刚才没有看到，就问："为什么会这么近？"

"他在听我们说话，判断我们在什么位置。"胖子道，"我说怎么就知道你在哪个方向呢，他就在外面听着，差点儿就给他偷袭了。"

我蹲下身子，去看此人的面孔，发现是庙里的喇嘛，我见过两面，都是在食堂。不过似乎是我刚才下手太重，他鼻子里都流血了。

"天真，多日不见，你现在手黑得有你胖爷的风范了。"胖子一边揶揄我，一边看了看四周，确定无人继续暗算，就道，"先拖到房间里去，这人的身份看来有些特殊，不知道为什么要暗算我们。这庙里的所有人似乎都有问题，我们要加倍小心了。"

我想了想，就对他道："如果是这样，我的房间肯定不能待了，你跟我来，我带你去更安全的地方。"

第三十四章
奇怪的变动

胖子扛着喇嘛,我在前头带路,穿过漆黑一片的走廊,也不知道走了多少个院子,来到了小哥雕像所在的院子里。奇怪的是,一路上整个庙特别安静,一点人声都没有。

难道之前的各种危机让大家都睡得格外香甜?

胖子看到雕像的时候,吓了一跳,差点儿一个飞踹过去。我拉住他,随便找了这个院子里的一个屋子,踹门就进去。

里面全是木头箱子,因为太黑了,至今我都不知道里面到底是一个什么样的情况。我们把喇嘛放在地上,用手机照明,摸了摸他身上,发现他身上什么都没有。

"穷光蛋。"胖子骂道。

"你不能干任何事情都好像在摸冥器一样。"我教育他道,"你也富了不止一回了,怎么每回都表现得自己像个下三烂的小贼一样。"

"这叫谦虚,你懂吗?而且你下手那么黑,保不定已经死了。我这和摸冥器也没有什么两样。"

我心里咯噔一声，心说：千万不要，我可不想背上人命债。

胖子继续道："这人的脸形像个汉人，不像是藏人。该不是你三叔的仇家一直跟着你？"

"你仇家才这么有魄力追到喜马拉雅山脚下。"我道，我看不出来人种区别，除了某些特别有特色的康巴族人之外，我有点脸盲。

胖子用绳子将其捆上，摸了摸他的脉搏，道："看样子，这家伙要醒还得一些时间，我先去看看张家人和德国人的情况如何，你好好看着他。"

他说着就要走，但被我抓住了。他问我干吗，我道："我以前经常担任看管犯人的角色，但是每回都出事，我不干了。这回你看着他，我去看他们的情况，而且我对这寺庙比你熟悉得多。你出去说不定天亮都还在这儿转悠。"

胖子一想也是，说道："那你自己当心点，别犯傻。"

我心里嘀咕："放心，我不是以前的我了。"点头就出了门。

一路潜行，我松了一口气，忽然觉得自己很牛啊，竟然可以让胖子守老营了。

恍惚间，之前无数守营地的日子全部浮上我的脑海，那种枯燥无聊担忧，满是无能为力和自己是废物之感觉，让我感慨万千。

吴邪啊吴邪，你终于不是工兵了，你现在也可以当战斗种族来使用了。

一路跑出了寺庙的荒废区域，来到喇嘛们活动比较密集的地方，我开始小心起来，顺着各种建筑的阴影部分，一点一点地靠近，突然觉得自己像是忍者一样。

我有点好奇的是，在刚才那么混乱的情况下，那些喇嘛现在是什么情况？难道真的全部都在睡大觉？

会不会，他们正拿着法器围在大喇嘛的卧室四周保护呢？想了想，我觉得这种情况下，大喇嘛最正常的举动应该是报警吧。不过，等警察到了这里，我估计从谋杀到鞭尸都够三回的了。

我回到之前张家人聚集审讯我的地方，一看我就愣了，之前灯火通明的地方，现在竟然一片漆黑，一点儿光也没有了，只有惨白月光下几丝斑驳的阴影。

我靠，我心里发寒，心说怎么走得那么干净，难道都回去睡觉了，这批人心也太宽了吧。

该不是刚才那些都是鬼，在唱鬼戏吧。不过这些鬼也够无聊的，来喜马拉雅山脚下折腾我干吗？

在院子外犹豫了一会儿，觉得自己还是必须得进去看看，否则无颜面对胖子。如果我就这么回去，胖子问我如何，我告诉他"啊，没事，他们都走了，我们也走吧"，胖子非吐血不可。

小心翼翼地爬进院子，真的是爬进去的，好在雪都扫到了一边。我来到了门口，门开着，里面的炭炉全部都灭了。

还真是奇怪，我心说，里面什么都看不到，我摸到月光能照到的范围，心跳就开始加速。

之前我并没有任何恐惧，说真的，经历过以前那些事情之后，我对黑暗的恐惧减轻了不少，很多时候甚至有一种依赖，因为黑暗这种东西，保护你的作用远远大于吓唬你。

不过，一到这房间里面，我却开始紧张起来了，但我知道这不是对于黑暗本身的紧张，而是对于黑暗中是否会有埋伏的恐惧。

我不敢往前了，因为屋子里真的一点儿也看不清，我摸了摸手边的炭炉，发现温度还是有的，我抓了一把里面的炭，发现是被酥油茶浇灭的。

我努力听屋子里的一切声音，慢慢我就意识到，这屋子里肯定是没有人了。

到底发生了什么事情，难道是张家人在我们走后突然发难，制伏了德国人？

以张家人的身手，翻盘的概率非常大，但是，他们也没有必要离开啊。而且，刚才我们一点枪声都没有听到，按常理，张家人会灭掉所有的灯光，然后发难，我是相信他们会有这样的默契，但是也没有必要灭掉炭炉啊。

炭炉这种东西，也不是那么简单能灭的。肯定是整整一大壶酥油茶全部倒进去才会灭掉。

如果不是这样，难道是德国人发难了？

德国人如果要杀张家人，其实有一个非常好的先机。他们可以在暗中聚集，就算不能全部杀死，也能杀死很大一部分，然后埋伏在周围的人用连射武器杀死剩余的。如果是这样，那这房间里可能是另外一番景象，可能所有的张家人，都被爆头死在里面了。

什么都看不到，真有这种可能，但是如果张海杏也死在里面了，我还真有点无法接受。

空气中没有血腥味，我一点儿也闻不到，不知道是因为紧张还是因为什么，我感觉我的鼻子有点麻木，似乎是被冻麻的。

我摸了摸身上，摸出了一只打火机，也不知道犹豫了多久，我紧张得有点失去时间概念，接着，我打燃了打火机。

因为实在太黑了，所以突然蹦出的光线把屋子的一半都照出了个大概。我打了个激灵，随即发现自己害怕的场面没有出现。

屋子里什么人都没有，一个都没有，只有之前的那些凳子椅子。

我仔细看了看，发现确实如此，于是走过去将油灯一盏一盏地点燃，房间重新亮了起来。

没有人。

没有子弹的痕迹。

没有血。

他们真的走了？我心说，狗日的真不够义气。就在这个时候，一股特别熟悉的感觉涌了上来。

我心说：这难道是集体失踪事件，果然，小哥你的坏习惯不是你的错，是你们的家族遗传病啊。问题是下次能别失踪得那么整齐吗？乖乖，很吓人的。

想着，我跑出屋子，忽然意识到，刚才一路过来，我什么人都没有看到，整座庙好像死了一样。

第三十五章
人全部都消失了

我跑到大喇嘛房间所在的院子里，以前在门口等候的年轻喇嘛也不见了。我推门进去，里面一片漆黑，我摸索着点上灯台，在房间里一路看。

没有人，喇嘛们也不见了。

我突然开始哆嗦，想到很多以前的事情，这样的场景我好像经历过好几次了。

每次出现这样的事情，一定有了不得的事情发生，我拍了拍自己的脑袋，心中祈祷着往胖子那儿走，我希望，胖子还在那儿，胖子一定要在那儿。

当我看到胖子站在小哥雕像旁的时候，几乎老泪纵横。

苍天有眼，倒霉了这么多次，倒霉了这么多年，终于有一次让我不是彻底地傻×，老天爷终于留了一手。

如果连胖子也消失了，我又变成了一个人，我觉得虽然不至于会疯，但是那种崩溃的感觉，肯定会让我干出很多不可理喻的事情出来。

胖子看到我气喘吁吁地进门，有点惊讶，道："你是不是又闯祸了？你这个脸色不像是你成功完成任务时的嘴脸啊。"

我心说：我成功的时候应该是什么嘴脸，难道应该唱着国际歌冲进来吗？我对胖子说："不是我闯祸了，不过也不是什么好消息，很多情况……我不知道怎么和你说，你得先让我静一静，然后摸摸你，看看你是否真的在。"

胖子莫名其妙，道："你语无伦次什么呢？"

我们进了屋子，胖子把门带上，我渐渐缓了过来。看喇嘛还乖乖躺在地上，我心说怎么胖子看人就平安无事呢，难道这些犯人会挑人发难，还是我就是长了一副"有机会从他手里逃走"的面相？

胖子再问我，我还是有点混乱，不知道从哪方面说起，支支吾吾了半天就对他道："他们都走了。"

"走了？去哪儿呢？"

"不知道，四处都不见人，连喇嘛都不见了。难不成是消夜了？"我打算学他以前的风格，俏皮话一下。

胖子皱起眉头，"嘶"了一声，道："你还说你长进了，都长进在什么地方？以前还能尖叫几声，现在连话也说不出来。告诉你，这种危险中的幽默是特别高级的幽默，现在到处是人皮面具，咱就不能乱俏皮，特别是你以前不这样，现在忽然这样了，我会觉得奇怪。如果不是这么多年我和你出生入死过来，我对你的腔调太了解，我可能会判断你又被人掉包了。"

我看胖子说得很严肃，心说也有些道理，便点头，胖子就道："什么叫消夜，到底怎么回事。别二话，给我说清楚了。"

我深吸了口气，静默了一分钟，接着我就把我刚刚看到的情景，包括所有可疑的细节，全部跟胖子说了一遍。

说完之后胖子不信，他说："不可能。按你这么说，现在这间庙里只剩下我们三个人了。"

我对胖子说："至少在我经过的区域，真的是一个人都没有了。我也大喊了几次，也没有人回应，而且非常奇怪的是，所有地方的灯和炭炉都灭了，如果是被暴力劫走，或者是什么突发状况的话，不可能会这么周到，他们好像是非常从容地全部撤离了。"

胖子挠了挠头，道："胖爷我倒是不觉得有什么奇怪，因为跟着您混，这种事也不是第一次发生了，但前提是，您真的没看错，这黑灯瞎火的。或者干脆在门口看看是一片漆黑，就不敢出去了，抽根烟又回来了。"

"你他妈以为我是猪八戒啊，这种懒都偷。"我怒道。

"天真，你说实话我会原谅你的。"胖子道。

我没空理他，对他道："你不信自己去瞧去，而且现在我也不是害怕，我只是觉得每次都这样，太不正常，每次事情都不会按照我所思考的方向发展，让我特别有挫折感。"

胖子说道："得，我信你，但你这么和我说，我也挺崩溃的，还是这样，你在这儿看着这喇嘛，我再去看一遍，看看能不能看到你漏下的。"

我说："千万别，你去看一遍，到时候他妈的也不回来了，你叫我上哪儿找你去。我跟这喇嘛两个人在这儿相依为命，这他妈的太惨了，我不要跟这浑蛋折腾到一块去。"

胖子道："那怎么办，难道算了，我们也消夜去？"

我心说这不倒霉催的嘛，想了想就道："咱们现在就往庙外走，顺便到处看看，这家伙我们带上，看情况我们再做打算。如果庙里真的没人了，我们就下山消夜，等明天天亮了，多叫点人上来。"

胖子点头，我把喇嘛过到胖子背上，我打头，带着胖子，一路潜行。我先是带他去看了张海客和张海杏之前玩我的地方，又去看了德国人待的房间，再去看了大喇嘛的院子。走过一圈之后，胖子脸色才慢慢地开始变化，他暗声道："这还真是真的！"

这次我们把寺庙其他经常有人活动的地方都走遍了，试图找出我们之外的第四个活人，但是，连一点烛光我们都没遇着。

最后我们走到庙的大门前，胖子推开门，看了看门口的积雪，转身对着我摇头："天真，你上辈子是不是干了很多缺德事啊？"

我问怎么回事，胖子道："你自己看吧。"说着便往旁边站了站，让我看门口。

第三十六章
喇嘛庙封印

我还以为胖子让开之后，我会看到什么惊悚的景象，没想到什么都没有，只有上来时要走的陡峭阶梯。这道阶梯之前被人说得危险、无比危险、非常危险，后来我发现在先进的登山靴和四肢一起用力的前提下，这条石阶路并不是特别难爬。

门口什么都没有，只看到一大片积雪被扫过的区域。我问胖子道："看什么？我上辈子干什么了你要这么挤对我。"

"你看，虽然门口的积雪被扫过，但是只到阶梯六七级的位置，再往下阶梯上的雪都在。我们刚才折腾了好一会儿，可是之前我上来时候的脚印都还在。如果刚才那些人都下山了，这些雪肯定已经踩花了，所以，这条路短时间内没有几个人走过。"

"你是说这些人还在庙里面，没有出去过吗？"我惊恐道。

胖子问："你知道不知道庙里面还有没有其他出口？"

我摇头。据我所知应该是没有的，否则当年闷油瓶的出现也不会引起那种程度的惊讶。如果非要说还有其他出口，只可能是进入雪山了。

果然，胖子又道："那，要么这班人还在庙里面，要么他妈的到小哥来的地方去了？"

我摇头："不可能，怎么都说不通，我们离开张海杏和张海客也没有多少时间，他们如何在这么短的时间内达成共识，然后立即出发？"

"你怎么知道不可能？保不齐他们都是吃伟哥长大的，情绪特别难耐。"

"问题是不只他们不见了，那些喇嘛也不见了。"

胖子啧了几声，忽然意识到自己背上还扛着一个人，于是一下子就把那人甩翻在地上，道："差点儿把他忘了，咱们干想没用，先把这家伙弄醒，这家伙也许知道一些事情。胖爷我心里有点阴沉沉的，总觉得这事有点不太对劲，好像这班人真的是鬼魂一样的，在这里给我演戏看，但是这家伙不是鬼魂。"

外面太冷，我们转身回到庙里面，胖子道："既然人都没了，也别回你那个房间了，太危险。咱们也别去刚才那个房间，那里太乱太糟糕了。咱们去大喇嘛那儿吧，大喇嘛那儿条件特别好，咱们没进他的后房看看，也许他的卧室里面还有好多宝贝咱没见到。"

我道："你又来了，你下斗可以，但也不能偷活人东西呀，太下三烂了。"

胖子道："我靠，我只是看看，而且现在这种情况，咱们也算是搜救人员，搜救人员用被搜救人员的财产去筹集资金也未尝不可。"

我知道再和他扯皮也没用，他的歪理肯定一大堆，于是径直入内。

再次回到大喇嘛住的院子里，进到之前聊天的地方，胖子把背上的喇嘛往地上一放，我去点亮了所有的油灯，拨了拨炭炉。此时天刚蒙蒙亮，天色发阴，似明非明的时候，那黄色油灯并不能起到太大的照明作用。

被我打晕的人的情况似乎更糟了，虽然他鼻子和耳朵流出来的血都凝固住了，但他眼睛里却又开始不停地流血，我心里不停地嘀咕，心想难道这次真的杀了人？

但我觉得我拿着那灯台朝他头上砸的时候，也没有下死力，其实还是留了劲的，虽然听着声音很吓人，但是应该没有到能把人打死的地步。小哥之前打人的时候，他那手才叫黑呢，但也没见他杀了人啊，难道用凶器是有诀窍的？

我拿着个罐子去院子刨了点干净的雪，然后放在炉上化掉，找了块破布，沾湿了把那人鼻孔和耳朵的血给擦了擦，然后把布盖在他的眼睛上，希望不要继续流血。听见他还有呼吸和心跳，我暂时松了口气。

胖子在大喇嘛的房间里不停地翻箱倒柜，搜刮财物。无奈只搜出几张存折，一路骂骂咧咧，说现在的喇嘛一点儿格调都没有，家里不堆点黄金，倒全存银行里了！

他虽然骂着，却也不放弃，还是一路翻，连墙角的罐子都不放过。

我说干吗，你以为大喇嘛是守财奴吗，把钱全藏在这些地方？他说我误会了，他是肚子饿了，搞不到钱，至少能看看有什么东西吃，来这里几天吃着当地伙食，他都快腻歪死了。

胖子道："我看这大喇嘛的伙食应该比其他人好，看看有没有饼干或者方便面之类的。"

我道："这边的喇嘛都很虔诚，对于生活没有那么讲究，他们肯定都吃传统食品，你就别找了。"

胖子就说："就算有传统食品，也是比较好的传统食品，比我们吃的观音土总要好些。"

我心说这话太损了，人家免费让我住那么久，这种找揍的话我是说不出口。

但找了半天，还真被他找到了一包什么东西。翻开一看，似乎是什么植物晒成的干，闻着非常香。胖子拿了一块嚼了嚼，我赶紧说："你先别嚼，万一是哪个药材或者是不能吃的东西，或者染料之类的，你要把自己给吃死的。"

"放盐了，你看谁的药材里会放盐。"胖子一边吃着，一边坐到我边上道，"你别急，也吃点，吃饱了我们好想办法。你没听过吗？三个大胖子，顶个诸葛亮。"

我也吃了几口，味道确实还不错。屋子也暖和起来了，因为门窗都关闭了,感觉这屋子挺安全的。我对胖子道:"咱们从头来琢磨这是怎么回事。你之前说你还有事情没跟我说,现在可以说了吧?"

胖子喝了口茶道:"你记不记得我跟张海杏装那个门巴人,和张海杏说话的时候,说了几句藏语。"

我点头,忽然意识到胖子说这话什么意思,问道:"你什么时候会说这门巴话了,你不是十项全能文盲吗?"

胖子道:"我没说我会说门巴话,我说的是当地一种特别特别冷门的话,叫作嘎来话,特别像门巴话。说这话的人不超过三千个,这话我肯定不会说,我说的都是硬背下来的,只要是当地人,一听我的口音,就知道我是瞎背的,但是外地人就算会门巴话,听我的口音也吃不准,老子背这些破词可是费了不少脑细胞。

"当时张海杏问我的是门巴话,所以我打算装一把,糊弄过去。嘎来人是比当地的少数民族更少数民族的人,他们肯定不了解。于是就去糊弄她,我以为她会告诉其他人,她听不懂。但是,为什么她不仅没有表现出听不懂的意思,而且还胡说八道地解释了一番?"

胖子打着饱嗝道:"所以,这事儿就有些蹊跷了。"

我皱了皱眉头:"你是什么意思?"

胖子就说:"假设她真的上当了,以为我是当地人的话,她绝对不会犯这种错误,她一定会告诉那个张海客我说的话她听不懂,但她并没有这样,反而还假装听懂转述了那些话的意思。这就说明这个张海杏是有问题的。

"这有几个可能性,第一种是这个张海杏不想别人知道她不懂门巴语。这是为什么呢?难道她是一个特别虚荣的人?我想这种性格上比较低级的弱点,张家人肯定会在儿童时期就克服了。那么,只能是另一种情况,就是,其他人知道她会门巴语,而她其实不会。这就说明,张海杏这个人可能是假的,或者说张海杏知道我是假的,想帮我一把。"

我皱眉道:"但是我看她之前发火的样子不像是假的。"

胖子又道:"你想过小哥没有,小哥平时什么样子,但他装起人来是什么样子?这帮人都是他妈的影帝影后。"

我的脑海中突然浮现出奥斯卡颁奖仪式，小哥和张海杏同时上台领奖称王称后的情景，立即甩头把这种奇怪的念头打消了，对着胖子说道："这么说来，其实这帮张家人内部也有问题。"

胖子点头："我觉得，有可能是互相渗透，但是此事事关重大，具体如何，现在还不敢断言。咱们如果找到他们，还不能完全信任他们。"

我点头，心说太混乱了，早前的各种斗争、暗查，一定是各种势力无限纠结在一起，如果连张家内部都有问题，那说明，这种纠结的程度远远超乎我们的想象，而且，绝对不是去告密什么的就能处理的。

如今的情况既然是这样，我倒生出了一个念头：这一切的核心目的是什么？

所有我经历的事情，纷杂不堪，但是各种转折都不符合逻辑，如果这是一场戏的话，导演的脑子似乎有些问题，要不就是表现手法太高端了，我没法理解。

胖子想了想，摇摇头，道："其实，我有一些眉目，说出来你可能不爱听。"

我问："为什么？"

胖子道："你稍等，我去拿张纸，画给你看。"

第三十七章
枚举之王

接着胖子从桌上拿了张纸，然后拿起一支笔开始写。看他的样子就知道，他是用他的招牌枚举法。

胖子说道："首先我们一定要知道这班人去了哪里。这是一个封闭的寺庙，在半山腰上，后面是雪山，前面就是唯一一条上山的道路，整个寺庙也特别大。"

胖子画了一个寺庙的形状，问我是不是这样，我帮他修了几处细节。

胖子又道："你看，第一，我可以肯定他们没有下山，除非他们都是直接跳下去或者滚下去的，我觉得他们没有那么傻；第二，他们把装备都带齐了，假设我要给你一个惊吓，或者造成一种我突然消失了的情况的话，我不会使用这种方式，我会把灯全部点起来，灯全部不灭，好像我们还在聊天的样子，不过装备全部带走了。但是现在，灯却是全灭了，说明他们并不想迷惑你，他们不介意别人认为他们是自发离开的，对不对？"

我点头。

胖子接着道："既然是这样的情况，他们不能从正面下山，而你又觉得他们不可能进雪山的话，那他们肯定选择了一条我们不知道的道路。"

在现实中，这样的推理是完全成立的。

我继续点头。

胖子在纸上的喇嘛庙图案外画了个大圈："这喇嘛庙一定有我们不知道的玄机，它处在里面这个世界和外面世界的连接口上。这个位置本来就很邪门儿，很可能并不是我们想的那么简单。喇嘛庙可能是里面的人设计的一个站，那么，也许这里有一些暗道或者隐秘的房间也说不定。"

我想了想，觉得有点道理。

这个寺庙结构极其复杂，房间多得不成样子，连寺里住的人，都只在这一块区域里活动，很多区域他们都没有去过。而且，这个寺庙是有设计感的，并不是自然依山修建而成，也就是说，在风水学上或多或少有过考证。

我是学建筑的，这种感觉我一直都有，但是毕竟这是喇嘛庙，不在我的范畴，我也不敢多说什么。

胖子又说："接下来，我们从刚才那些人的举动，来看看能不能找到暗道所在。"

胖子在地图上把大喇嘛的房间给勾出来，然后把张海客兄妹和德国人的房间也在地图上勾出来，还有其他几个人住的地方。

"你看，他们要回去拿装备，"胖子画了条线，指着路线，"其他的喇嘛住这儿和这儿，他们的东西我不知道还在不在，我们可以看一看。如果他们装备也不在了，说明他们之前也回过自己的房间，也就是说，要和德国人讨论问题，还要回去收拾东西，还要这么快地离去的话，这些人不可能很快就被全部调动起来。也就是说，他们离开这里的暗道，必须在这片活动区域之内，所有人才都能赶得及。咱们可以做个试验，看从这些地方来回奔跑需要多少时间，再对比我们被困的时间，我们大概能找出那些人所走的路线。"

我看着胖子，心说胖子的思路很清晰啊，我已经不知道这是第多少次赞叹胖子的思路了，经过这么长时间的静养，胖子的思路似乎更清晰了。

但胖子说困这个字，让我心里咯噔一声。

我看了看倒在地上的喇嘛，心想会不会是这样，就对胖子说："这喇嘛拿着手枪,对着我们射击,然后如何?他没有杀死我们,但是拖延了我们很长时间。会不会就是因为——"

胖子马上把我打断:"我刚才就是这么想的。但这是不可能的。"他指了指自己头上的伤疤,"你要让子弹擦过我的额头,而不杀了我,特别困难。这种事情只能说是意外。"

我道:"也许他只是不想杀我,你的话,无所谓了。"

胖子想了想,道:"这话倒是有道理。"说完看了眼地上昏迷的喇嘛,吐了一口,"他娘的,这是搞歧视,胖子就不是人吗?"

我对胖子道:"我刚才有个想法,我就直说吧。其实,有几种情况,能够把这件事情中所有的矛盾都化解了。我举个例子,罗马斗兽场,把一只老虎和一只狮子放在笼子里,老虎特别壮,狮子特别重,他们把老虎和狮子抬进去,然后把角斗士奴隶也放进去,在这个时候,整个斗兽场里就有一只老虎、一只狮子、角斗士,还有很多很多的工作人员。如果这时他们把老虎和狮子从笼里放出来,你觉得会出现什么情况?"

胖子沉默了半晌,道:"我懂了,你是说,他们是工作人员,我们是——我们是老虎?"

我道:"错,我们是角斗士,老虎和狮子被放出来了,工作人员当然要立即撤离。"我看了看窗户,"角斗士在这座庙里发呆,工作人员全藏了起来,也许,老虎和狮子就在我们不知道的地方看着我们。"

其实我这样推测有点无厘头,因为我觉得如果这件事情这样发展很不合情理。根据张家人跟和德国人,还有大喇嘛的所有情况来看,他们不可能是完全一伙的。要不他们达成共识的时间就太短了。

那也许是另外一种情况,也许是张家人在和德国人谈判的时候,喇嘛忽然跑了进去,对他们说道:"快跑,这儿要出事了。"于是他们收拾了心情,先跑了再说。

等等,会不会这个喇嘛是被派来通知我们的,不知道因为什么误会,以为我们是老虎狮子,然后才用枪打我们?

我一下坐起来,心说阿弥陀佛,这下要死了,似乎这个解释最行得通

175

啊。用手枪伪装狙击枪这种二逼行为本来就不太对，最大的可能性是这喇嘛根本就是射击的外行，被吓坏了才做出奇怪的行为。

我立即冲过去看那个喇嘛，心说大师，施主我真不是故意的。

这一次就照顾得用心很多，用胖子的话说，是满怀着愧疚而不是用优待俘虏的心态，在我用热水帮这个喇嘛按摩的时候，突然他咳嗽了两声，人蜷缩了起来。我马上扶他起来，喇嘛醒了，慢慢睁开了眼睛，但一时之间还十分迷糊。

我们凑过去，胖子拍了拍他的脸："喂，哥们儿，你说你是不是歧视胖子？"

那人看见胖子，又看到我，突然脸色大变，猛地站了起来。但是可能也确实是我打得太用力了，他站起身后马上又倒在地上，开始呕吐。

等他吐完，我再次把他拽起来，他看着我和胖子说道："现在是什么时候了？"他问我的是一句标准的汉语。

我看了看手表，告诉他天马上就要大亮了。他脸色一下变得惨白无比，摸索着地面想站起来，道："完了完了，死定了。"

我刚想问他问题，那个喇嘛就说："别说话，快，你们赶快把所有的门窗都关起来。快……快……快！"

也许是因为这个人说话的语气和表情太过真切，那种恐惧发自内心，无丝毫做作，所以我和胖子立即按照他说的，把门窗全部都关了起来。

我们当时并没有多想，因为经历了这么多的事情之后，我们都知道，很多时候人的表情是伪装不出来的。这几乎是一种本能，我基本可以从人的表情当中立即判断出这件事情是否真实或者他是否有阴谋诡计。

当然，小哥除外，他的表情太单一，素材太少了。

在把窗全部关上的过程中，我一直在看着窗外，但是我什么都没有看见，窗外还是以前的样子。窗全部关上后，屋内就只剩下几盏灯台照明，屋里显得特别神秘。

关完之后，胖子走过去，道："你可别耍我们，本来我对你并没有恶意，但你要是耍我，让我知道的话，你绝对吃不了兜着走。"

那喇嘛说道："现在的局面来哪一套都是假的，最多再过半个小时，你就会明白事情只会比我说的更严重。现在你们听我的也许还会有一条活路。"

胖子又看了看我，奇怪地道：你们这儿是不是会闹恶鬼之类的，每年的某月某日，天一亮就会出来，是什么东西这么厉害，你何必怕成这样？

那个人道："恶鬼算个什么。"

我和胖子对视了一眼，都不是很明白，那个人就开始脱下自己的喇嘛袍。我发现他的身体锻炼得非常非常好，肌肉线条分明，所有的肌肉纤维像钢筋一样，显然是一个训练有素的人。他一边脱一边对我们道："先把自己的上衣脱下来。"

第三十八章
脱　身

　　我和胖子莫名其妙地照办，脱完之后，那个人开始把炭炉里的炭全部倒在木地板上，炭炉烧得通红，木地板很快就发出很浓烈的焦味。那个人用他的藏袍去捂这些炭，很快就把这些炭全部捂灭了。捂灭之后，他就用我们的衣服包一些还滚烫的炭灰，包完之后，让我们抱在身上。

　　做完之后，那个人抓住我的手，看了看我的手表，道："现在你们必须要在三分钟内听懂我在说什么，而且照办，因为我们已经没有时间了，你们手里的这个包裹是你活着的唯一机会。"

　　我很奇怪为什么会这样子，如果说待会儿会变得特别冷，我们需要东西取暖的话，那么我们现在脱得精光，拿着一个滚烫的衣服包，似乎并没有太大的作用。

　　这个包能够抵御多少寒冷？我们上身都裸露着，没有任何的意义。如果不是这样的话，那么这个包有什么用呢？难道是因为里面的灰？

　　胖子就问道："咱们是不是要抓里面的灰出来撒敌人的眼睛，把他们全部弄瞎了？"

那个喇嘛的脸都扭曲了，喝道："别烦了！"

胖子刚想喝回去，忽然大喇嘛房间的所有窗户都开始震动起来，喇嘛看了看这些窗户，立即对我们做了一个不要说话的动作。我们捂住嘴巴，调整呼吸，看着玻璃窗上不知道什么时候，出现了好多奇怪的影子。

影子非常淡，很像是树木的枝丫印在窗上的样子。但是我们都知道这是不可能的，因为院子里根本就没有树。

喇嘛看我们几乎要趴在地上了，就抓住我们的后脖子把我们拎起来，然后指了指我们手里的炭包，就用极其低的声音说道："抱着这个东西，用最快的速度跟我走。"说完他指了指门口，示意胖子去开门。

整个窗户震得特别厉害。我心里特别发怵，因为我知道窗门那儿肯定是有些东西。但那些是什么东西呢？

如果它们是实际存在的实体，是人或者是怪物，那么，它们在窗上的影子一定会更黑更深。但这影子斑驳不定，我根本无法想象外面到底是个什么样的情景。

而且我在关窗的几分钟之前，我看了看窗外面，什么都没有。如今才过了这么点时间，一下子就变成了这个局面。这些东西到底是从哪儿来的？但是我觉得听这个喇嘛的话应该不会错，因为不管怎么样，他都不会把自己往死里整。

我看着胖子，点了点头，胖子和喇嘛两人摸了摸门边，然后缓缓地把门打开。突然，喇嘛一个跨步迈出，就在那一刹那，我看到那个喇嘛一下子就把他的炭灰包打开，把里面的炭灰整个往我和胖子身上一撒，接着自己就狂奔而去。

我和胖子被炭灰迷得连气都喘不过来，满身满脸都是，只得不停地拍打。还没等我们看清楚面前的情况时，已经有无数飞虫从门口飞了进来。转瞬间，铺天盖地的虫子朝我们拥了过来。我靠，一下子满屋都是，像苍蝇一样，我不停地扑打，发现这些虫子非常厉害，一粘到人身上，就往你皮下钻。

还没等我扑打几下，我已经是遍体鳞伤了。此时，我的眼睛刚刚能看见前面的情况，登时傻眼了。只见整个院子里面密密麻麻的，几乎所有地方都爬满了这种虫子，而所有虫子都像闻到什么腥味一样，直接朝屋子里拥来。

我靠，这些虫子是从哪儿来的，刚才，就几分钟前还没有啊，这庙里是怎么回事，要么人忽然不见，要么虫子忽然出来一大堆。

胖子比我更惨，大吼大叫道："他妈的死秃驴又暗算我们！"

我道："为什么虫子不咬他，直往我们这儿奔了？"

胖子道："肯定是那些炭灰的原因，快把那个包裹扔了。"

我和胖子把那个炭灰包裹扔到边儿上，果然，那些虫子几乎就奔着炭灰的方向去了。很快，我们包裹着炭灰的衣服马上就被咬得支离破碎。那些虫子钻到滚烫的炭灰里面，立即被烧死，但后面的虫子还是前赴后继地钻进去。

至此，我们得以有一丝喘气的机会，退到了房间的角落里。我一边拍掉身上的虫子一边观察，发现那些虫子长得像萤火虫。

"萤火虫怎么会咬人？"胖子道。

我更加奇怪，因为萤火虫生活在潮湿的地方，在寒冷的温度长年是零下的地方怎么会有萤火虫的存在。

炭灰为什么会吸引它们，难道是因为炭灰的温度？那个喇嘛设计我们，让我们抱着滚烫的炭灰，让我们体温比他高，让这些虫子扑向我们，他自己就可以跑掉，全身而退了。

如果是这样，这事儿就大发了，这么多的虫子，炭灰会渐渐冷却，它们很快就会发现更加暖和的我们。

怎么办？眼看虫子拥向炭灰包裹，炭灰撒了一地，屋外更多虫子在拥向房间，炭灰附近没有地方挤就在房间里乱飞，有些冲向了房间里的那个炭炉，有些冲向了房间里的灯台，还有一些零散的，发现了我们，一直朝我们飞来，被我们直接拍死。

胖子道："如果它们这么喜欢火的话，不如我们给它们来点更加暴烈的。"

说着胖子一边拼命地拍打身上的虫子，一边冲到一只炭炉边上，一脚把炭炉踹翻，滚烫的炭火再次滚到木地板上。胖子从大喇嘛的桌上扯下了无数的卷宗、佛经往炭火里一扔，然后冒着被虫子咬的风险，用力地吹了几口，火马上就着了起来。弄完之后他对我道："快帮忙，把所有能烧的东西都往这里扔，我们需要找一个大热源，把这些虫子全部都吸引过来。"

我对胖子道："你这样会把整座庙全烧掉的。"

胖子又道："我靠，现在还管这么多，那些喇嘛都拿我们不管，不要替他们着想，说不定他们早就买了保险了。"

我心说也是，管他三七二十一呢，逃命要紧。于是立即搜刮整个房间，一边拍打，一边扯下那些保暖用的毛毡扔到了火里。毛毡很容易烧起来，一下子就冒出很多黑烟，很快这个屋子就被黑烟笼罩了。

胖子对我喊道："不要再放毛毡了，你想把我们全部都熏死啊！"

我说："这些黑烟能把这些虫子赶出去。"

胖子道："你没看它们连火都不害怕，它们对于这火的温度的热爱远远超过它们对烟的恐惧。你没把它们弄死，我们先成熏肉了。"

胖子说时已经晚了，整个房间的烟雾已经起来。我们只有弯着腰，继续把火苗弄大。很快，大喇嘛房间里的书桌前就变成了一个巨大的篝火。虫子前赴后继地往那个篝火里冲去，被火烧得啪啪响，每当我们把火弄得更旺一点，虫子就过来把火弄灭一点，它们的身体里似乎饱含水分。

很快，这个房间里能烧的东西都已经被我们烧得差不多了，烟雾笼罩了整个屋顶。而那些虫子还是没有看到尽头，因为浓烟我们也看不到院子里的情况，也不知道自己这么冲出去会不会有危险。

胖子道："院子咱们肯定是不能走了，看看这个房间还有没有其他出口，你不要开靠近院子的窗户，你把靠近后山的这些窗户都打开，看看是什么情况。"

我点头，拍打着身上的虫子，迅速跑到了靠近后山的窗户边上，小心翼翼地打开一扇，立马我就发现不对。整个木屋子都已经被这些虫子包围了，才开了一条缝，外面的虫子就冲了我一脸。

我拍着自己的脸回到胖子身边，对胖子摇头："形势不容乐观，这些虫子不知道从哪儿冒出来的，最起码有上亿只。"

胖子又道："这不合情理呀，为什么会这样呢？天真，我们会不会是吃多了在做梦啊，你捏我一下看看我疼不疼。"

"没必要吧。"我指了指他手上的伤口，"你被咬成这样不疼吗？是梦早就疼醒了。"

说完我想了想，不知道为什么突然灵光一闪，想起了以前碰到虫子时候的经历，就对胖子道："你有没有刀？"

胖子道："干吗，自杀吗？现在自杀还太早吧，你放心吧，真不行了，我也会一刀把你砍死，不会让你有半点痛苦。"

我说："你少废话，把刀给我拿来，我就算自己把自己捅死，十刀也死不了，我也不想被你一刀捅死。我的命运一直掌握在别人手里，就算你是我的好朋友，我也不想让你插手。"

胖子叹了一声，就从后腰抽出一把藏刀来。我把藏刀往我自己的手掌一抹，一下子就划了一道非常深的伤口，血直往外流。

胖子问道："你干吗，你连割腕都不会，割腕不是割这个地方的，割腕是割腕部的，你割你手掌，你把手掌切断你都死不了。"

我说："你他妈的少废话，看着。"

我拿着我的血手，对着前面的那些虫子甩去。血水甩了出去，滴到了地板上，忽然间那些虫子全部散了开去，似乎在躲避我的血一样，胖子就道："咦，又来了，我靠，行啊你。"

我心中一喜悦，不理他，张开我的手掌，在胖子身上抹了几把，然后往前走了几步，那些虫子好像看到了什么恶煞一样，全部哗啦哗啦地退了开来。

第三十九章
血　竭

胖子跟我对视一眼，我对胖子道："我啥也不知道，我也不知道这血为什么有用，现在跟我走。"说完我们俩冲进院子。

我把我流血的手压低，靠近地面，一路往前，所有的虫子全部避开，甚至我们身上一只虫子都没有，顺顺利利地走到了院子门口。

离奇的是这个院子外面一只虫子都没有，胖子回身关上门就道："我靠，我得在门上贴个条，告诉别人里面有恶虫。这虫子真规矩，就喜欢待在院子里。咱们快撤吧。"

"别贫，咱们得先找个地方休整一下，否则我的血要流光了。"我道，"刚才一刀切得太深，我们下山那么长的距离，如果血不止住我肯定死在半山腰上。"

切自己也是门学问。小哥能那么拉风地切自己，估计他以前吃了不少苦。

胖子看了看我的手，满手的血，就喷道："太浪费了，你真是不当家不知柴米油盐贵啊。现在去哪儿？"

我道："我们得去有小哥雕像的院子那儿。"

胖子问："为什么？"

我说："不知道，我总觉得有小哥的地方会比较安全。他不在的话，至少有他的雕像也比没雕像好。"

胖子道："你他妈的也太迷信了。"说着他倒比我先动身了，我心说为什么要给小哥立雕像，难道就是因为小哥在这里曾经大退虫兵？

反正在我心里，小哥雕像所在的地方，或多或少应该有些不一样。

当时我没有想到的是，这不一样的东西却让我们更头疼。

继续往前，我发现整个喇嘛庙里面其他地方都没有虫子。我们一路跑到小哥的雕像边上，这时候天已经亮了，胖子是第一次看到雕像的真面目。

胖子看了看，觉得奇怪，道："我靠，为什么这里的小哥看上去挺悲惨的？"

我说："你先别管，先看看我的伤怎么样了。"

我们进了一个房间，因为这里已经荒废，里面没有炭炉，我们冻得脸色开始发青。我用最快的速度检查了一下胖子的背上跟我的身上，发现那些虫子对我们的伤害并不大，它们的头虽然尖尖的，能钻进我们的皮肤，但它们似乎并不想真正地把头钻进去，而是想吸点血而已。胖子身上有几个虫子已经吸饱了血，我用手一拍，弄得我一手都是血。而在我身上的虫子全部都已经死了，我没有时间依次清理它们，只好把看到的最碍眼的直接拍掉。我背上肯定还有很多，但我实在没有办法了，心里想着：他妈的，这个喇嘛真恶毒，让我们把衣服脱掉，好方便这些虫子吸我们的血。

胖子给我处理手上的伤口。我的手惨不忍睹，血浆粘在手心，血还在不停地流出来。胖子用自己的皮带死死捆住我的手腕，以便止血，然后掰开我的伤口，就道："你干吗不直接把手剁了得了，你看几乎切到手背了。这个得缝针，胖爷我虽然针线活儿不错，但是这儿没设备。胖爷我只能用土办法了。"

"你想干吗？"我看着胖子取出手枪，打开子弹匣，开始用牙齿咬。

"你又想用火烧那一套。"

"相信我，管用。"胖子把子弹头拧开，把子弹里的火药放到一边，先用裤子把我手上的血擦掉，用手死死压住伤口，之后把火药全部倒了上去。

那种疼痛我现在都记得，那绝对不是伤口上撒盐可以形容的，比撒盐更疼的是，在伤口上撒火药。

撒完之后我几乎要昏厥过去了，胖子问我："火呢？"

我掏出打火机给他，他往火药里一点，发现完全点不着。

"咦，这火药质量不好。"

我疼得冷汗直冒，往手心一看，火药全部被血湿透了，不过血倒是真不流了，心说就这样吧，想让胖子靠谱一回也真难。

此时，我才仔细地看了看这些虫子，发现它们并不是萤火虫，而是一种特别奇怪的小甲虫。

胖子把窗户什么的全部都关上了，然后来处理我背上的死虫子。我看了看不流血的手，刚松了口气，忽然就听到这个房子的窗户开始震动起来。我们往窗户那边一看，窗户外不知道什么时候也爬满了刚刚见到的那些密密麻麻的影子，但是，形状似乎和我们刚刚见到的不一样。

怎么又是突然出现？虫子就算聚集过来，不是应该有过程的吗？怎么每次都这样？

这次，我们没有再犹豫，胖子把门打开一条缝，嗡一声，门缝里钻进几只虫子后，立即把门关上。从门缝里挤进来的虫子径直往我们身上扑，我一下子发现，这次飞进来的是另外一种虫子。这些虫子有点像蚊子，但长相更奇怪，有两只特别大的翅膀，头是尖的，个头比刚刚的那些甲虫大好多。

胖子凌空拍打，直接把这几只虫子拍到地上，虫子再飞起来，他往下用力一挥手，直接把这几只虫子握在自己的手里面。胖子"啊"了一声，马上把手掌摊开，发现这虫子的尖嘴已经直接插入他的手掌心。

"别碰这东西，这玩意儿比刚才的厉害！"胖子道。

我简直无法理解，现在这好像是虫子聚会一样，而且都是一些奇怪的虫子。

我们把虫子拍到地上，用力踩死，我发现这些虫子似乎不怕我的血。

不过这里的虫子的数量比刚刚那些要少，我们赶紧把窗户加固了一下，用很多废弃物卡死窗户的缝隙，卡的时候就看到窗户上密密麻麻的影子越来越多，而且震动得越来越厉害。

忽然，我听到院子里有人在喊"救命……救命……"我心中一惊，胖子骂道："这虫子还会说话！"

我听着声音不像，心想：该不是小哥的雕像活过来了吧，雕像在喊救命。砰……突然门就被撞开了，一个满身是血的人从外面滚了进来，倒在地上，浑身都是各种各样的虫子。

"小哥？"我几乎叫出了声来，"雕像真的活了？"

第四十章
误 会

　　仔细一看，发现根本不是小哥，而是刚刚害我们的那个喇嘛。

　　这喇嘛的样子，我根本无法用言语来形容。他身上密密麻麻地爬满了虫子，这些虫子我都没有见过，除了甲虫和像蚊子的那种虫子之外，还有好几种虫子，五颜六色的，他整个人就像被虫蛀满了一样。

　　我和胖子上去，因为没有衣服了，就随手拿了房间里的竹匾和竹筐，把那些虫子从喇嘛身上拍下来。拍完之后，我发现这人已经被咬得面目全非，身上到处都是鼓鼓囊囊的，并且似乎有虫子钻到皮肤里面了，鼓出一个个像蚕豆一样的包，人还在不停地抽搐。

　　我和胖子把喇嘛往后拖，胖子冲上前去，想把门和窗户重新关上，发现已经来不及了。喇嘛撞得太厉害了，门框都快散了，门根本关不上。

　　外面蚊子样的飞虫蜂拥进了房间，我把喇嘛拖到角落处，胖子一边用竹筐拍打，一边说："天真，看来咱们俩必须得死在这了，这他妈的不是喇嘛庙，这是他妈的大虫窟窿。临死说一句，我这辈子最值当的就是认识你这么个朋友。"

我刚想让他别放弃，忽然就看到喇嘛拉了我一下，指着房间的一个角落，示意我看那边。

顺着喇嘛手指的方向，我看到在房间的一个角落里放着很多竹筐和木箱子，那些木箱子都被非常老旧的铁锁锁着，但是筐子很轻便。我上去看了看筐子的缝隙，并不是特别密，但是挡住那些大虫子还是绰绰有余的。只是这些个筐要装下胖子，似乎有点勉强，不过眼下也不能考虑那么多了。

我对着胖子大喊，胖子转头看我指着筐，心领神会，但是他摇头。

我大怒，心说你矫情什么，骂道："想活命的话就到这些筐子里，躲一躲。"

胖子道："您是打算把我切碎了放进去？"

我说："你不要小看这个筐子的大小，很多人会有错觉，觉得某个东西的大小装不下自己，但是人的柔韧性是非常强的，只要你收缩得当。"

胖子大骂道："呸，这筐给胖爷我当避孕套都不够！"

我没法和他吵，一边拍打着虫子，一边径直把他拉到筐子边上，逼他把脚伸进去。胖子也没有办法，半推半就着往下一蹲，他突然间面露喜色，道："啊，好像真的可以进。"

我道："但这样也只能进一个下半身，我只能用两个筐子把你装起来。"说着又拿起一个筐，套在胖子头上用力往下一按，按成一个肉球的样子。然后马上又去找其他的筐子。

这里筐子非常多，我挑了两个好的，把那喇嘛也装了进去，之后才是我自己，因为我比胖子瘦多了，非常轻松就进去了。

缩在筐子里面，阻隔了虫子的攻击，但身上已经有好多虫子死死地叮入我的皮肤，不停地在咬我。

我用手小心翼翼地一只一只地把虫子揪下来，透过缝隙看见胖子那边的竹筐也在不停地抖动，我知道他也在干同样的事情。

很快，我就无法透过筐子的缝隙看到外面的情况了，无数虫子在筐子上面爬动，密密麻麻的，我能听到它们那带刺带毛的脚在筐子上面跟竹条摩擦的声音，噼里啪啦噼里啪啦的，十分骇人。

胖子道："事不宜迟，暂时安全了，我们看看能不能滚出去吧。"

我对胖子道："这儿的门槛特别高，西藏的寺庙都建了高门槛，我们这样肯定滚不出去的。要不我们把筐子底拆了，走出去。我们尽量让筐底跟着我们走，这样就算虫子从筐底进来，我们也能很快踩死。"

我们想办法把整个竹筐的底扯掉，但是没有家伙，竹筐又非常坚韧，而且在这么寒冷的地方，我们没有穿上衣，全身都冻僵了，没法使力气，最后只能一点点地抠，终于在竹筐底下抠出了两个能把脚伸出去的洞。

已经没有时间去修整洞口折断的竹子尖刺，我们把脚伸出去，一点点地往前挪动。这个方法是可行的，可是，洞口的尖刺不停地划我的脚踝，很快就被弄得伤痕累累，饶是如此，我也管不了那么多了。我们一点点地往前挪动，也不知道胖子有没有跟上，一直到我挪到门边，才问胖子如何了。我听胖子的说话声，发现胖子已经在门外了。

胖子的行为肯定比我鲁莽很多，但是他皮糙肉厚的，也不怕虫子咬。我用力一跳，跳过门槛，来到了院子里。胖子问我："那个喇嘛我们就不管了吗？"我道："我们先保命再说吧，现在哪里有时间管他。"

两个人在院子里一点一点地挪动，好不容易挪到院门，到了走廊里，可是所有的虫子都跟着我们走，一点也没有离开的意思。胖子道："看样子想把它们甩了也不是那么容易。咱们不可能这样一点点地挪到山下去。"

我对胖子道："现在这种情况，没有什么可能不可能的，就算是上刀山下火海，咱们也得这样行进。"

胖子也没辙，只能一边骂一边继续往前挪。

接下来就非常枯燥，自己也不知道自己这样子走走、停停、歇歇、走走，一共走了多少时间，只觉得膝盖酸软，腰酸背痛，肌肉都劳损了。凭着一点点记忆和偶尔透过缝隙看到的一点特征，我们一直在往寺庙的门口移动，一直走到黄昏的时候，我们才跳出庙门。下面还有好长一段山路要走，这时我已经筋疲力尽，竹筐也不能保暖，我身上所有的皮肤都冻得发紫。加上这样的前进方式相当消耗体力，我们已经整整一天水米未进，我知道再这样下去，我们就算不给虫子咬死，也会被冻死饿死。

一直走到阶梯边上，我在想能不能一路滚下去，滚下去不知道能不能活命，毕竟我们能够采用的保护方式只有竹筐。滚下去的话，只要我们身体保护好，就算一身瘀青，也比累死冻死好。

这时，我发现虫子开始一只只地离开我的竹筐，很快，竹筐上的虫子屈指可数了，而且后面的虫子也没有跟上来。

我透过缝隙看了看胖子，确实如此，于是赶紧把我头上的竹筐挑开。胖子的竹筐上已经一只虫子都没有了，所有的虫子都往寺庙飞去，冲进庙门，似乎它们活动范围就在这个庙门之内，庙门之外，它们绝对不会踏足。

我过去把胖子头上的竹筐扯下来，发现胖子已经被冻得神志不清了，我拍了拍他的脸，把他从竹筐里揪出来。胖子迷迷糊糊地问道："咦，我们已经上天堂了吗？"

我道："可能我们身上体温太低了，它们已经感觉不到我们的温度了。"

胖子哆嗦道："不仅是它们，连胖爷我自己都感觉不到了。"

我们缩着身子，咬着牙关，不停地搓自己的身体，顶着接近零下的冷风，缓缓地走下山去。这几年的经历，让我的身体素质和意志都得到了充分的锻炼，否则我绝对走不完这条路。

等我们终于来到了山下，来到了那个酒吧的时候，我们身上的皮肤几乎都冻伤了，但我竟然还保持着非常清醒的头脑，连我自己也非常惊讶。我进屋之后，不敢直接冲到屋里最暖和的地方，我怕温度骤然变化，会导致我的血管爆裂。

我们一直站在玄关，等着身上的皮肤开始有知觉，开始有刺痛感，才敢进去。径直走到暖炉边上，扑面而来的暖流不像以前一样让我们昏昏沉沉，而是让我身上所有的肌肉颤抖和抽搐，皮肤也开始火辣辣地疼痛起来。

此时我在心里庆幸，幸好我们下山的时候没有下雪。

一边的服务员看到我俩这个样子，都目瞪口呆的。我和胖子坐下来，还没开口说话，胖子直接晕倒在我的坐垫上，倒下的时候差点把暖炉撞翻了，而我也在扶他的一刹那，眼前一黑，然后就什么都不知道了。

第四十一章
黄粱一梦

等我醒过来的时候，发现有点不太对劲。我花了好长时间才慢慢恢复记忆：虫子的事，怎样一步步离开喇嘛庙，怎么回到酒吧，怎么晕倒。

眼皮重得像灌了铅一样，根本无法睁开，我只能靠嗅觉和触觉，我闻到了一股特别熟悉的气味。

这么说，我被送进医院了，太好了。

我昏昏沉沉地很快又睡了过去，但这一次只是秒睡，几秒钟后我突然惊醒，这次我的眼睛终于可以睁开了。

我眼睛一睁开，就发现自己并不是在我想的医院里，我没有看到白色的天花板，虽然我对那种天花板已经很熟悉。

我看到的是非常古老的建筑的顶部，仔细一看，我就意识到这是喇嘛庙的结构。这时我转动眼珠看了看四周，就看到张海客、张海杏、大喇嘛都坐在离我不远的地方。

我躺在木头地板上，四周挂着毛毡，点着火炉，胖子就在我边上躺着，我慢慢地坐了起来。这时，他们发现我醒了，一边互相说着什么，一边向我走来。我的耳朵还不是特别好使,看了看四周,我问道:"这到底是怎么一回事?我不是下山了吗?这里不是全部都是虫子吗?"

张海杏走到我身边,摇了摇手里的一个铃铛,我看了一下,发现很是眼熟,仔细辨别后发现,那竟然是之前看到过的六角铃铛,铃铛发出非常清脆的声音。

张海杏俯下身问我:"知道这是什么东西吗?"我既想摇头又想点头,虽然我知道这东西听多了会让人产生幻觉,但我确实叫不出什么名字。

张海杏不停地在我耳边摇晃着铃铛,我越听越清醒。我慢慢觉得脑子里面附着的阴沉之气散了开去,接着我就看到,在我和胖子中间摆着一个奇怪的架子,架子上面挂着六七个这种奇怪的六角铃铛。

"这是什么?"我的思路清晰起来,就问张海杏。

张海杏就道:"我现在还不能告诉你,这是一种我们很久以前就发现的技术,通过不同种类铃铛的组合,我们可以让人产生各种各样不同的幻觉。这些幻觉非常非常真实,如果我不告诉你,那些经历是这样产生的话,你就会觉得一切都是真实发生过的。"

我仔细看那些铃铛的时候,张隆半走了过来,手里拿着一个勺子。他走到我边上,小心翼翼地把勺子里的东西倒到了铃铛上,我闻到了一股特殊的香味。

张海杏继续道:"我们也不敢随便使用,因为我们不知道不同的组合会产生什么后果,所以我们用融化的松香把里面堵住。"

我知道这种东西的运作机理可能连他们自己也不清楚,所以就不再问了。但是张海杏还是有点嗫嚅地继续在我边上解释说:"我们张家对这东西进行了很长时间的研究,因此掌握了十二种用法。"

"刚刚给你使用的那种是效果最轻的。"她笑盈盈地道。不知道为什么,我觉得她的表情看起来有些幸灾乐祸。

我想起之前在古墓里的各种经历,知道如果这东西使用不当的话,很可能会产生灾难性的后果,但是我并不觉得他们对我使用的就是轻的,因为那种寒冷和虫子咬的痛楚实在太清晰。

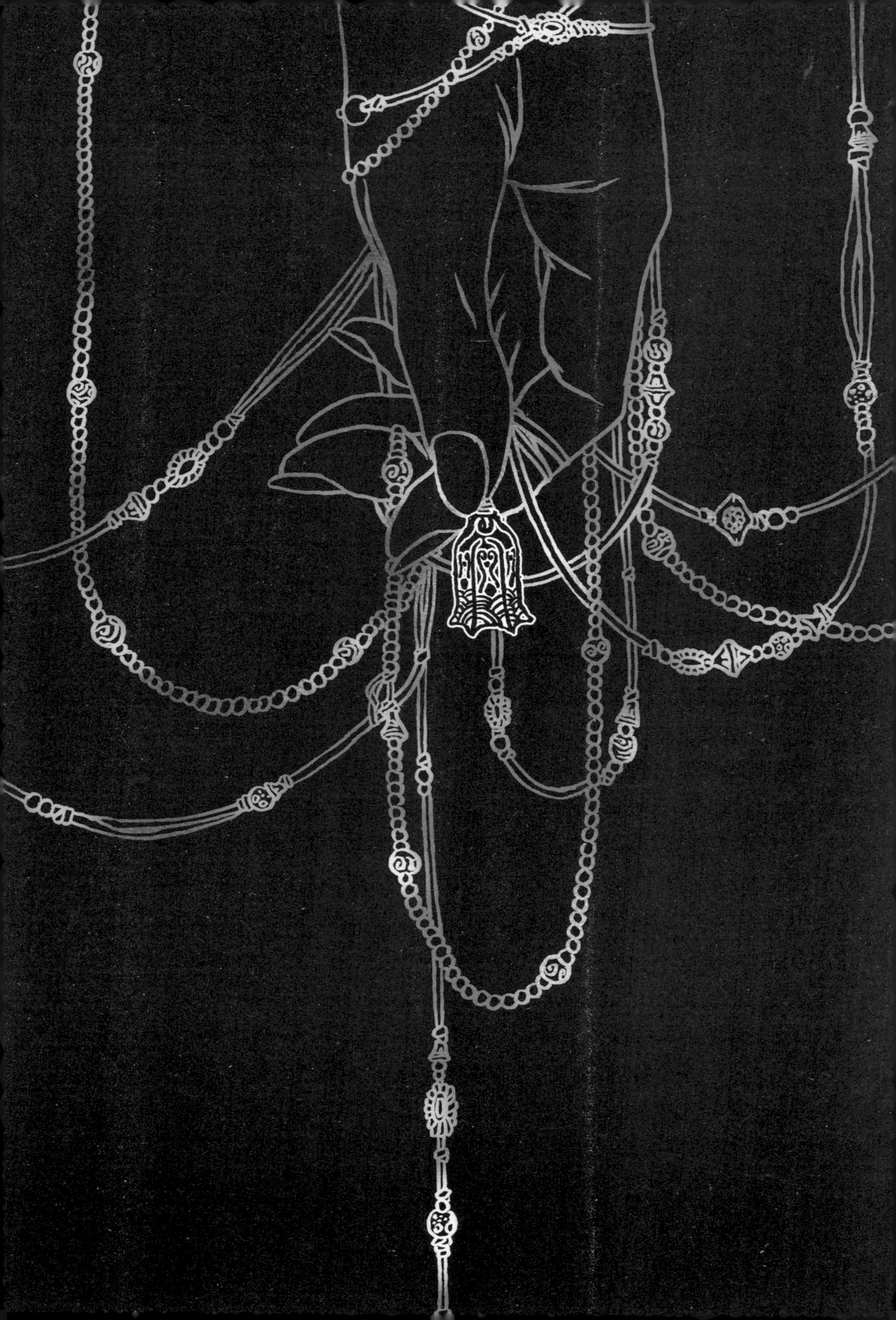

我隐隐约约意识到，这似乎是另外一个测试，就问张海杏道："你们这么做的目的是什么，那些德国人呢？"

张海杏道："这个，等下我哥哥会解释给你听，不过我可以恭喜你，你通过了一个普通人很难过的关。"

我看了看胖子，问道："那么他呢？"

张海杏道："他比你稍微差点，但有他陪着，你会更加安心些，所以也算过关了。"

我问道："这到底是为什么？"

"这种铃铛，有些人中了之后是醒不过来的。比如说他。"张海杏指了指胖子，"但是，你不一样，你能自己清醒过来，说明，你之前经历过比这级别更高的，你想想，你是不是经历过一段非常非常不符合逻辑的情况？"

我皱起了眉头。张海杏道："真实，但却是绝对不可能发生的情况。"

我不想再想这个问题，一方面头疼欲裂，另一方面，我希望听张海杏继续说下去。

张海杏道："进入雪山之中，对于这种铃铛的免疫力很重要，我们需要知道你是否具有抵御一切变化的能力。虽然我们不知道你的幻觉中出现的是什么样的情景，但是我们知道这肯定是你心中最害怕的东西。你非常非常绝望，而这种绝望会引起极端的痛楚和排斥反应。但是在这样的情况下，你却顶了过来，这相当不容易。由此我们知道，你是一个可以接受任何困难，并且不会因为这种困难而自暴自弃的人，你是一个能够解决任何危机的人。最难得的是，你在幻觉消失之后自己清醒过来，而很多人就此醒不过来了。"

我想对她说"我他妈的真不是一个能解决任何困难的人，而且你怎么知道我在幻觉里面是个怎么样的情景"，但是实在没力气扯皮了。

张海杏道："我们能听到你说话，并且使用语言来引导你的幻觉，你在幻觉里说的所有的话我们都能听到。最让我欣慰的是你说的话都是非常积极的，不像那个胖子，他在幻觉里说的话，简直不堪入耳，我都不知道他在危急关头到底在想什么东西。"

我看了看胖子，胖子还没有醒过来，张隆半正在胖子耳边轻轻地晃动铃

195

铛，胖子慢慢地有了一点反应，正喃喃自语："不要走，不要走，你把我弄死，我都愿意。牡丹花下死，做鬼也风流。"

张海杏看了我一眼，做了个无可奈何的表情，我也叹了口气，心里说：对胖子来说，如果真的是自己最害怕的东西的话，未必是他自己不能承受的，更可能是他自己害怕面对的。

虽然是污言秽语，但是，也许幻觉中的他，看到的是云彩的鬼魂呢？

我看了看张海杏的眼睛，又看了看自己的手掌和身体，发现自己的身上确实没有一点点伤口。刚才确实是幻觉，心中感慨，忽然对眼前的一切，也开始有了迷蒙的感觉。

庄周梦蝶，不知道自己是蝶梦周，还是周梦蝶。很多事情，是不是真的没有必要搞得那么清楚？

张海杏看出我的疑虑，就道："你不用焦虑，我知道你担心什么东西，我们最开始的时候，确实也发现这东西很危险，但是你只要想想，在你刚刚经历的这个过程当中，这个事情是不是可以合理地发生，你就会明白你到底是在幻觉还是在现实当中。"

刚才这个寺庙里充满了虫子，我看了看寺庙的四周，想了想，这事确实是绝对不可能发生的。

所有的幻觉都是突如其来的，如果不是那么真实，我一定会发现自己就在幻觉中。

最可怕的是，连疼痛都是真实的。

然后张海杏又说："你再想想，你所经历的这些恐怖的东西是不是你心里恐惧的？"

我沉默不语，摸了摸身上，张隆半递过来一支烟，我点上，就道："大家都是一知半解，你让我好好休息一下吧。"

张海杏兴致真高，由此我意识到她的年纪应该不是很大，这种活力和阿宁那种稳定还是有区别的。

她被我呛了一句，就有点不高兴了，瞪了我一眼，转头就走了，临走丢下一句："那你等着，我哥比我话更多。让他来伺候你。你们自己看自己去。"

然而，张海客并没有出现，胖子醒了过来之后，我胡说八说把事情给他解释了一遍，我觉得事情是在我和他回到我房间之后就发生了。铃铛可能是装在门上，我们推门进去，本身就很兴奋，没有察觉到异样，结果何时出现幻觉的也不知道。

胖子花了很久才相信。我们的身体十分虚弱，并不是累，而是一种脱力的感觉。到了晚上，张海客没来，张海杏又来了，这一次，她带着一些东西来给我们看。

第四十二章
张海杏

"现在我来介绍一下我们之后的计划。"她拿出一张手绘的地图,在我和胖子面前摊开,道,"过几天,你们俩和我,还有一个德国人将开始真正的雪山之旅,我们将找到我们族长以前待过的地方,了解那里发生的一切,拿出他留在那边的东西,这个前提,我想大家都没有异议了。"

我看了看张海杏,问道:"德国人,德国人也需要吗?"

"是的。"张海杏说道,"我们和德国人达成了共识,具体的情况我哥哥比较清楚,现在我需让你们对整个路线有个基本的了解。我先自我介绍一下,我叫张海杏,是特级登山教练,这次你们所有的行动都必须听我的,因为这里是雪山,而且还是无人地带,这个地方和你们以前去过的完全不一样,我们没有任何救援,没有任何得救机会,一点错误就会导致死亡,所以我张海杏说的话,你们必须一字不漏地听进去。"

我对张海杏摆了摆手,我真的不是以前那个任人摆布的吴邪了,我对她道:"我们是可以合作的平等的双方,所以这件事情没有谁说了算的道理,这是第一点;第二点,我们需要正规地了解所有事情的经过,才会考虑是不是跟你们一起前去，不管我们以前说了什么，现在条件已经改变，所以我可以很明确地告诉你，无论你说什么，目前我都不会听，我现在只想听我们想知道的内容。请你告诉我，到底是怎么回事？你和德国人是怎么谈的？那群德国人是谁？如果你没法说，让你哥马上过来。"

张海杏看了看门口，张海客就走了进来。敢情一直在外面偷听呢。

张海杏对他道："这家伙没有想象的那么听话呀。"

张海客在我的边上，对我道："德国人的事情你最好不要知道，他们是一个不存在的组织，他们到这儿的目的跟我们不同，我们是各取所需，而且他们研究我们也研究了很长时间了。我想你也应该遇到过裘德考，知道他公司的情况。裘德考死后，他的公司被重组，公司外壳被拍卖了，所有资料被投资方获得。我可以坦白地告诉你，我们和这班德国人的关系已经维持了很长一段时间，双方都在暗中做了不少小动作，但这些都和你们没有关系。我们刚刚和德国人达成和解，目的就是要保证你们的安全。如果你一定要为难我们，想要知道一切的话，后果你们可能无法承担。也许你们不得不跟着我们漂泊一辈子。"

我问张海客："你这属于威胁吗？"

张海客道："有的时候阐述事实和威胁很像，但你知道，我模仿你，研究你已经很长时间了，你的所有转变我都看在眼里面，我知道你在这种情况下，不太会被人忽悠。但请你明白，你以往的所有痛苦都是你刨根问底得来的，而这些问题本身是和你毫无关系的。如今，你已经身陷在一个和你有关的大谜题里，除非你不信，继续追寻下去，而不是去获取到更多的奇怪骇人的信息。我可以明确地告诉你，这些信息和你想证明自己并没有任何关系。这个时候你最明智的方式是，把德国人和我们当成是一组人。"

胖子还没有完全清醒，眼睛直勾勾地看着张海杏手里的六角铃铛，张海杏又在他耳边摇了摇，他才慢慢缓了过来。

我对张海客说道："那我是不是可以选择不去？如果你这不是威胁的话，我应该有选择的自由。"

张海客说道："你知道我可以非常方便地挟持你过去，但是之后的很多事情我们需要互相的协作，不友好的关系在很多时候会造成灾难，所以我会说服你，我会想尽一切办法说服你去，甚至告诉你许多秘密。如果你答应的话，你可以随便问我问题，只要是在我能够回答的范畴，我一定如实回答。"

我道："我总觉得我问的问题都属于你不可以回答的范畴。"

张海客摇头，道："你错了，我和你以前接触的那些人不一样，很多事情我可以直接告诉你，比如说，你朋友，那个闷油瓶，我们的族长，他的事情，我可以一五一十地全部告诉你，因为这些东西对我们来说，保守不保守都没有任何意义。"

我看了看胖子，胖子就道："你该不是瞎编的吧？小哥基本上什么话都不说，你怎么会这么容易知道他的所有事情？"

张海客说道："他不说是因为他本身的问题，对我们来说，他的身世并不是秘密。想听吗？"

这个诱惑太大了，我吸了口气，挠了挠头：该不会这家伙编了个非常完美的故事在等着我吧，不过一想又觉得不会，以我对闷油瓶的了解，他们如果要编故事的话，我应该能发现破绽。我想了想，点点头，对他们道："行，可以，如果我真能得到我所要的信息的话，我会非常合作地配合你们，帮你们做一切事情，并保证不再多问。"

张海客点头："你果然是个明事理的人，现在我看你的脸有点顺眼起来了。好吧，你想知道什么？"

我问道："你认识小哥吗？"

张海客点头："当然认识，我们曾经一起生活过很长时间。"

我心里一惊，这第一个回答就让我吃了一惊。我问道："有多长？有我和小哥生活的时间长吗？"

张海客笑了笑："我跟你所谓的小哥在两岁的时候就认识了，你知道我们两岁的时候是多少年前吗？"

第四十三章
闷油瓶十三岁

"这么说你是他的发小？"

张海客点了点头，点起一支烟说道："对，可以用发小这个词。我跟他是一起开始受训的，很多很多事情，他的习惯、他的喜好我都比你了解。你要愿意听，我可以把他所有的事情全部和你说一遍。"

我还有些犹豫是不是该相信他，胖子就道："你快说。但我告诉你，如果让我发现一点破绽，咱们就没的聊了。"

张海客说道："你放心吧，我为了更好的合作，为了我的目的，我绝对不会骗你们的。"说着给张海杏打了个眼色，张海杏就起身离开了。

接着，张海客就叹了口气，对我说道："他出生的时候，我们张家发生了一件很大的事情，这件事情是所有一切的开始，也是所有衰落的根源。"

张海客可真没什么当作家的天分，说得东一榔头西一棒槌的，胖子在一旁就听得云里雾里。我肯定比胖子强点，善于总结和整理是我的优点，而且我对张家以及整个事件在理论上已经有了一定的了解，因此，我用自己的语言把张海客说的内容记录下来。

长久以来,张家人的通婚非常严格,张氏家族非常强大,几乎可以控制一切,这个家族一般都进行内部通婚,好在家族庞大,并没有任何尴尬的问题产生。

但是,小哥却是这个家族的一个异类。没有人知道小哥的母亲是谁,小哥的父亲带着小哥回到这个家族的时候,应该是一个寒冷的冬天。当年小哥的父亲前往尼泊尔地区运送一批货物,去了很长时间,等他回来的时候,手里抱着一个还在襁褓中的婴儿。

因为没有母亲的照顾,小哥的童年是在一个混乱的环境中长大的。在他懵懂的时候,他甚至不知道自己的父亲是哪一个,这个家族巨大而且蓬勃的体系,让他无法分辨。这很大程度上,是小哥不愿意多讲话的原因所在。

在张海客的形容里面,当时的张家大宅位于金岭山区,是七幢连在一起的明清建筑,前后有十三进之多。这还只是张家本家的住宅,整个村子的外延,还有好几十户张家的外族,虽然都姓张,都控制着很多人,但张家本家的地位比外族高很多。

张海客是属于张家外族的孩子,所以他去本家大宅子的机会非常非常少。

张家本家的孩子大多傲慢,所以,张海客偶尔进到本家大院里,都是进去拜年,那些孩子都不大愿意和他一起玩。

张海客内心其实并不在意,因为对他来说,张家本家所代表的权威仅仅是依靠张家外族的支持得来的,那是一种默契。

他相信外族的他可以更加自由地生活,本家规矩繁多,很多事情压得人太紧。但张海客特别在意的是,他在张家本家经常能看到一个特别孤僻的小孩,这个小孩不说话,也不和其他小孩一起玩,只是一个人静静地站在天井里,或者站在天井边的廊柱下面,看着天井上的一片天空,愣愣地发呆。

张海客特别奇怪,这个孩子非常特别,使得他有了一种想去了解的好奇,而且,这个孩子在本家也不受其他人待见,这让他有一种亲切的感觉。

有一次,他的父亲带他去本家办事,父亲和其他族人一起商议事情,他就自己一个人在本家的院子里逛，他又看见了这个孩子。这个孩子就是当时只有三岁的张起灵，他想了想，鼓起勇气朝他走过去，问道："你在这里干吗，为什么不和他们一起玩呢？"

那个孩子看着他，摇了摇头，没有说话。这是张海客和张起灵的第一次对话。

那天张海客一直陪着小哥待在那个院子里，张海客有一种奇怪的韧性，他觉得只要他一直说一直说，这个孩子总会跟他说话的，总会跟他交流的，但这次他算是棋逢对手了。

这个孩子一直静静地听着，看着天，也不知道有没有听进去，也不知道有没有在意。张海客离开的时候心想，他该不会是一个生病的孩子？不正常的孩子？不会说话？或者他根本听不懂自己在说什么。

这次见面之后，一直过了十年，他们才有了第二次见面。当时，张海客已经十五岁了。张家的孩子从小就必须接受非常严格的训练，对弹跳和身手都有非常严格的要求。而十五岁是他们一个非常重要的关卡，因为十五岁之后，张家的孩子便可以自己去寻找古墓，去建立自己的名声。张家把这个行为叫作放野。

十年之后小哥应该是十三岁，所以说，张海客在一群准备放野的孩子当中，看到比自己矮一个头的小哥的时候特别惊讶。

放野的过程非常非常危险，很多张家的孩子在放野的过程中死于非命，但是也得益于张家本身非常严格的训练，所以这些事情在几代之后，慢慢开始好转。

张家的孩子在很小就知道放野是一件非常非常危险的事情，所以都刻苦训练。当然，其中也有一些孩子，为了避免这种危险，很早就放弃这种训练。他们一方面不会在家族中争取任何地位，另一方面也保住了自己的小命。

放野往往是不计后果的，张家人的一个基本思维是：只需要完成这件事情，不要在乎任何手段。所以很多孩子结伴同行，共同去盗一个古墓。这样的话，人多力量大，大家可以分工合作。

张海客发现，小哥似乎没有这样的打算。大家一起收拾行李，准备干粮和路费的时候，小哥已经默默地一个人上路了。

张海客是一个交友非常广泛的人，他当时就和几个朋友商量，到底去哪一带盗古墓合适。他的一个朋友不知道从哪里拿到了一个山西古墓的布局图，据说是一个油斗，只要他们到了那边，就可以非常轻松地拿到古董。

这在张家里面也是允许的，因为消息的来源、对于情报的处理和掌握，都是一种非常重要的能力。张海客如果跟着他们的话，这个考验基本上不会出现任何问题，也不会出现后面这些事情，但张海客看小哥一个十三岁小孩子独自上路，不由自主地有点担心。

张海客是非常讨厌家族体制的人，他对于本家的厌恶也在于此，他很不喜欢本家所定的条条框框，他觉得一个十三岁的孩子被逼得这样独自一个人上路，对这个孩子来说是非常不公平的。

他从本家其他孩子的嘴里听到，小哥的父亲在小哥七八岁的时候就已经去世了，小哥是由叔叔伯伯照顾长大，虽然不会是虐待着长大，但本身也不会有太多的关爱和幸福，而且小哥还那么沉默寡言，他觉得这可能是本家里有人根本不希望他继续活下去。

那个时候的张海客，对自己的能力非常有信心。他不仅将自己的手指练到了比普通人有力得多，速度也达到了一定程度，所以，当时的他几乎可以算是一个不可多得的盗墓贼了。

而那个时候的小哥，还是特别瘦小的一个孩子，他的手指的力量和长度并没有特别突出，毕竟他只有十三岁。小哥走路那种弱不禁风的样子，让张海客觉得他这一去肯定凶多吉少，所以他选择和他那班朋友分道扬镳，选择去保护这个张家本家的小男孩。这也许是他人生中做得最成功的一个决定。

第四十四章
放　野

他们最开始的行程特别枯燥，先是从长白山出发，到了山东，然后从山东坐船，一直到了上海。

张海客的思路是，洛阳这些地方是古墓重地，估计盗墓贼特别多，虽然跟这些老江湖打斗时未必会处于下风，但对方毕竟心狠手辣、杀人如麻，而且当时是火器横行的时代，张家小孩在面对这些老江湖时，可能没有什么胜算。对他们来说，进入这样的区域需要冒的风险太大，他们只有两个人，一个还只有十三岁，盘缠和干粮都不多，还不如到江浙一带寻找一些埋藏比较浅的小斗，看看能不能有好运气。

他们在上海附近徘徊了很长时间，也倒了几个斗，却发现这些斗都贫瘠得让人无语，东西基本拿不出手。他们又从上海转到杭州再转到江苏一带，在徐州附近，他们发现了几个比较大的斗，进去之后却发现里面已经被盗掘一空，什么都没剩下，只有一些破瓦片，完全不能当作信物。

此时，他们已经游历了大半个中国，钱也花得差不多了，平时已经要靠小偷小摸些菜园里的东西过日子了。两人狼狈不堪，张海客觉得如果再这样耗下去的话，他们在年底之前必然不能完成放野的考验。

于是他们一商议，决定继续往西走，还是得跑到那些古墓重地、老的文物大省去，也许能找到一些漏网之鱼。

但他们的计划还是没有实现。在往西走的过程中，他们特别巧地碰到了另外一批放野的张家人，也都是十五岁左右的小孩儿，一共三个人。这批人也跟他们一样，绕了大半个中国一无所获，虽然陕西那边古墓众多，但盗掘非常猖獗，很多古墓里已经没有值钱的东西了，有些古墓甚至先后被盗掘了几百次，全是盗洞，像马蜂窝一样，这样的古墓里基本上不会有好东西，去了都是白忙一场。

而在那么多的古墓中寻找到没有被盗掘的，对他们而言并不是简单的事情，这太需要运气了。五个人在一个牢房边上一琢磨，时间已经过去大半，如果年底前没有回去，不仅自己丢脸，而且考试也将失败，会让父母蒙羞。

五个人便决定铤而走险，去做一件非常危险的事情——他们决定去盗一座极其特别的墓，这墓不用找，它就在那里，但是没有人盗得了。

这就成了后来很多事情的导火索。

当时他们自己也不知道自己在哪个省的境内，只知道那里有一个非常大的叫马庵村的村庄，马庵村的祖坟就在后山。马庵村当时有一支地方武装，那是马庵村一个财主养的一群各地打仗时零星散落的散兵、逃兵，这批人都是兵油子，虽然打仗的时候不行，但是身手都不错，他们守着马庵村的大部分地区。

当时他们的想法就是想办法溜到马庵村的后山，这其实是非常危险的举动，因为这是有人看管的坟山，同时这些坟山规模又不大，就这么一个土山包，想在上面作业，是非常困难的。

几个人跑到马庵村附近，假装小孩儿玩耍，仔细打探了敌情，发现最快到达坟包的方法就是在森林里一路打地道打到山下，从山里直接去挖几个祖坟。他们的目标非常简单，整个马庵村的坟墓分成三个层次，最外面显得很新的坟墓都是最近的新坟，一共有七座。

他们打听到马庵村在这里已经有三十六代之久，如果祖坟一直以来都是埋在后山的话，按照殡葬的习惯应该会有一个非常大的墓群。但这个土山包规模并不大，也就是说，这里并没有太多地方容纳三十六代之多的人下葬，最早的、最有价值的古墓，它的位置肯定十分蹊跷。

他们在附近的高岗上俯视坟山，推断出整个丘陵的运动和地貌的变化，想找到这里最开始的地貌是什么样的。很快他们就发现，因为不停地挖掘墓穴、回填土地，墓穴嵌入其中，使得坟山越来越高。也就是说，整个坟山应该是一个非常密集的古墓群，在这上面有很多的古墓，最开始的时候坟包并没有这么高，可能只是平原上的小土丘，或者完全看不出来，那么也就是说在坟包周围的方圆几公里内应该都是早期古墓的所在地，而且应该已经非常非常深了。

于是核心问题是，最关键的古墓到底在这个坟包底下的哪个地方？要知道他们一旦挖错，绝对没有第二次机会。

当时放野的小孩儿里有一个思维挺活跃的人，他想着到底是什么原因使得所有的古墓往几个土包移动。从风水学上来说，这里的风水非常好，但为什么非要在山上面？其实并不一定非要这么做。

琢磨着，有人就道："也许有这么一种情况，本来这里是一片平葬区，有一天这里要建一座巨大的古墓，它需要一个更大的封土堆，这个封土堆是这个山的原形。而这个封土堆的形成使得这里的山势出现了起伏，起伏之后，很多人就不愿意把祖坟埋在比这个坟更低的地方了，他们会希望建在比较高的地方，时间一久，最老的几座大坟的主人自然全部都消失了，很多人就会把封土堆当作一座坟山。一般来说，坟上坟是非常不吉利的事情，也许这些主人并不知道，所以造成了现在这个结果。"

也就是说，这座坟山的最下面应该就是一座非常大的古墓，问题就是如何绕过那些看守的兵油子。张家小孩们丈量着距离，从林子里挖坑到达这边最起码有两公里长，是极度劳民伤财的事情，以他们五个小孩儿的力量，要挖这么长的距离，必须要取巧而为。

他们必须把这个坑的入口挖在非常近的地方，所以他们要用障眼法。

但从整个形势看来，这似乎不太可能，因为后山四周除了几个放哨的岗亭之外，几乎寸草不长，全都是黄色的山，一览无余，有任何人靠近都会被发现。

但是，他们发现这些人巡逻的时候非常懒散。确实，在这种情况下，敢在这里盗墓的人肯定不多，不需要太紧张。

虽然张家的小孩打地道有自己非常特殊的一套，但其中一个张家小孩相信，这样的古墓不太可能没有人打过主意，只要从远的地方寻找一遍，肯定能找到有人往这个坟丘打盗洞的痕迹。他们可以想办法找到这些盗洞，衡量一下是否还可以使用。

当时张海客说道："如果有盗洞的话，那么这个墓岂不是已经被盗了？"

那个张家小孩就说："未必如此，你想这马庵村的土财主，为什么请地方武装来保护陵墓？这说明很有可能他们知道墓里有很珍贵的东西。这样的古墓，里面肯定不是小蟊贼可以盗得了的，就算有高手来过，也会留下一些给后人，总之，值得一去。"

第四十五章
离奇的墓穴

于是一行五个人轮流分工合作，从他们找到的隐蔽处着手，先在地下挖了一个能供五个人休息的土坑，连通地面的只有一个供一人进出的小洞口。洞口用簸箕封上，上面盖上泥土，看上去没什么异常，只有踩上去才会发现这里其实有一个坑。

他们打坑的地方非常巧妙，打在一个田垄的侧面，所以被人发现的概率很小很小。他们平日里在镇上活动，收集些细小的工具、干粮，每逢夜色降临就小心翼翼地往这个洞里运输物资，很快，洞里就囤积了可以供他们一个月使用的生活用品。为了解决排便的问题，他们在洞的两侧各自打了两个更加细小的孔，孔有六七米深，用茅草球封堵，用来作为临时的茅厕。

张海客告诉我，张家人在训练初期就有节食这一项特殊的训练，可以每天吃得很少，但却保持旺盛的体力，这样也可以控制排便。长期在地下生活，不见天日，可以控制自己的排便量、排便次数，五六天才有一次便意，甚至有时候可以在地下待上三十天，而没有任何排便迹象。本来他们把洞打在田埂里，即使有些粪臭味儿也关系不大，但为了以防万一，他们还是严格地定量进食，只维持一般体力。

我听到这里就觉得张家人实在太惨了，如果三十天不便便的话岂不是严重便秘？小哥以前是怎么挺过来的？他身体排毒机能肯定一塌糊涂！

工具、物资都准备妥当后，他们就开始执行计划，往地下打洞。进行这项工作最让人头疼的一点就是出土量，因为挖洞会产生大量废土，这些废土必须运到洞外去。虽然他们可以通过挤压洞壁的方式减少一部分废土，但挖这个盗洞的工程实在太庞大，所以，每天晚上都是最痛苦的时候，他们必须想尽一切办法把废土运出去。

他们一路挖掘，等挖到坟身底下，已经过了将近两周时间，离他们必须回到老家过年的日期，只剩下十天，他们必须在这个时间内完成一切，十分紧急。对张海客来说，此时他第一次意识到做一个盗墓贼其实非常非常不容易，而在他经历的所有训练过程中，他的长辈跟他常说的一句话就是："在很多时候，运气往往是决定一切的最根本的因素。"他深刻地理解了，原来，有些事情不论你自己有多强、你有多努力，都有可能失败，真正能让你成功的，只有运气。

在这十天的前两天，他们开始往下打盗洞，晚上也不吃不喝不睡，一直工作，终于将盗洞打到了古墓的墓顶。当他们的铲子触到青砖石板时，所有人都抑制不住地发出一声长长的叹息。这种叹息，不是高兴、不是沮丧，只是对于自己这么长时间辛劳的一种无奈和感叹。他们在青砖石上面睡了三个小时，之后立即开始着手开启青砖、青石板，准备进入墓室，而在这个时候，他们开始犯了一个非常非常严重的错误。

这个古墓的结构是最上层大概八丈宽的青石板，青石板下面压的是青砖，青石板大概是一人多长半人多宽的长条形石头，他们用撬杆努力撬起一块青石板，然后就用他们所学的功夫开启青砖。那个时候，所有人都没有达到闷油瓶那种可以用双指就把青砖拔出来的程度，所以还是非常小心地使用棍子撬出缝隙，然后把青砖一块块敲碎。

所有的青砖全部都用了一种借力的方式垒在墓顶上，如果你抽取一块，抽取得不对的话，很可能使整个墓顶坍塌。

这样的情况下，他们不得不十分小心地作业，终于慢慢地清出一个勉强可以供人通过的口子。这个口子张海客他们根本进不去，只有当时身材最小的闷油瓶能够进去。张海客有些担心，毕竟闷油瓶年龄太小。

但接下来的作业，如果底下能有人从内部观察，会让他们省很多事，鉴于时间已经非常紧急，也没有其他办法，他们只好把闷油瓶放了下去。

这个古墓内部的情况非常好，墓室没有任何积水，而且非常干燥阴凉。下去之后，闷油瓶不仅没有闻到一丝古墓中腐烂的气味，甚至还有一种奇怪的檀木的香味。

闷油瓶落到墓穴当中，点起火折子往四周一看，便发现这个古墓很不寻常。他发现整个墓竟然是倒过来的，地面上全都是九天玄女的壁画，墓顶上反而什么都没有，只有一溜参差不齐的青砖。等闷油瓶再次转身，在这个墓室中环视一周时，他就意识到发生了什么事。墓顶上倒挂着很多很多东西，全都是以前他在墓底看到的。

第四十六章
倒挂着的棺材

这个墓似乎是被什么顽皮的鬼神翻转过来了，墓顶在下，墓底在上。闷油瓶想起他们之前开启青石板的过程，恍然大悟为什么会采用这种奇怪的结构。一般来说，他们以前看见的汉墓都是用青石板做底，之后在青石板上覆以青砖，现在完全反了过来，原来他们挖到的根本不是墓顶，而是墓底。

闷油瓶走到一处倒挂在墓底上的器皿下，举起火折子往上照看，发现那竟然是一具贴在墓顶上的棺材。

把坑洞继续扩大，使得其他四个人下来之后，那四个人也是啧啧称奇，觉得遇到了世界上最离奇的一个墓穴。其中一个人就问道："会不会是因为地震把整个墓穴翻了个底朝天，所以才会如此？"

张海客就摇头，指着那棺材说："即使如此，这棺材也不可能粘在这上面，棺材肯定会因为翻转一百八十度而摔裂在天花板上。而且，如果是强烈地震的话，不可能有整个墓穴被整个翻动的可能性，墓穴都是松散结构，靠的是重力、压力坚固，一旦有力量可以抗衡，墓穴那么重的重量，墓顶肯定分崩瓦解成为一堆碎瓦。"

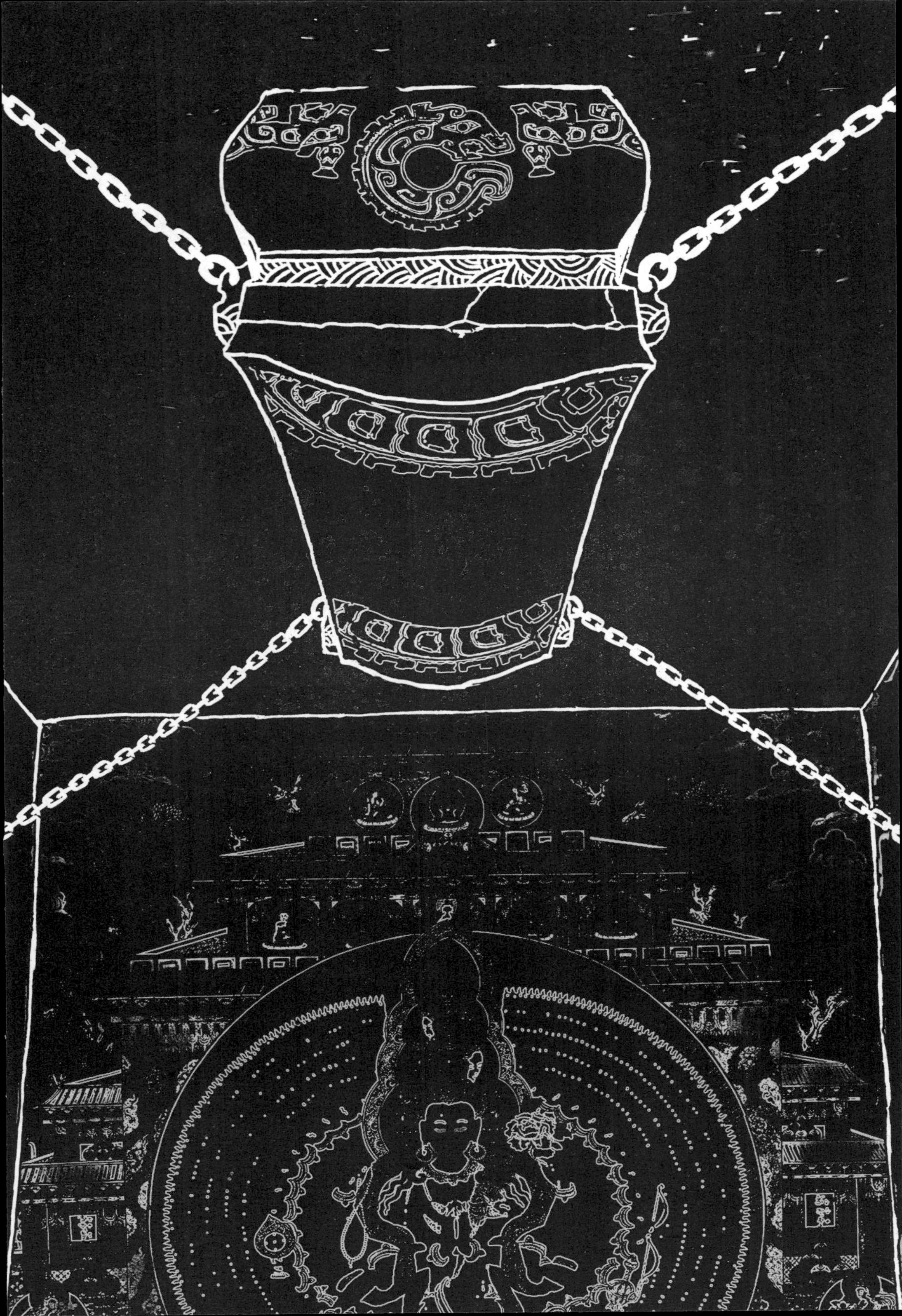

那个人就问:"那这是怎么回事?难道是说有人故意为之?"

张海客点头。张家本身也曾训练过他们如何应对一些未知的事物,看这些被倒挂在墓顶上的陪葬品,整个墓穴这样翻转过来,造成这样的局面,肯定有一个非常非常必要的原因。这个原因他觉得跟风水有关系。旁边的人就问:"太奇怪了,我只听说过有竖葬、有横葬,也听说过'趴着葬',但'趴着葬'也只是把尸体趴着放在棺材里,我从来没有见到过会把整个墓修成这样的。"

张海客心想,到底是什么样的风水必须如此?难道这就是他在古书上看到的那种只可能在一个地方拥有的风水格局吗?其他人看他自言自语,就问道:"你平时鬼点子非常多,看的书也多,你就完全没有一点线索吗?"

张海客就道:"我们说一个好的阴宅,它的首要目的是要汲取天地的精华,但是,上取天下取地跟上取地下取天其实并没有什么区别,天地灵气只用贯一身而过,它不管是正贯还是反贯都是一样的。但这个古墓是这样安置的话,就说明它是以地为天,以天为地!"

另一个人道:"我靠,你的意思是说这是天地会总舵主陈近南的墓?"

张海客拍他一个巴掌,说道:"祖师爷说过,咱们在这个时候,切记不能开玩笑。你若不认真对待这个古墓,这个古墓也必不会认真来对待你。"

那人道:"它若不认真对待我才行啊,它若太认真,我他娘的肯定更难过!"

张海客就说:"我在一部古书中看到过类似的记载,这一带整体的山形山势,它是朝地里长的,并不是朝天上长的。风水师可能为了顺应这个山脉,所以不得不把古墓修成这个样子。"

其他人听了之后,觉得似乎也有道理,闷油瓶这时候就道:"这样的话,还有几个疑问。山脉都是顶朝尖、尖朝天、底朝地,就算是地下的山脉也都是如此,因为山势沉重,基本都是沉降,或者都是以沉降为主,如果附近有地下的山脉,是以地为天、天为地,那么,这段山脉可能已经沉降到地下很深的地方去了,按照常理,古墓也应该跟着下去了。"

涉及这个古墓的情况,已经十分诡异,张海客脑子里盘算了一下。确实如此，首先可以肯定的是，古墓在修建之初，整个山底的岩石是拱出地面的，而山底的岩石被拱出地面，很容易会被认为是一座平缓的岩山，而山下朝着地下生长的山峰，就像人的牙齿一样，嵌在泥土里。若要修建这样一个古墓，必然不能从岩石上打洞下去，而是应该从侧面挖泥而入，在底下犹如挖掘盗洞一样去修缮。传统古墓大开顶挖坑建墓室再封土的情况不适用于这里，除非他们有办法可以把山整个儿拔起来。

几个人沉默了半天，其中一个道："既然这么邪，不如我们撤了算了。"

大家看了看墓顶，想起之前一路过来的各种艰辛，万分舍不得。

"开。"其中一个人道，"成王败寇，愿赌服输。"

平面上起棺材，他们在家里训练了无数次了，怎么露钉、怎么起钉、棺材的种类、如何判断里面的粽子是不是尸变，他们都已经烂熟于心，但是，没想到第一次真刀真枪地干活，竟然是面对一具挂在顶上的棺材。此时最好的办法是把他们自己都挂到顶上去，然后倒立着去起，但这显然是不现实的。

几个人一番琢磨，觉得如果从顶上用一般的步骤起棺材，风险太大。因为尸体肯定是全部压在棺材盖子的重量上，假设钉子一起，不管尸体里有没有尸液、尸液里有没有毒，只要它受力不均匀，必然就会有一个口子泄漏，棺液就会从那个口子里喷涌而出，如果棺液有毒的话，很容易就会伤到开棺的人，没毒也够恶心人的了。

最好的办法是在棺材上打一个洞，然后先从洞里看看棺材里的情况如何，再去考虑其他。

讨论完之后，这五个人当中张海客身手最好，他率先拿着锥子，另外两个叠了人梯，就把张海客顶到了棺材边上。张海客琢磨了半天，然后小心翼翼地把锥子一点一点地刺入到棺材之中，凭着手指的感觉，他慢慢意识到锥子已经顶破了棺壁进入了棺内，但口子还是非常非常小。之后他便用绳子绑住锥子的尾端，然后下到地上躲到墓室的角落里，举起一块青砖，瞄准锥子甩了过去，一下把锥子全部拍进棺内，然后他们再用力一拉，把锥子拉了出来。

他们以为会看到一股黑水从拔出的洞里喷涌而出，然而，真正喷涌而出的却不是黑水，而是一股非常非常淡的黑烟，似乎是里面堆积的灰尘被扰动，从洞里喷了出来。黑烟喷了一点就不再喷了，整个墓室又恢复了之前的宁静。

几个人面面相觑。张海客就道："看样子里面是干的，咱们直接把钉子全部起掉，应该问题不大。"另外一个人就道："先别这么快下定论，先去洞口附近看一看是什么情况，那黑烟到底是什么东西。"于是张海客再次爬上人梯，上到棺材边上，小心翼翼地凑近洞口，观察了一会儿就道，"是灰尘，一种特别特别细的黑色的灰尘。"

刚才说别下定论的人就道："坏了，如果这个棺材里全是这样的灰尘，我们掀开棺盖会发生什么情况？黑色的灰尘会倾泻而下，把所有人都盖住，如果这种黑色灰尘有毒或者有腐蚀性的话，所有人都会遭殃。而且，"他顿了顿，"灰尘比水更难处理，用水的话还可以慢慢放干净，但灰尘不管怎么弄都没办法把它们全部从棺材里弄出来。水最多溅起几滴就顺着墓沟流走了，如果把洞口凿大，灰的蓬松性比水大得多，整个空间都会弥漫，我们无处可躲。"

一点点灰分析出这么多，几个人都有点沮丧，如此看来这个棺材是开不得的，原来要防止盗墓的最好方式不是把墓室做坚实，而是把棺材粘在墓的顶上。

正在几个人愁眉不展时，忽然，一个人打了个招呼，让其他人看向一边。就在视线转向那里时，他们就发现，除了这个棺材，在这个墓室里，竟然还有一个特别奇怪的东西。

那东西其实本身并不奇怪，然而墓室里所有的东西都是倒着的，只有它是正着放的。

它离得有点儿远，朦胧之中看着，像是一只什么动物的雕像。

第四十七章
问题的所在

张家小孩们看着那朦胧的雕像面面相觑,都有点犯嘀咕。

祖师爷的训诫上说过:什么东西是奇怪的,如果所有的东西都很奇怪,其实不叫奇怪。

真正的奇怪,必须是在普遍的现象中,存在不同的东西,不管这些普遍的现象你是否可以理解。

举一个例子,如果你一觉醒来,发现自己从上班的地方,到了一个没有重力的世界中,这其实不算奇怪,因为你可以理解为自己在做梦,或者自己到了宇宙空间。但如果你发现这个世界中,重力对所有东西都没有用,唯独只对你有用,那就奇怪了。

不过,这种矛盾点的发现,却也恰恰是很多事情的契机,如果这是一个阴谋的话,这种矛盾点往往会让背后隐藏的很多东西暴露出来。

在我认识的人中,胖子就是一个特别善于发现这个矛盾点的人,而且他有一个非常好的思维优势,就是他首先怀疑一切事情的合理性。说白了,他在遇到任何他自己不理解的事情的时候,就觉得是有人在耍他,如果不是

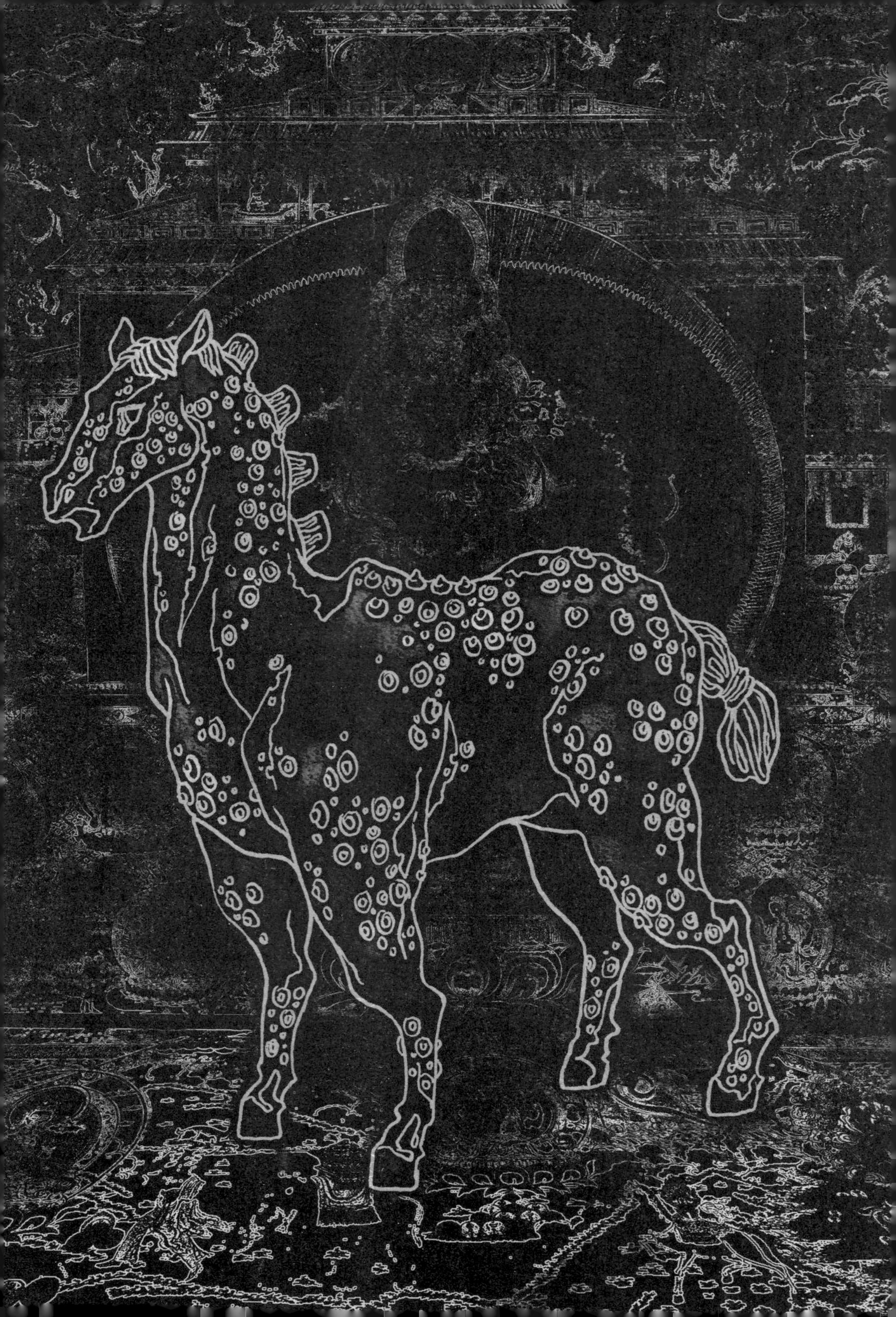

人，就是有鬼在玩他。

这种思维方式的好处是，你永远有一个准备揍的对象。人这种东西，无法面对无形的恐惧，但一旦知道有人在玩自己，愤怒会给予自己很多额外的力量。

而在这种善于发现矛盾点的人当中，张海客就是和胖子很类似的一个人，这批人其实水平智力都很出众，各有各的长处，但唯独张海客有所谓的"破局"能力。

很多时候，我们说如果有人要设计你，能破解的时候一般都是所有伏笔没有埋好之前，一旦伏笔埋好了，所有东西开始启动了，再想要翻盘就特别难。

也就是说，如果你已经进入了一个圈套，要破坏一个已经完成的圈套，并且你自己已经被困住了，破局就需要相当的智慧和想象力。

最主要的就是发现圈套弱点的观察力和如何迂回的想象力。

所以张海客一看到那东西，正正地摆在墓室的正中央，他就知道这东西肯定是关键。

在这个墓室里，所有的东西都是倒挂在顶上的，唯独这一件东西是正常的。那么，这个东西至少可以提供两个线索。第一，假设这种墓室的布局是一种有特殊象征意义的布局，这个正立的东西，也许可以反推出这个象征意义是什么。第二，如果这个墓室设计了什么机关，那么，这个正立的东西，一定是机关里相当重要的一部分。

除非这个墓室的建造者想玩点超现代设计，否则，这两点逃不了。

几个人分散开去，各自选择自己的动作，慢慢向那个东西靠近，走近便看到，那是一匹隐藏在黑暗之中的铜马。

铜马只有半人多高，通体发黑，上面全是突起的乳头钉，看着就像是生了皮肤病一样。那种黑色和一般的黑色不同，黑得有点发花，说白了，就是它不是纯黑，而是由很多完全不同的黑色组成的。这些黑色都十分接近，很难分辨，但一看就能看出不舒服的地方。

看不出是什么材料做的，张海客觉得这可能是一种漆器，被腐蚀之后变成了这个样子。

这种漆器内部很可能是空心的，用藤萝处理过的干纤维编制出来，然后上胶上漆。

如果是象征意义，一匹马倒立在房顶上，然后房子再整个儿倒过来，他不觉得会有什么象征意义。即使身边的人觉得这个设置本身和风水有关，他内心也不是特别相信。但如果这是某个机关的一部分，那空心的设计就大有可说。

"别用腿，走个钢索过去看看。"张海客说道。

所谓的钢索是一段绿豆粒那般粗细的钢丝，张海客腰间缠绕了十圈，这东西每个人腰间都有，只有张家小孩才会使用。因为人一旦成年，钢丝就无法承受成人的重量。

几个人把钢丝连起来扯成一根，来到马的两边，扯起钢丝让它从马的上方通过。

这样，人爬在钢索之上，就可以不用踩到那匹"马"四周的地面，还能检查马身上的所有细节，以张海客对机关的了解，必然能够有所发现。

另几个人就看向闷油瓶，因为钢丝本身有弹性，加上扭矩的原因，两边拉着钢丝的人需要极大的力量，所以在钢丝上的人体重必须轻一些。

闷油瓶在所有人里年纪最小，当然心领神会，往前就想上去，却被张海客拦住了。

"他年纪太小了，如果失手，我们都会遭殃。我来，如果有事大家自己担着。"

这句话还是很有道理的，十几岁的孩子，差个两三年是天差地别，十三岁和十五岁完全是两个概念。

众人点头，张海客就对闷油瓶道："你先到地面上去，等没事了再下来。"

闷油瓶看着那匹马，却没有动，张海客又说了一遍，闷油瓶才道："我知道我说什么你们都不会听，不过，你们这一次凶多吉少，你们可以留一件信物给我，如果你们遭遇不测，我可以带它们回去交给你们的父母。"

张海客就皱起了眉头，虽然张家有训，不计较这些，因为所谓的乌鸦嘴触霉头这些说法，很容易让人把一些相当重要的感觉藏在肚子里不说，但在这种时候说这种话，还是让他不舒服。

"为什么？"他问道。

"因为我们都毫无头绪。"闷油瓶说道，"这儿的一切我们都不懂，即使我们知道再多的知识，对于这个地方都不适用，我们不可避免地进入了一个最可怕的误区。"

"什么误区？"张海客也有些不高兴了，因为闷油瓶这种语气，还因为这些话从他稚嫩的嘴巴里说出来。

"这个古墓虽然也是一个古墓，但和以往所有的古墓都完全不一样。所以，我们学的东西，对这个古墓来说都没用。也就是说，现在的我们就和普通人一模一样。"

闷油瓶的话让张海客出了一身冷汗，他之前一直觉得不太对劲，但他一直找不到问题的所在，闷油瓶一说他就明白了。

确实，问题就在于，自己以往所学的一切、所看到的一切，和眼前的都不一样。

虽然他们一直想用自己的知识，去套这个古墓，比如说风水布局啊、机关术啊，都是他们想把这个古墓拉回到自己可以控制的层面，但事实是，所有的推测都很勉强，这样的古墓他们第一次见，古墓之中所有的布局都扑朔迷离，让人无法理解。

他们的经验中有一条，好比是三十六计中的最后一计，就是遇到这样的古墓，最好是放弃。

他们能放弃吗？不能。闷油瓶的另一句话也说对了，到了这个地步，他们是绝对没有勇气放弃的。

十五六岁的孩子，根本不知道什么叫作壮士断腕，他们努力了那么长时间，临门一脚了，肯定是不肯放弃的。

我爷爷曾经和我说过一句话：很多时候，放弃是一种美德。当然，原话不是这样。

其中一个孩子笑了两声,表示不屑,张海客就道:"生在张家,本身就不在乎这些。你快上去。"

闷油瓶也不多说,转身上了墙,从孔洞里一路爬了出去。他走了,笑了两声的那个孩子就呸了一口,说道:"小鬼就是不懂事。"

张海客看了一眼已经拉紧的钢索,心中叹了口气,说道:"走一个。"说完弯腰一跃,一下踩住另一个孩子的肩膀,上了钢索。

钢索上陡然加力,两边拉钢索的孩子都发出一声闷哼,张海客倒挂在钢索下面,手脚并用一路爬了过去,很快到了铜马的上方。

第四十八章
奇怪的机关

张海客脖子后仰，小心翼翼地垂下身子，脑袋就贴在了铜马边上。

调整好动作，他长出了一口气，反手摸向腰间，他腰里有一瓶"茬子水"，是一种混合型的强酸，他拧开之后，小心地滴在了铜马的背上。

强酸立即开始腐蚀铜马的马背，很快就腐蚀出一大片，露出了里面的结构。

张海客收起"茬子水"，打亮了火折子就往腐蚀的地方探去，一看之下，果然里面机栝复杂，他能看到的丝线就有几百根，全部都绷得很紧，铁丝上有一个小圆盘，上面盛满了小铁珠。

小铁珠已经锈得十分厉害，无比斑驳，像月球表面一样，但还是能辨别出来，这些小铁珠上原来刻有烦琐的花纹。

"是什么机关？"边上一人问道。

"十八弦的变种，复杂了很多。"张海客道。

那只圆盘下面装着鲁班发明的平衡器，稍微有一点点震动，圆盘就会倾斜，但只要圆盘的重量一发生变化，小铁珠滚出了圆盘，圆盘立即就会恢复平衡。滚出圆盘的小铁珠打到下面的丝线上，一路弹跳，每一条丝线都会触发一处机关，这里有几百条丝线，一路弹跳触碰的丝线不同，一次能触发七八种不同的机关。

再之后，这个圆盘又会恢复平衡，也就是说，可以重复多次触发，每一次触发的机关都是随机的，完全没有规律可循。

这样的机关据说是鲁班发明的，有十八种变化，后来后人不断加码，张海客见过最多的一次，有七十二根丝线，那机关是一个老先生自己做的，用来演示十八弦的作用，但像这样有几百条丝线的，他还是第一次见。

张海客长出了一口气，他庆幸自己认真地对待了这玩意儿，用了最麻烦但也是最保险的办法。他回头问了问拉钢索的人，还能不能坚持，得到了肯定的回答之后他屏住呼吸，再次打亮火折子，从百宝囊中掏出一块磁铁放到圆盘上方，小铁珠就全部被吸到了磁铁上。

他又小心地把磁铁挪开，收到自己的袋子里，然后翻身下了钢丝，落到了铜马旁边的地上。落地的一刹那，他就看到那圆盘瞬间感应到了震动，倾斜了一下，但因为里面没有铁珠了，所以什么都没有发生。

几个人静默了一会儿，发现真的什么都没有触发，也都松了口气，其中一个人道："轻轻松松嘛。"

张海客看了看磁铁上的铁珠子，不置可否，应付这种机关他并不熟练，特别是在真正的古墓之中，不过看来这一次他是赌赢了。

他们收拾完东西准备继续搜索，其中一人道："要不要把那小鬼叫下来？"

"叫他干吗，什么事情都干不了，还要我们照顾他，嘴里还不待见我们，让他在上面待着吧。"另一个人道，"我们先利利索索把事情做完。"

张海客想了想也点了点头，他倒不是觉得闷油瓶累赘，而是觉得这只是墓室里他们见到的第一个机关，就已经如此复杂犀利，墓室里的其他情况还不知道怎么样，此时就觉得稳妥必胜有点太早，闷油瓶在上面还能有很多方便。

几个人靠近那匹铜马，都是第一次真正见到"十八弦"的机关陷阱，都往那个腐蚀出的洞口里看，看到里面密集的丝线后都露出咂舌的表情。张海客不免有些自豪，这东西是他破解的，完全没有纰漏，他还是相当有成就感的。就在这个时候，忽然一人问他道："这里有几百条线，是不是这个房间里装了几百个机关？"

"怎么了？"张海客问道。

说话的人打起火折子往墓道四处抛去，很快把墓室的角落都照亮了，他道："这里怎么可能有那么多空间？"

张海客转头看向墓室四周，确实，古墓中的机关大多体积庞大，为什么叫作"十八弦"，是因为十八种机关已经是一个体积上的极限了。后人加码上去的各种机关，大部分还是这十八种的变种，比如说，如果有一根弦可以触发流沙，那么，还可以生出毒烟、水银等各种机关的变种，但如果是这么多的丝线，显然已经不是简单的变种可以解释得了的。

"你怎么看？"张海客意识到对方说的是对的。

"这似乎不是启动几百种不同的机关，我觉得，这几百根丝线，牵动的是同一个机关，但启动的是这个机栝中不同的部分。"那人道，"就像洋人的牵线木人一样，丝线牵动的是同一个木偶人，但不同的丝线，牵动的是这个木偶人身上不同的部位，这样才能解释空间的问题。"

"你是说，我们触发这个机栝之后，可能会出现一个木偶人？"

"我只是说一个比喻。"那人道，"但是我觉得，触动这个机关本身可能的后果和我们想象的不同，也许这不是攻击型的机关。"

"那会是什么？"张海客道。

"不知道，非得等触发以后我们才能知道。"那人摸着马的四条腿，"所有丝线都通过这四条马腿和地面相连，然后在地下辐射出去，连接这个房间的机关所在。机关房就在我们脚下的区域里，铁珠打到丝线上的力度不大，所以，这种传动的机关必然会在底下的机关房被放大。我们现在来模拟这个房间的修建过程，看看我们能不能下到机关房里去，这样会对这个房间更有把握。"

那人说完，张海客就觉得不对，他看了看他们下来的盗洞道："我们打开墙壁的时候，没有看到墙壁中有任何机关，所以这几百种变化，应该全在我们的脚底。我们现在在墓室里反打盗洞太危险了，得出去重新从土层里往下打才行，这需要花很长时间，如果墓室底下有青冈石的话，我们可能一个星期都打不开。"

几个人一下都有点泄气，其中一个人道："分析来分析去，我们是不是太过小心了。这样，我们上盗洞里去，拿个小石头打一下这些丝线，看看会有什么结果不就行了。再讨论下去，我们非自己把自己吓死不可。"

张海客听着，觉得这方法可行，他们的确在这个墓室里耽误了太长时间，必须得有所推进才行。

说要上到盗洞里的人打起了火折子，放到那匹铜马的缺口处，几个张家小孩反身上了盗洞。闷油瓶就在盗洞的转弯处，并不出声，但显然刚才的话他全都听见了，张家小孩们顿时觉得没有什么面子。

火折子的燃烧时间不长，大家全部上来之后，张海客就从袋子里掏出一颗铁珠子，用手指一扣，大拇指一弹，就把铁珠弹向火折子发光的地方。

铁珠掠过火焰，打进了铜马的内部，接着听到一连串轻微的撞击声，所有人都屏住呼吸，等着机关连动。

张家人的听力极佳，屏住呼吸之后，所有人都听到了一连串窸窣的声音，声音小到完全无法判断是从哪儿传来的，换作普通人一定听不到。

三到五秒之后，忽然，整个墓室一震，所有人都看到地面的青砖发生了变化。

地面的四个地方，有青砖凹了进去。

张海客用最快的速度甩出火折子，火光传动之下，他们发现，在地面上出现了一条往下的通道。

通道非常陡峭，说起来应该更像一口通往地下的深井。

"见所未见，闻所未闻，这到底是什么地方？"张海客自言自语道，"这到底是什么机关？"

第四十九章
临　卡

几个人试探了半天之后，觉得似乎没有太大危险性，于是再次进入墓室，来到了那条通道的边上。

通道很深而且很怪，通道最开始的部分，用青砖加固，但再往下就是黄土了，看起来竟然像一个盗洞。

"你看，往下没有青砖的地方全是铲印子，这是咱们同行挖的。"张海客说道，他凑近闻了闻，"气是死气，咱们这儿应该是起点。"

"不是从外面挖进来的？"

"应该不是，但看不到尽头，不知道通到哪里，不好说。"一个人道，"恕我直言，这实在不像是一个墓室，如果这是一个盗洞，口子上怎么会有一个可以封闭的机关？不可能有人能直接挖到墓室的机关暗道口上，所以我觉得，这儿肯定不是墓室。"

"不是墓室？"

"这儿甚至不是坟墓。"那人道。

"那你觉得这是一个什么地方？"

"这地方不是死人建的,是盗墓贼建的。"

"这是一个临卡。"那人继续说道。

临卡就是当盗墓贼发现一个特别难以进入的古墓时,设置的临时地下休息站,他们会在里面囤积粮食和装备,在地下长期作业。

大部分临卡十分简陋,就像一个土坯房子,但如果是一些超级难以进入的古墓,或者是超大型的堡垒式的古墓,临卡就会修建得十分精细,因为一个临卡在这种古墓盗掘中可能会用上五六年甚至十几年。

如果这是一个临卡的话,倒也可以解释一些东西,但他们头顶上的东西,又是怎么回事呢?

"借你的肩膀用一下。"张海客叫了一声,一下飞起踩在同伴的肩膀上,打起火折子看房顶上挂的东西。

这一次他自己去看了天花板和那个棺材的接合口,然后再看边上倒挂着的另外的东西,面色就发生了变化,翻身下来就正色道:"各位,这真的是一个临卡。"

"临卡怎么可能是这个样子的?"其他人道。

张海客道:"他们没有办法,必须把这个地方弄成这个样子。"他拍了拍地面,"这个房间下面,恐怕有个大家伙,很难对付。"

"所有的设计都是因为震动。"张海客说道,"这种把东西挂起来的方法,很像在海船上挂的吊床,水手睡在吊床里,不管船怎么颠簸他们都不会翻下来,由此可以很好地休息。"

"为了震动把东西挂那么高,值得吗?这可不容易。"

"如果这个震动足够大的话。"张海客道,"足够大,而且足够频繁,也许,一天震十几次,那么,就需要一个稳妥的办法,来保护自己刚刚盗出来的冥器。"

"那这个机关呢?这个机关怎么解释?你会在自己的休息站里搞一个机关?"

"我没法肯定,因为我们不能回到过去,去问修建这儿的人是怎么回事,但我觉得这个机关不是一个机关,而是一个警报器。"

"继续说。"

"这个机关很灵敏，而且伸到了地下，如果这里出现剧烈的震动，那么人就会有危险，他们不能只保护冥器不保护自己，所以他们在这里做了一个震动的探测器，只要一有震动就会触发这个机关，这个口子就会立即打开，也许这个盗洞之下会比较安全。"

"盗洞之下更安全？"一人道，"这也有点牵强啊。我觉得也可能是这样，可能进下面的这位前辈，是孤身一人，而这个盗洞的口子，不封闭也许不太安全，会有什么东西顺着爬上来，所以他做了这个机关，自己进去之后，关上这个暗门，回来的时候，踹一脚门板，上面一震动，门就开了。"

"你踹粽子就不会踹啊？"另一人道，说着就看向张海客，"你是怎么得出刚才那些结论的？"

"上面钩住东西的钩子，都是活钩子，我看了底部，都有钢筋打的弹簧，这是避震的零件，这种零件平时让这些东西就像长在天花板里一样，但一遇到震动，就能大幅度减震。还有，这里的砖和青石板，为什么是倒扣着像整个翻过来一样，那是因为所有的材料，恐怕都是从地下挖出来的。青石板太重了，他们就铺到底部，青砖用来搭建了这个地方。所以我说这个临卡下头，一定有一个大型古墓，规模一定非常大，他们才会就地取材，在这里修了这样一个休息站。"

"有道理。"这些人都点头，张海客已经没心思得意了，继续道，"这扇门有重兵把守，也许也是这个临卡存在的原因。这个位于地板上往下走的盗洞，口子上有机关保护，想来是安全的，我们一定得进去探一探。"

也不用废话，信心一下子全回到了这批张家小孩的身上，几个人眼神一对，走呗。张海客第一个，其他人尾随，鱼贯跳入了盗洞之中。

盗洞几乎是笔直往下，他们用双脚当刹车一路往下滑动，迅速滑到了盗洞的底部。

这个过程滑了足足有四五分钟，再往上抬头，上面一片漆黑，下来的口子已经完全看不到了。

盗洞的底部是个圆腔，另一边横切的黄土中出现了另一道砖墙，已经被人打破，令人奇怪的是，打破的口子竟然只有拳头大小。

"这窟窿，偷窥都不够。"一人道。

张海客踢了踢地面，发现黄土之下有很多青砖，就道："不是，看来上次来的人，是想把这个窟窿重新堵上，但最后剩了这么个孔没完成。原材料还撒在这儿呢。"

窟窿太小了，火折子的光透不到里面，张海客弹了一只火折子进去，"扑"的一声，似乎撞上了什么东西，然后掉了下去，瞬间熄灭了。

"伸一只手进去。"张海客道，他环视了身后的几个人，"轮到谁了？"

"那小鬼。不过还是我来吧。"其中一人道，说着他脱掉外衣露出了手臂，张海客从背包中取出一只马腿剪，卡住那个窟窿口，压上了自己全身的力气，问道："留几寸？"

"最多一只手掌。"那人道，说着就把手伸到了那个窟窿里开始摸索。

所有人都屏住呼吸不敢说话，这是一个很危险的举动，一旦窟窿里有什么异变，张海客会压下马腿剪，把这人的手剪断，弃卒保车。

但那人摸了几下，并没有什么恐怖的事情发生，就把手缩了回来，所有人都看到他的手臂上沾满了绿黑色的泥土，里面似乎非常潮湿。

"你摸到什么了，什么东西顶着这么一堵墙？"

"是个人。"那人道，"这面墙的另一面，靠着一个人，是具革尸，里面全是这种烂泥。"

"确定？"

"我摸了一个东西出来。"那人把污泥蹭到自己的衣服上，摊开手是一团污垢，他们用水冲洗了一下，发现是一只怀表。

怀表已经完全坏了。张海客把它翻过来，看到怀表后面的钢盖上雕着一只麒麟。他翻开表盖，看到里面的针早就不走了，在表盖的内侧有一张照片，照片上是个陌生的男子。他看了看，却皱起了眉头。

"尸体是什么动作？"边上有人问。

"靠在墙壁上，脸朝里。"

"那就好，这说明他不是被人活活封在里面的。"那人欣慰道。

"好个屁，他不仅是被人活活封在里面，而且封的时候，里面不止他一个。他身后有东西在追他，所以他背靠着墙壁。"张海客把怀表收进怀里道，"不管了，启开这面墙，是骡子是马，咱们牵出来遛遛。"

第五十章
泥浆池

打开一个可以通过的洞用了不到十分钟，破坏永远比建设来得有效率。

张海客他们鱼贯进入并打起火把，进入砖墙之后，他们就发现这里的情况和他们想的完全不同。

首先是泥浆，砖墙之后是一个巨大的石厅，除了他们这一面是砌砖，其他的部分全部都是大型的条石，但也看不出是什么材质的石头，整个大厅里灌满了泥浆，四周有一条非常斜的石头沿，可以行走，那具尸体就坐在石头沿上。

他们进去的时候推动尸体，尸体倒入了泥浆里，张海客扶了起来，就发现尸体的关节还可以活动，穿着一身民国初期的衣服，绑着绑腿。他本来想好好看看尸体的情况，但很快打消了念头，因为他发现，在这个巨大的泥浆池子里，躺满了这样的尸体。

从尸体的情况看不出泥浆有多深，有些尸体被没顶，有些尸体泥浆到了腰部。泥浆发绿而且非常黏稠，让人作呕。

他们在石头的边缘上行走，走了一圈，就发现这个石头厅里再也没有通往其他地方的通道了。

"就这么点地方？"一人自言自语。

张海客说道："边上的人淹没的部位高，中间的人低，这个泥浆池是个斗形，泥浆下面应该有通往其他地方的口子。"

"真他娘的。"

"泥浆里的尸体都戴着护目和保护口鼻的东西，就算没有口子，他们也是在里面捞东西。但我倾向于有通道。"张海客道，"因为所有人都有绳子连着，而且，我们刚才的判断错了，这个口子不是外面的人想封闭的，是里面的这些人封闭的。你看，封口的痕迹都在里面。这些人把自己封在了里面。"

"你是说，这泥浆里面恐怕有什么蹊跷吧，他们不想它上去害人，所以牺牲自己？"

"我从来不会把干我们这一行的想得那么高尚。外面的地上有砖，那说明里面的人不停地在堵，外面有人不停地想挖进来。具体情况不知道，不过我们得派一个人看住口子，里面应该是安全的。"

"没有人会像张家人那样，挖砖墙的时候是挖，人家都把砖头往墙里敲，只有我们是往外挖的。你别胡扯了。"

"我没有胡扯。"张海客突然吸了口气，重新拿出那只怀表，翻开来让他们看那张照片，"你们知道这个人是谁吗？"

几个人看了看都摇头。张海客看了看他们进来的窟窿，说道："这人是小鬼的父亲，我小时候见过。"

扶起一具尸体，张海客用火把贴近尸体狰狞的脸，说道："你们仔细看看这些尸体的脸和手，这些全部都是张家人，全部都有张家人的特征。"

"啊？"其他人纷纷去看，一看那尸体的手指，果然奇长无比，顿时全都面如土色。

"这是怎么一回事？"

"小鬼的老爹死了我是知道的，但家族里对于这些死亡都讳莫如深，咱们这一次恐怕被骗了，这个地方是有人安排我们来的。"

"谁？"

张海客回头："是那个小鬼，我们一路过来被引到了这里，你们回忆一下，几乎全部是他提供的信息。"他顿了顿，继续道，"这小子，把我们全部诓到这儿来，难道是为了他老爹的尸体？"

"干他娘，我上去拧断他的脖子。"其中一个怒不可遏。张海客立即摆手："先等等，这些张家人死得太可疑了，那小鬼应该不是想害我们，而是想让我们看到这些人的死状。他可能只是想弄清楚他老爹是怎么死的？"

"不是。"另一个人就道，"过来看这里。"

几个人转头，看到那人已经跳入了泥浆里，扛起另一具尸体，他用力拧转尸体的头部，瞬间就把尸体的头拧了下来，十分轻松。

"脖子断了，这些尸体身上有很多伤。"他道，"这里发生过打斗，而且，用的是张家人杀人的方式。这些人里有一些是被谋杀的，而且，杀死他们的也是张家人。这是一个咱们家族内斗的现场。"

几个人面面相觑，关于家族内斗，其实每个人都知道一点，但看到这样的场景，这些孩子还是有点无法消化。

"小鬼的老爹是被咱们自己家的人谋杀的？"其中一个人恐惧起来，"他娘的，他老爹死了，我们老爹还活着，我们的老爹难道就是凶手，这臭小子要骗我们到这儿来报仇？"

几个人又面面相觑，顿了一下，立即都往出口冲去，才冲到入口的地方，一下就看到闷油瓶蹲在入口的砖墙后面，默默地看着他们。

几个人急刹车，最后一个人直接滚下泥浆，几个人站住就开始哆嗦，其中一个人道："小鬼，你怎么下来了？"

闷油瓶左看看右看看，又看向他们。张海客还是比较镇定的，僵持了几分钟他就反应了过来，问道："刚才我们的讨论，你都听到了吧。"

闷油瓶点头。

"是不是就像我们推测的那样？"

闷油瓶看着他，说道："不是推测，当时发生这一切的时候，我也在场。"

几个人又是面面相觑："真的是我们老爹杀了你老爹？"

"我根本不知道你们老爹是谁。"闷油瓶道，"你们认为的我的父亲，其实也不是我的父亲。"

"那你把我们骗到这里来，是为了什么？"

闷油瓶看着张海客，说道："我需要下到这个地方来，我太小了，很多事情我做不到。"

"你要到这里来干什么？"

"和你没有关系。"闷油瓶道，"这个泥潭之下，有蜘蛛网一样的甬道，全都被淤泥灌满了，但每一段甬道都与各种房间相连，可以休息和呼吸空气。其中有几个房间有很多你们需要的东西，你们用这些死人的装备，前进四到五个房间，就可以完成考验了。"

"那你呢？"

"我得走很深才行。"闷油瓶道。

"这里到底是什么地方？"

"说来话长。这里是泗州古城的遗址，最起码有四层岩层叠着埋在我们脚下，我们所在的只是第一层。这座古城，张家一直在经营，当年是因为一场洪水，古城就直接消失被淤泥掩埋了，所以里面的好东西太多。"闷油瓶道，"我要的东西，在最深的地方。"

"你不需要帮忙？"闷油瓶说完之后，张海客就问。

"你们帮不了我。"闷油瓶道，"这里的一切你们都不了解，你们拿了东西快些回去，否则，危险不仅来自于这里，让张家人知道你们来了这里，你们也不会有好下场。"

张海客几个面面相觑，闷油瓶道："这些话我本来不想说，本想等你们自己遭受挫败，但是你们太执着精明了，还真的成功地下来了。现在，该说的都说了，信不信由你们自己了。"说着，闷油瓶几步就跳入了污泥之中，一下翻了下去。

几个人看着几个气泡从淤泥中翻出来，扑腾了几下，闷油瓶就没影了，再一次面面相觑。

"怎么整？"其中一个说道，"这小子说的是真的吗？"

"是不是真的不重要，只是，我们要是听他的，就算是输给这个小兔崽子了。咱们已经够没面子了，这口气我是咽不下去，凭什么听他的？"另一个人说道。

再次沉默，就见其中一人骂了一声，收拾了一下装备，也猛地跳了下去。

张海客看着他们一个一个下去，心中暗叹，一股特别不好的感觉涌了上来，但他还是跟着他们跳入了淤泥之中，向下潜去。

在淤泥之中下潜的感觉特别诡异，张海客没有多形容，他只说他憋了有三分钟的气，就摸到了绳索把他引到甬道边上，他一手抓着绳索一手摸着甬道的边一路往前，直到发现了一个井口，井中全是淤泥，外面是鹅卵石铺成的地面，几个泥猴全部躺在地上喘气。

这好像是一家人的院子，显然已经陷入地下成了一个洞穴，但盆景、假山、鹅卵石的地面依然存在。

火把已经点了起来，不加以判断，会觉得这是一个非常小的石厅，洪水冲垮了两栋房子，外墙倒塌盖在了院子上面，如今变成天花板的外墙已经倾斜了。张海客抹掉脸上的黑泥，除了他们几个之外，并没有看到闷油瓶。

"那小子呢？"

其中一个人指了指一边，只见地上有一道泥脚印，通往一边火把照不到的黑暗里。张海客想立即跟去，被人拉住："那小子让我们别跟着他走，否则会非常危险。他说那条路，只有他能走。"

张海客不耐烦，心说这小子真的不要命了，连帮忙都不要，这就是小孩子的表现，他道："毕竟是同族胞弟，不管他的目的是什么，我们不能让他去送死。"

张海客顺着泥脚印跟了过去，几个人一路过去，就发现那边的墙角还有一个窟窿，通往另一个空隙。

张海客说这座古城完全被淤泥掩埋，有些地方的淤泥经过这么长时间已经完全变成泥土，有些还保持着黏稠的状态，只在很多比较大而封闭的古建筑遗迹中存有空气。前面张家人的前期探索，已经在可以行进的路线之间建立了通道，在淤泥中藏了绳索，只要进入淤泥里就可以摸到，从而在窒息前到达另外一个房间。有些房间之间距离过远，前人采用了挖掘盗洞的方式前进，总之因为古城里地质情况复杂，成了一个由盗洞、淤泥下的绳索和各种通道组成的体系。

张家的前人在开始阶段采用了网状探索，但是到了后期，所有的路线都归为一条，显然目的性很明确。这是因为在最开始的时候，这批人的目的只是收集财物，但后来他们在收集到的财物中发现了一个秘密，于是转为专心探索这个秘密。

那个房间的角落里，是一个甬道的入口，他们进去之后又进入了一个干燥的古遗迹中，已经坍塌了一半，能看到刀削一样的天花板，一半被埋进了泥土里，整个顶是倾斜的。

这是一个厢房，边上就是花园，看样子是一个大户人家，家境殷实，所以房子很坚固，虽然在洪水中倒塌了，但很多形状还得以保存。

他们在那里看到了两个岔路口，继续往前延伸的墓道，变成了两条。从淤泥的痕迹很容易辨别出闷油瓶走的是哪一条，但张海客却发现他们无法跟下去了。

因为这两个盗洞口，一个大一个小，大的是正常的尺寸，小的，却只能容下闷油瓶那样的个子。他们几个虽然看着身材比闷油瓶大不了多少，但却绝对挤不进去。

张海客百思不得其解，等他仔细检查了那个小盗洞后，他就发现这是不得已而为之，因为这个盗洞的四周，泥土中有四块青石板，这是一个下水通道，直径已经被固定了，无法扩大。

难怪闷油瓶说只有他自己可以通过。

第五十一章
他们的发现

张海客当时想了很多，遗迹本身存在通道，显然比自己挖掘更加便利，闷油瓶对这里这么熟悉，又说当时他也在现场，那么可能这条通道里的泥就是他自己清理的。

这个通道只有孩子可以进入，但由他一个人来清理这些泥土显然不现实，当时和他一起清理通道的张家小孩，应该不止他一个。

但这在张家是不符合族规的，让那么小的孩子下地，本身就是违反族规的事情。

刚才闷油瓶说过，他的父亲是他们所谓的父亲，这句话里似乎没有什么感情，那么，也许他是张家家族里没有人保护的那批亲生父母死在斗里的孤儿，强行被人利用，在这里做这些暗无天日的事情。

在倒斗这一行，无论多厉害，总有人死伤，张家也不例外，这些人的孩子，是和他们完全不同的另外一种生存状态。

说起来，张海客真没有关心过这一批人的命运。这些可怜的孩子和他们不同，他们生活在一个独立的院子里，由专人照顾，平时完全封闭在院子里，无法接触。张家每一代都有一批这样的孩子，有些张家人没有子嗣，会在其中领养几个，认作亲生的。闷油瓶会不会就是这样被所谓的父亲领养出来的？被他的父亲训练后，到古墓里从事这些工作，进入那些大人不能进入的狭小空间摸出冥器？

黑暗，阴冷，一个八九岁的孩子就要面对这些，难怪这小子是这样的性格。

不管怎么说，他们无法从这个通道中经过，边上还有另外一个盗洞，这应该是后来挖掘的给大人使用的通道。

这两个通道应该通向同一个地方。

张海客用手电照射看了看，两个洞的走向确实差不多，就带头钻入了边上那个大盗洞往前爬去。

张海客对我道："这是一个先入为主的错误，我们爬进去快一百米才看到出口，出去之后，我们才意识到，这两个盗洞通往的是两个不同的地方，我们和他失散了。"

他们从盗洞中爬出之后，进入到了第二个临卡，也是他们到达的第四个房间，这个比之前的简陋了很多，一看便知道应该是一座土地庙。

地方很小，地上有一层黄土，有半个巴掌深，铲开黄土可以看到青砖地面。

庙里四面都有佛像，一面是地藏王菩萨的像，左右两面是地方土地公，另一边是庙门，门两边各有一尊神像，估计是道教的。庙门已经被冲破，泥土从门中进来形成了一个陡坡，但因为这种庙宇很坚固，泥土只是堵在门口，没有冲垮庙宇。

在这座小土地庙里有很多东西，都挂在房顶上，密密麻麻的，地上则摆着水缸和一些杂物，水缸之中还有清水，不知道从何而来。

几个人简单冲洗了一下，围坐到板凳上休息，张海客便看到在一边的地面上画着什么。看四周板凳的痕迹，一定是有人在这里坐着休息时，用刀或者树枝之类的东西，在面前随手画的。

张海客再一看就看出，那就是古城的平面图，没有探明的区域和已经探明的区域标示得很清楚。让他觉得有些意外的是，这人在画图的时候，给整个城市的轮廓加了一个边界圈，这个圈现在看起来，竟然是一只蝎子的形状。

而在没有探明的区域里，有一个点上放置了一块石头，显然，这个点，就是他们要到达的地方。

他们在这座古城中举步维艰，走过的地方，里面的东西都挂着，说明都是震动的高发地带。但是，震动是怎么回事？进到这里来之后，他们还没有遇到过任何跟这个推测有关的事情。

"越往里走，离出口越远，也就越危险。"张家小孩中有一个忽然道，"我觉得有些奇怪，这里既然那么值得经营，为什么不干脆把上面的马家端了，咱们张家那么厉害，那些逃兵绝对不是对手，把地方豪族一拔，自己取而代之，想怎么玩儿都可以啊。"

"照你这么说，那张家干脆当土匪算了。"张海客道。

"你们有没有觉得，身上有点奇怪？"另一个人道，几个人转过头去，就看见他在摸自己的手，他的手上，出现了很多红疹。

他挠着红疹，想了想，道："水有问题。"

"不是水，水我查过。"另一个人突然面色凝重起来，道，"是淤泥，这些泥有问题。"

张海客没有说话，回到了他们清洗淤泥的地方，然后沾了一点，放在鼻子下仔细闻了闻，便道："淤泥里有水银。"

张家小孩随身携带了解毒的东西，他们立即拿出小瓶子给自己擦上，其中一个道："这不是一个古城吗？为何淤泥里会有古墓中常有的水银？"

大家心里也疑惑起来，那最先发痒的人忽然一下栽倒在地上，他身边的小孩立即上去将他扶起来，就看到那人不停地发抖，手上的红疹不仅没有减退，反而更加严重了。

"我们都没什么事，为什么他反应这么大？"扶他的人问道。

张海客将手指伸入那人喉咙里，使劲一抠，淤泥全都被吐了出来。

"他吃了几口泥，给他灌几口蛋清水洗洗肠子。"

可能这个张家小鬼水性不好，下来时吞了几口泥，为了不丢脸，硬忍着没吐出来，也亏他咽得下去。

淤泥的气味本身就极其难闻，呕吐出的还混着胃酸，一时间熏得几个人脸色都有点发绿。其中一个去给他灌蛋清水，张海客随即铲起地上的土想把秽物掩盖住，铲了几下忽然就发现，那呕吐出来的淤泥里，竟然有东西在动。

第五十二章
绝　境

　　张海客拨开淤泥，一下就发现在他呕吐出的淤泥里，是无数细小的蚂蟥，这种纯黑色的蚂蟥只有面条粗细，在污秽中不停地扭动，好像一碗活着的面条。

　　张海客挑起来一条，发现那蚂蟥和平时所见的还不一样，上面全是小包，仔细一看就看见那些全是白色的糊着淤泥的卵，密密麻麻的。

　　张海客喷了一声，仔细看了自己的皮肤，他的冷汗就下来了。

　　他看到自己的皮肤之下，隐约有无数条细小的突起，上面细微的小隆起非常多。

　　没有任何感觉，不仔细看也看不出来。

　　其他人还在给那人洗胃，还在打闹怒骂，张海客喝道："别闹了！我们要死了！"

　　那些人才安静了围拢过来，就看到张海客用匕首挑破了自己的皮肤，划下去很深，一条黑色的覆满了虫卵的蚂蟥才露出来。张海客用匕首挑起它，血四溢而出，滴落在地上，地上秽物中的蚂蟥全往血滴落的地方爬去。

挑起的蚂蟥在刀尖上不停地扭动，张海客表情都扭曲了起来，点起火折子就把它烧死了。再看自己身上的其他地方，张海客几乎绝望了，他举目能看到的所有地方，全隐隐透着黑线，他的皮下几乎全都是这种蚂蟥。

"什么时候进去的？"

"就是我们在淤泥里的时候，你们看看自己。"

其他人立即脱下衣服，仔细看自己的身体，一看之下所有人都崩溃了，所有人身上全和张海客的情况一模一样，全身的皮肤下面，几乎没有一处地方没有蚂蟥。

"是从毛孔进去的。在淤泥里它们是休眠的状态，可能只有头发丝粗细，进去之后，吸了血才变大的。"

"怎么办？这要是挖出来，我们就算能挖光自己也成肉馅了。"

"用火烤，把它们逼出来。"张海客道。

"它们吸了血变得那么大，恐怕想出来都出不来了。"

"闷死在里面也比它们把我们吃空的好。"

地下的空间和氧气都不够，否则张海客真想把水缸里的水给煮沸了。他们只能用火把贴近自己胸口炙烤，很快，空气中便弥漫着一股浓郁的烤肉味道。

张海客觉得，烘烤之下即使这些蚂蟥不出来，也会在体内被活活烤死，但真如此操作之后，他就发现不对。

蚂蟥立即被温度所惊动，他能清晰地感觉到所有的蚂蟥竟然全往他的身体里钻了进去。之前他只是觉得瘙痒，很快他就感觉到了钻心的疼痛。

他们只好作罢，其他几个人立即抓狂了，开始想用刀子划开自己的身体。

还是张海客冷静了下来："别慌，这事不是绝境。"他看了看四周就道，"咱们族人之前来这里的时候，这些蚂蟥肯定已经存在了，他们都没事，我们刚才看尸体的时候，也不见他们封闭自己的裤腿什么的，说明他们有解决办法。我们找找。"

几个人开始在土地庙为数不多的东西中寻找，但东西实在太少了，一无所获，只有那个水缸。

该不是这个水缸里的水？

他们立即用水缸里的水再一次擦洗身体，这一次擦得格外认真和努力，恨不得把水从皮肤注射进去。

他们洗完之后，发现没用，于是全都冷静了下来，那些蚂蟥也随之不动了。

"那小鬼说我们肯定会死，会不会他知道这泥里有这种虫子？"

"可是，他也跳进去了啊，他如果知道，那他是怎么克服的？"

张海客喘着粗气就想到了之前听闻的传言，闷油瓶是一个有着家族最厉害遗传的孩子。这种遗传虽然不是必需的能力，但只有遗传到了这种能力，他才能去一些特殊的特别凶险的古墓。

"他的血。"张海客忽然明白了，"他的血，他的血使得这些虫子不会靠近他。上次他在这里，那些张家人是用他来采血躲过这些虫子。"他猛地站了起来，"别休息了，在我们体内这些虫卵孵化出来把我们弄死前，我们必须找到那小鬼，只有他能救我们。"

他们立即出发。

一路往前，也不知道走了多久，最起码有一天一夜，他们已经完全深入到了遗迹之中，但始终没有再发现闷油瓶的任何踪迹，他似乎走的完全不是这一条路。到了第二天晚上，张海客他们来到了这座古城已被探索的边缘。

所谓边缘，也就是说之前张家人的探索只到这儿就结束了，这个边缘是一艘古船，陷入了淤泥之中。张海客在船舱里看到了三具孩子的尸体，堆在角落里已经完全风干，显然都是张家的孤儿，被取血而死，身上有明显的取血的伤口。

孩子只有七八岁的年纪，张海客一边觉得愤怒，一边也觉得力不从心，身上的黑线越发粗大，能清晰地摸到那些卵在皮下的轮廓。

"没有办法了，这里太大了，我们找不到其他的通道，根本不可能找到他，也许立即出去回老家，父亲他们会有办法。"

"你也听那小鬼说了，被家里人知道我们到过这个地方，我们是会被杀掉的。"张海客就道,"再说我们出去赶到家还需要时间,到时候不说蚂蟥,鸡蛋都孵出来了。我们只有一个活命的机会了。"

"什么?"

"我们要在这里搞破坏,非常严重的破坏,让他来阻止我们。"张海客道,"这里的结构并不稳定,我们带了炸药,我们要制造足够大的震动,让这里坍塌,每两个小时炸一次,不管他在这个古城的哪里,他一定会来阻止我们。"

"如果他不仅没来,而且自己跑掉了呢?"

"那我们就死定了,所以不用考虑这个问题。"张海客道,"但我相信,他既然千辛万苦回到了这里,肯定不会轻易放弃的,我们的胜算很大。"

第五十三章
爆炸之后的意外

结果，张海客使用自己的计策，进行了每两个小时一次的爆破，这些爆破不仅没有把闷油瓶引过来，反而触动了整个古城上方的机关。

张海客说道："当年古城被淹没之后，当地的政府不仅没有去挖掘，反而在古城的遗址上方划湖封堤，往古城上方的淤泥中灌入了大量水银进行封闭，行为很是诡异。

"当时就有人推测，洪水突然袭击古城，似乎不是自然灾害，而是有人想把什么秘密埋于这座古城之内，完全封闭起来。

"灌入水银之后，在水银之上又灌入了三合土，将整块被水银包裹的区域完全封闭了起来。"

张海客他们在古城的地下深处使用炸药，破坏了古城内部的沙石平衡，结果古城整体坍塌，当年覆盖的三合土上出现了大量裂缝，水银蒸气外泄，把地面上所有的植被全都杀死了。

闷油瓶当时已经出了古城了，发现了这个情况，才有了之前大金牙讲述的那个故事。

听到张海客说完这一切,我的整个头脑都有点发涨,张海客又说道:"这就是你们朋友曾经做的一些事情。"

"之后,他就把你们救了出来?"

张海客点头道:"是,当然过程没有你们想的那么简单,我要是说出来,也会是十分精彩的故事,但一来古城之下的秘密我们已经知道了;二来其中很多东西虽然精彩,可你们两位也算是这一行里经历异常丰富的,那些奇怪诡异未必会勾起你们的兴趣。所以我在这里也略过不说,只说把我们救出来之后,他就和我们分开了。之后在家族中偶然遇到,也没有说太多的话。你知道后来他能力越来越强,地位也越来越高,不久就不是我们可以说上话的高度了,从此也就断了联系。"

"插句题外话。"胖子在这时候问道,"你说当时是民国,老大,你当时十五岁,您现在贵庚啊?"

"问人年龄是一个非常不礼貌的行为。"张海客说道,"我只能告诉你一点,你的推测肯定是不准确的。"

张海杏看了看我,似乎有什么触动,我也看了看她,她就怒道:"看什么?你叫姐就行了,有什么废话我宰了你。"

胖子转头看我,动了动嘴唇:"张奶奶的痛脚被我们抓到了。"

嘴唇还没闭上呢,"刷",一碗酥油茶泼在了胖子脸上,我转头就看到张海杏转身气愤离去。

"这么大年纪了,一点修养都没有。"胖子抹了抹脸道,"还好茶是凉的。"说着又问张海客,"你妹妹嫁人了没有?"

"尚且没有,这事我妹妹基本不会着急。"

"几百年的老处女啊。"胖子道,看了我一眼,"咱们离这种人最好远点,胖爷我可懒得伺候内分泌失调的女人。"

我问张海客道:"那后来呢?你还有什么可以告诉我的?"

"这么说吧,你想知道这个人的生活细节,我也不能告诉你太多,他在我们家族内部也十分神秘,因为张家族长能接触到的秘密太多了,我们对于他的行踪也很难把握。张家在某些方面非常开明，但某些习俗却非常传统黑暗，不守族规那是要用私刑的。"看见我有些惋惜的样子，他立刻又道，"我可以说出他这么多年行动的脉络来，你听完之后，应该还是能有所启发，毕竟你是在他身边，知道很多我们所不知道的细节。"

我心说我知道个蛋啊，但他既然这么想，我也就不动声色。他继续道："他八九岁的时候，被人带入了泗州古城之下，当作采血和苦力，之后，他应该是了解到了古城中埋藏的秘密，那东西现在我也知道了，就是张家族长身上的信物。

"我是推测出来的，当时的泗州城有一次张家人的内乱，两派势力在城内暗斗，可能是一次刺杀张家族长的行动。那一次暗斗的结果是有人放堤坝把整个城市都淹了。不仅如此，为了防止张家人查明事实，当时的阴谋者还控制政府将古城完全封闭了起来。后来古城被掩盖了下去，但张家族长的尸体上，有一个东西，随着尸体一同被埋入了古城之下。"

我听张海客说，那是一只青铜的铃铛，现在我们知道，张家对于六角铃铛是有研究和控制的，虽然他们还是无法参破其中的奥秘，但比起普通人，他们已经可以使用六角铃铛了。族长那只六角铃铛和其他的铃铛不同，第一，它非常大，几乎有牛铃一样大；第二，它发出的声音十分轻微，但人只要听到，就会神志清明，就是可以定住你的魂魄。说白了，就是它可以抵消其他青铜铃铛的作用。

当时族长佩戴这一只铃铛，肯定是用来避祸的，还有最重要的一点是，在张家的老宅中，有一间房间只有族长可以进入，每次新老交替，都是老族长在房间之中，新族长入内，带着尸体出来。遇上老族长没估准自己的死期，恐怕他们两个要在其中待上几年老族长才能死透。

在这个房间之内，摆放着中国历朝历代各种秘密，书籍卷首、文物神器，所有东西都是张家这么多年从地下带出来的不可现世的发现。

在这个房间之外有很长的走廊，通往房间的走廊和房间之中，挂满了六角铃铛，各式各样毫无死角，只要触动一个，人立即就会疯狂。

这个房间后来被挪到了张家古楼的最底下，放在了他们的祖坟之中，这里面的各种秘密也分为三六九等，其中最重要的那个秘密，被称为"终极"。

这里很关键的是，张家族长死在泗州城内，之前的张家族长知道世界的秘密，而之后的张家族长只得到了一个强大的家族，但这个石头房间中的秘密，是这个庞大家族存在的使命和理由，从那一刻起，张家失去了存在的理由，危机也就开始显现了。

当时闷油瓶所在的那一批张家人，目的应该是想从泗州古城的地下挖出那一只六角铃铛，我们无法推测目的是好还是坏，只知道这样的行为在家族内部造成了一番殴斗，这批人被人杀害在了泗州古城内。

但显然闷油瓶拿到了那只铃铛，他之后进入了张家古楼的房间之中，他知道了张家的使命和目的，也知道了"终极"的存在。

所以，他接下来的人生，只做了两件事情。当时张家已经分崩离析，他成为族长之后，开始重新履行张家人的使命。当时他使用了老九门的力量，然后，他显然亲自去看了那所谓的"终极"。

再往回推断，事情应该是这样的，"终极"应该是张家人很久之前就发现的一个可以说世界上最大的秘密的核心。闷油瓶本来知道这个秘密的存在，但后来他亲自去看到了那个秘密。

那山川之下的巨型青铜古门背后的秘密。

谁建造了那门？那门后面，又是怎样的一番世界呢？

"好了，请允许我卖个关子，如果你想继续知道更多，那就加入我们吧。"

"最后一个问题。"我叹了口气，觉得自己已经基本上被说服了，我问他道，"闷油瓶留在雪山之中的，到底是什么东西？"

"就是那只青铜六角铃铛。"张海客道，"得到了这个东西，我们才能进入张家古楼，看到张家保护了那么多世纪的秘密，到底是什么东西。"

第五十四章
快速出发

请允许我记录一段流水账，从我答应张海客到我们四个人出发，又隔了两天时间。我们进了雪山，一路前进，两周之后，我们就来到了康巴落的外沿，那个冰川湖泊的附近。

风景非常优美，雪山、蓝天、白云，但我实在没力气去欣赏它们，走进冰湖前的一刹那，稍有的一丝感动，也被胖子和德国人子弹上膛的声音给破坏了。

我们一共是四个人，胖子、我、张海杏和一个很矮的身材像特种兵的德国人，德国人的中文非常好，他告诉我他的名字叫Von，翻译过来就是冯。至于矮是因为胖子一直要求配一个矮的，说两米多高的德国人如果跟来，受伤了他只能把他切成两段运回来。

所以我就叫他"坟堆"，胖子叫他大粪，张海杏最规矩，叫他冯。

德国人很少说话，除非必要。和一般的德国人不一样，他十分善于变通，思维很快，但一路过来，我和胖子都说话很少，和他也就没什么交流。

没有心情交流。路实在太难走了。

在进入冰湖之前,我们还在冰湖之外大概三公里的地方,胖子和他都开始擦枪,给枪的所有部件上防冻油,再用油把子弹抹均匀了,重新装入弹夹之中。

闷油瓶的笔记中写了,这片区域的雪下面有奇怪的东西,他们觉得必须小心点儿。

我们进入冰湖,一路上没有遇到什么,只在冰湖的边缘看到了一头死鹿被冻在冰里,被吃得只剩下脑袋和骨架了。

一路过来从没有看到这样的情形,高原上也不应该有这种鹿。

胖子举起枪,看了看白茫茫的四周,就道:"是投喂的,你看,脑袋上有子弹打开花的痕迹,有人在山下打了带上来投喂的。"

"吃成这样,是什么东西?"张海杏就问冯。

"不是说是狗熊吗?"

"狗熊吃东西没有那么精细,吃得这么干净,这东西智商很高。"冯说道,他用枪托敲了敲冻住鹿尸体的冰盖,"看不到牙齿印,不然我会有结论。"

"这么厉害,看看骨头就知道是谁啃的。"胖子道。

"冯有动物学的学位。"张海杏说道,"人家是副教授。"

"我也有学位。"胖子就道,"你胖爷我有涌泉、足三里等的穴位,他是副教授,我也有副脚手。"

"别扯淡行吗?"张海杏已经见怪不怪了,她点上烟也抽出了自己的武器,是一把弩箭,扯出箭筒挂在腰上。看我看着她,她就道:"老娘最讨厌带响的东西,这东西安静。"

"装填速度是多少?"

"敌人多就靠你们,如果只有一个目标,老娘还没试过用第二支箭。"

"哎,这种大话我以为也只有我胖爷能说说,臭老太婆,你知道你胖爷我穿着开裆裤就开始玩枪了,你这话在我面前说也太不给我面——"

胖子突然闭嘴,因为我们都看到冰湖里,有一个黑影贴着我们脚下的冰盖游了过去。

这个黑影很大,动作很慢,看着更像是一条大虫子,而不是什么鱼在我们脚下缓缓地游了过去。胖子和我都看到了，冯和张海杏随后也看到，我们都站着不动。

冰盖十分厚，厚得完全看不清下面的任何细节，只能看到那东西大概的形状。

三分钟后，那东西从我们脚下游过，无声无息，如果不往脚下看，一定什么都感觉不到。我看到冯开始发起抖来，一下把枪口对准了脚下的冰面。

胖子就在他边上，瞬间捏住了他的撞针，我看到冯的手指已经扣死扳机，如果胖子没按住的话，枪已经走火了。

冯还是不停地发抖，但好在他已经完全被吓蒙了，没有其他的动作。胖子也不一动不动，直到那东西离开。

那东西消失之后，我们四个人互相看了看，胖子把冯的枪拿过折叠起来，背在自己身上。

冯看向胖子，胖子就道："对不起，大粪同志，你最好不要用枪。"

张海杏看着胖子，说道："这儿不是你做主的。"

"这里是冰湖，如果他刚才开枪，咱们已经死了，掉进湖里，我得把你扒光了拼命摩擦你，才能救你一命。"胖子说道，"看他现在的状态，枪还是在胖爷我身上比较靠谱。"

张海杏看着胖子，说道："即使你的决定是对的，这个决定也应该是我来下。"

胖子看看我，又看看张海杏，显然觉得有点不可理喻。我也有点意外，虽然一路上张海杏都很强势，但我第一次察觉到，她对于谁做主这件事情，似乎有点儿过于关注了。

两个人僵持了一会儿，胖子才叹了口气，把枪甩给张海杏："好吧，胖爷我最尊敬老人了。"

张海杏自己背起枪，去安慰冯，胖子就对我做出一个他要崩溃的表情。

冯的脸色苍白，也没有任何反驳或者反抗。

"这个女人得吃个亏才能明白，在这种时候，谁做主并不重要。"胖子说着，又把自己的枪也拿了下来，折叠后放进背包里。

"怎么了？你这算是怄气？"

"没用。拿着只是壮胆而已，你也看到了水里那个东西的大小，那东西的体格儿足够抵挡子弹。"

我一想真是很有道理，而且我们在湖面上，冰还那么厚。我一直没有拿武器，觉得他们几个都带着我肯定不用了，现在看冯这样，知道这家伙基本上是靠不住了。

胖子甩了把匕首给我，我反手放在最容易拔出的地方。张海杏走过来道："我们要尽快通过这个冰湖，你们别拖后腿。"

"好的。"胖子道，"师太你先走。"

我瞪了胖子一眼，心说关系本来就不是特别融洽，你就别给我煽风点火了。

"我们走直线。目的地是前面那个山口。用最快的速度通过，落脚尽量小心。"张海杏指了指远处。

我和胖子往张海杏指的方向看，我立即觉得不妥当，胖子就道："我们对情况完全不了解，从湖的中间经过，如果遇到问题，没什么机会翻盘。"

"在我们张家有一个原则，很多事情看上去很危险，但实际上却是最安全的。不要被表面的判断迷惑。"张海杏看向冯，后者显然稍微缓了过来，说道，"刚才那东西，应该是这冰湖中一种鱼类，体形那么大，应该是这里的人几个世纪投喂后的结果，人们不会在湖的中心投食，他们肯定是在近水的地方喂，所以湖的中心反而会比较安全。"

张海杏看向胖子，胖子看了看我，我琢磨了一下，心里还是过不了自己这一关。

看我们两个既不出发也不表态，张海杏就道："怎么，你们有其他想法？"

"我的感觉不太好。"我说道。

"一般我们天真感觉不太好的地方，我们都坚决不去。"胖子道，"天真同志是有名的开棺材必诈尸的体质。"

"你们存心捣乱是吧？"

"小姐，你来过这种地方吗？"我看着她，海外的张家长于行动和做生意，似乎已经全然没有了闷油瓶那种发自灵魂的谨慎和小心。

"我做过的危险事情，比你们两个加起来都多。"

"那是，您年纪那么大了。"胖子说道。

张海杏的神情不满起来："张家人能存在至今，并不偶然，我们的行事规则都是以生存为最大目的，你不要小看张家祖辈积累下的智慧。"

我叹了口气，看着湖面，真的很想就这么跟她去了，但我心中不舒服的感觉越来越明显，最后顿了顿，说道："我以前是一个特别崇拜有这种智慧的人，但后来我开始相信我自己。对于这里的情况我们几个没有你那样的身手，没有你那样的反应速度，你有没有想过，你的智慧的基础是你长年的训练，而我们能活到现在，无非是要一些小聪明、小把戏和小鸡贼。你用你的标准来要求我们，是不公平的。"

胖子也点上烟，看张海杏一直僵在那儿，脸都红了，就道："师太，我知道你以前肯定指挥着一帮很厉害的人，我们两个傻×实在太弱，要不，你和你的副教授走中间，我和我的天真从边上爬山过去。"

"刚才那种生物，也许可以在陆地上活动。"张海杏说道，"你记得吧，笔记里有写。"

胖子拍了拍枪："在陆地上，我们未必会怕它。"

话说到这份儿上，也没什么好说了，张海杏和冯走冰湖的中央，我和胖子按照我们的路线前进。

分开之后，胖子就骂："我呸，你说是不是官僚主义？一个女娃子还想指挥胖爷往东往西，想得美。"

我道："他们强大了太长时间了。"

从他们之前设的局就能看出这批张家人的轻敌和自视甚高。当然，如果是以前的我，他们这些伎俩已经够我瞠目结舌了，但如今，我真的变了太多。以前的我崇拜神话，现在的我一眼就能从神话中看出破绽来。

我们把子弹上膛，看着张海杏他们涉冰而去，我道："我们这样算不算不负责？"

"人顽固呢，你负责也没用。"胖子说道，然后拍拍我，"胖爷我这段时间想通的是，人没法对别人的命运负责，谁也不是上帝。"

我们两个人沿着岸边前行，要比他们的那条路远上很多，也不好走。我们也不赌气，一脚深一脚浅地踩雪前进，远远地看到他们早已把我们抛在了后头。

走了不知道多久，他们已经快到达了，而我们还遥遥无期，胖子就道："臭娘儿们，这次要被她臭死了。"

"好事。"我道，"你也不想他们一下就死了，那我们也傻×了，大家平安就好。"

胖子道："没怪兽，出点小事也好啊，摔个马趴什么的。"

张海杏身手极好，想来冰上的平衡和反应远在我们之上，想让她摔跤很难，德国人也很稳健，看样子穿了双好鞋。

又走了一段，我们这边也没发生什么危险，眼看张海杏他们就要到了，胖子也沮丧了。忽然，我发现不太对，他们那边的情况看起来好像有了变化。

第五十五章
往回走

我招呼胖子去看，胖子瞪起眼睛就道："咦？他们在往回走，往回走什么啊？"

"是不是有人在追他们？"我道。胖子拿出望远镜，一看之后就摇头："就他们两个，很急，几乎在跑了，但他们身后什么东西都没有。"

"给我看看！"我抢过望远镜，一看之下就发现不对，"他们在脱衣服。"

"脱衣服？两个都脱？"胖子问道。

两个人一边跑，一边把自己的衣服一件一件脱下来，我看着奇怪，胖子更急了："快快快，看看老太婆身材怎么样。"

我把他推开，调了一下望远镜的焦距，想去看他们脚下的冰。

冰面上无任何异常，距离太远，望远镜也看不到冰下是什么情况，胖子端枪瞄了几下，也摇头。距离实在太远了，我们拿的枪在这样的距离下射击精度已经非常差，更别提用来狙击了。

一路看着他们跑到冰湖的中央，已脱得只剩下内衣了，再脱就成裸奔了。我心中纳闷，却也不见任何东西从他们身后追过来。这两个人到底在干什么，难道走到一半突然干柴烈火了？

"要不要过去看看？"胖子道，"该不是疯了？"

"咱们现在过去也追不上他们，除非他们往我们这个方向跑。"我道，"而且他们都脱成那样了，身上没有负担，我们穿得像乳齿象一样，滚都滚不过他们。"

"不过去的话，咱们离得这么远，什么都看不见啊。"

"狗日的，你到底想看什么？"我掬起一把雪拍了他一脸，一边掏出对讲机，对那边呼叫。

叫了半天没有回应，却看到两个人在湖中央乱舞起来，不停地挥动手脚拍打自己。

"我明白了。"胖子说道，"这是雪疯症。"

"怎么说？"

"他们说看雪看得太久会疯的。"

"我看是你疯了吧。"我对胖子道，"这时候说什么俏皮话啊。走着，还是得去看看。"

我和胖子又跑进冰湖，我心中又是郁闷又是忐忑，也不知道他们到底发生什么事情了，如果当时我再强硬一点，不知道那个臭丫头会不会听我的。如今他们要是真出事了，我也不知道该是什么情绪，是幸灾乐祸还是内疚？

一路狂奔，好在这两个家伙一直在湖心不停地拍打，没有继续往其他地方走。

我们足足花了半个小时才跑到他们身边，其间无数次滑倒，到了的时候，我自己也快摔死了。

当时张海杏就只穿着内衣和内裤，冯几乎全裸。两个人筋疲力尽地躺在冰面上，却还在竭力做拍打的动作。胖子脱下衣服给张海杏盖上，我也给冯盖上衣服，然后把两个人扶起来，就听到张海杏不停地用广东话说"烧起来了，烧起来了"！

我看她的皮肤已经冻得发青，并没有烫伤烧伤的痕迹。冯用德语也不知道在说些什么。

257

"哪儿烧了啊？"胖子道，"是烧起来了，还是骚起来了啊，我看后者比较像。"

我没理他，看了看张海杏的眼睛就意识到，她正在产生幻觉。

作为幻觉受害者联盟的统治者，我知道在张海杏的这个阶段，她未必能听到我的声音，因为幻觉产生的时候神志一定不是清醒的。人无法使用理智来抵抗幻觉。

我看着他们跑来的方向，就对胖子道："他们好像是中招了，你用望远镜看看湖的那边，看看那儿到底有什么东西。"

胖子用望远镜看了看，就摇头："没有，什么都看不到，我得过去看。"

我道，不行，两个人伺候两个人还行，如果胖子也中招了，我怎么去逮住他？而且他要脱衣服，这一坨肉油滑油滑的，我按都按不住。

我们俩先把张海杏和冯拖到离湖比较远的岸边，我心说：得，今天这么长的路算是白走了。我们搭起帐篷，给他们两个注射了镇静剂和解毒剂，也不知道是否管用。

他们两个人本来就筋疲力尽的，折腾了一会儿，全都沉沉睡去了。胖子也累得够呛，对我道："到现在为止，胖爷我所有的预判都正确，这大粪同志要是两米多那位老兄，我真得把他切成两段才能扛回来。哎哟喂，可累死我了，这老外最起码也有一百八十斤，浑身肌肉，下次我背老太婆，你伺候鬼佬去。"

张海杏的身子也不像寻常姑娘的，她虽然瘦，但身上的肌肉线条非常明显，背着也没想象中那么温香满怀。

我点上烟，在海拔高的地方抽烟更容易伤肺，但也管不了那么多了，必须吸点尼古丁缓缓。我对胖子道："下次咱们得强硬点，否则总给这些傻×的错误埋单，他们死了一了百了，我们可怎么办？"

胖子把枪放到膝盖上，看了看帐篷外就道："臭老太婆那脾气，你就琢磨吧。小哥的笔记里说这儿的湖边有东西，天一黑就更麻烦了。现在还早，看看能不能把他们弄醒，今天咱们必须进到湖对岸的峡谷去。"

我看了看两个人，镇静剂的效果我是知道的，我觉得一时半会儿这两人肯定醒不过来，但胖子说得对，我就道："咱们指望他们自己走是不可能了，我们得做个雪橇，一路把他们拖过去。"

这里一片雪地，积雪之下全是黑色的石头，没有什么材料可以用来做雪橇。胖子道："咱们得从那只鹿身上做文章。我在一个探索节目里看过，用动物的骨骼可以做雪橇。"

胖子体力不支，胖人的高原反应很大，我让他守着两个人，自己再次来到了湖面那头被冰封在里面的鹿的尸体边上。

我看了四周，确定那巨大的影子不在附近，就开始用小锤子不停地敲击湖面，想把死鹿从里面挖出来。

在长白山上我敲击过万年冰川，这里的冰好处理多了，很快我就把湖面的冰敲碎了一大片，露出了里面的鹿的肋骨。

我继续用冰锥子撬出来七八根，等尸体真的露出冰面时，我忽然就意识到，这不是一头鹿。

我清理了一下冰面，往后退了几步，不由得倒吸了一口凉气。

我发现这具在冰下的尸体，是一种我从来没有见过的生物，它看着好像是动物，但我却在它身上看到了无数铜钱大小的鳞片。它露出冰面的部分，似乎只是它身体的一小部分。

我猛吸了一口烟，就招呼胖子，让他过来看。胖子完全不想动，但被我叫得没有法子，只好喘着气过来，一看我挖开的地方，他也愣住了。

"这是什么？你以前见过吗？"

胖子蹲下去，蹲着绕着那东西走了一圈，就道："天真，这是一堆大豹子。"

第五十六章
喇嘛庙

我蹲下来，看到胖子撬开几块冰，从里面掏出一片动物皮毛。

"这是雪豹，里面最起码有四只，冻成一块了，里面还有一些鹿的尸体碎片。"胖子道。

"怎么会这样，四只雪豹？它们是猛兽啊，是被谁吃的？"我道，"这儿难道还有比豹子更凶猛的野兽？"

"熊会捕猎豹子，但这些豹子全都是被来复枪打死的。你看这些豹子的体形那么大，应该就是守着这个湖的猛兽。这里的村民饲养它们，让它们在湖的周围活动，保护这个湖不受外人的骚扰。射击这些豹子的枪威力很大，除了来复枪之外，可能还有手雷。"

"你怎么能看出来？"

"这些伤口骨头都炸出来了，整片肉都打烂了。"胖子道，"尸体不算新鲜了，这里这么冷，肉都变质了，恐怕死了有一段时间了。"胖子看了看四周，就道，"我靠，有人比咱们先来过这儿。第一，人不少；第二，装备非常好，一来就直接把这地方的守卫给干掉了。"

他又看了看帐篷和峡谷的方向,说道:"糟糕了,你说,康巴落会不会出事情?"

我脑子里浮现出淳朴的当地民族被列强侵略,因为武器装备的差距遭到屠杀的电影画面,心里一颤,看了看胖子:"不管对方是谁,他们处理阻碍的方式非常野蛮暴力,咱们快点吧。"

我们用骨头和帐篷扎了一个简易的雪橇,把张海杏和冯裹进睡袋里,沿着湖边一路拖行。

没有我们想的那么困难,但也不是那么轻松,走走停停,用了比预期多一倍的时间,我们沿着岸边到达了湖对面的峡谷。

湖面结冰了,但通往峡谷的那条河流,呈现出冰下河的趋势,在冰层之下还有水在涌动,有些地方冰层破裂,露出了湍急的水流,说明这里的冰面不稳定。

我们小心翼翼地踩着冰面,有时候完全是匍匐着前进,就是这个动作,让我们看到了冰下的奇景。

我们看到在一段冰面下,有一排木头栅栏插在水下,木头栅栏前边全是人的尸体,最起码有二三十具。我们砸开冰层,看到水流中浸泡的尸体全都烂了,但不是腐烂,而是被水泡烂了。

从毛发上能看出全都是外国人,有一些装备在水里泡着,而且,这些人几乎全都是裸体的。

胖子扯上来一把来复枪、一管子手雷,给自己别上,然后一颗一颗地去捡子弹。

"看样子,我们的大粪同志的战友们,曾经自己进来过一次,但失败了,才决定和张家人联合的。这应该就是那批德国人的同伙。"

"也没穿衣服,看来也是走的湖面的近道,所以中招了。"我道,"这批人应该是找到了这里,杀掉了湖边的雪豹,但在穿过冰湖的途中发生了变故,结果全死了,尸体摔进了水里冲到了这儿。"

我估计数量也许还不止这儿的这些,有些应该还死在湖面上,在那儿冻着呢。

胖子捡洋落，美得不亦乐乎，一点儿也没有悲天悯人的意味，我问他："你觉得这些人在这儿死了多久了？"

"这个我就不晓得了，但也许会有幸存者，我们也不知道他们到底来了多少人。"

"老外不会抛下同伴的遗体，看这些死人的样子，我估计幸存者就算有也不多，而且都自身难保。"我道。

继续往前，很快，一路经过闷油瓶说的那些地方，我们终于来到了那座悬空的喇嘛庙的底下。

两个王八蛋还是没有醒过来，胖子爬上去，小心翼翼地推开入口，发现整幢建筑安静得简直是一片死寂，一点声音都没有。

我和胖子千辛万苦把两个人背了上去，此时夕阳已经西下，白云贴在雪山边上，形成了一片一片的云雾。

我们在喇嘛庙中一个比较封闭的房间停了下来，点燃了烤火的炭炉。房间里面挂满了毛毡，可以使温度不流失，但我检查这些毛毡的时候，发现上面的灰多得一塌糊涂，都结成痂了。

"这儿的喇嘛不是很讲卫生啊。"胖子一边烤火，一边脱下鞋子，一股脚臭味扑面而来，"地上也全是落灰，按理说雪山上灰层非常少，空气非常干净，这么多落灰，他们每天要上多少香火？"

喇嘛庙里落灰多是应该的，但这里的灰的厚度和表面的痕迹，说明灰落了很久，而且是长时间无人打扫。

难道这个庙荒废了？

我让胖子先歇着，自己一路往上，看到了当年闷油瓶说的那些阎王骑尸的毛毡。通往上层的门就在毛毡后面，楼梯也在，但那道门被封得死死的。

木头门非常黑，像是被大量的烟熏过，我尝试打开这道门，当年，那个奇怪的女人就是从这里爬出去的。但我发觉门被锁住了，门后应该抵着一根非常大的木杆。

我用匕首插进去，用力把木杆抬起来，推开门，一下闻到一股特别难闻的香料的味道。

门后是一条特别宽敞的通道，通道两边全是门，有点像旅馆的格局。

我走到其中一扇门前，尝试打开，发现这些门背后的木栓都特别重和粗大，用匕首根本无法挑开。我只好原路返回，回到胖子那儿的时候，发现张海杏已经醒了，而且似乎已经恢复了清醒，正在喝水。

我想着我应该用什么嘴脸回去和她说话，是一摇一摆地晃过去说"你看，你这傻×，不听老子的吧"，还是装作特别豁达地过去，安慰她说"我呢，也是脾气不太好，这件事情我们不用再提了。你身体怎么样"？

后一种也许她会对我有好感，可这母老虎我也不想勾搭，想了想，还是选第一种好了。

我于是冷笑一声，走了过去，对着她就道："醒了，你说你傻兮兮的，叫你听我的听我的，不听，你看，裸……"

263

第五十七章
之前的情况

我没说完，忽然她手一动，一个东西瞬间拍在了我的脑门上，我哎呀一声，立即抱头蹲下来。

疼劲过去了我才看到，掉在地上的是她喝水的茶杯。

我一下就火了，骂道："老太婆，老子把你拖到这儿费多大劲儿，你他娘的还恩将仇报。"

"你也没白拖啊，老娘被你揩了多少油，你自己心里知道。"张海杏道。

我呸了一口："谁他妈要揩你油，你这二货奶奶。"说着，就看到胖子在一边笑，我心说，我靠，该不是胖子在我不在的时候猥亵她吧？

一想，胖子虽然吃喝嫖赌一应俱全，但基本的道德底线比谁都高，当然，他的道德底线是他自己的道德——我知道胖子应该不会下这种咸猪手。

胖子看我看他，就道："咱小天真玉树临风小郎君，小姑娘倒贴的多的是，你这属于僵尸牛吃嫩草。"

看着张海杏的脸又黑又难看，我心说，算了算了，就摆手让胖子别说了，对她道："别闹了，我真没吃你豆腐，当然你绝对是一个值得吃豆腐的姑娘。但你想，我们要把你们拖回岸边，又要扎雪橇把你们拖到这儿来，没有时间做那些无聊的事情。不知道胖子和你说了我们一路上碰到的事情没，这儿的情况有些微妙，我们就事论事可以吧？"

张海杏看着我，脸色还是不好看，但已逐渐放松。我摸了摸头上的包，她才一下笑了出来。

我看着她笑得还是挺可爱的，胖子还想继续损，被我摆手拦住了。我把我和胖子一路上遇到的事说了一遍。她听完，皱眉不语，我就道："你们在冰湖上到底遇到什么了？竟然会产生幻觉。那些死掉的德国人，应该和你们遭遇的情况一样。"

"是铃铛。"张海杏说道，"冰湖下面的冰盖，有一段悬空了，下面悬满了那种青铜铃铛，这些铃铛因我们走动而发声，但由于冰盖的阻隔，这些声音很轻微。我一开始没有注意，等我发现自己身上开始烧起来了，我才意识到，但当时我自己的神志已经非常不清楚，我最后能做出的决定就是往回跑，我知道前面肯定有致死的机关。"

"前面应该都是陷坑。"胖子道，"那批德国人肯定也是一样的遭遇，但他们选择了往前跑，全掉进陷坑里了。他们又脱掉了衣服，困在冰盖下面被淹死。你们和德国人合作的时候，他们有没有告诉过你们，他们曾经派人来过这里？"

张海杏摇头，看向周围。我又把这里的情况和他们说了一遍，胖子就道："你一个人也没有看见的话，难道这儿真的是空的？"

"小哥来这里已经是很久之前了，这段时间里，这里应该发生了很多事情。"我道。

当天晚上我们就在那个房间休息了一夜，特别安静，什么事情都没有发生，早上，冯也醒了过来。

胖子先让冯吃了早饭，等他气色刚刚变好，胖子突然就发难，一下把他提溜起来。冯嘴里还嚼着面包，被胖子一惊吓，喷了胖子一脸。

胖子大怒，一下把他按倒在地上，就骂道："你是不是有事情瞒着我们？"

冯莫名其妙，我就把看到德国人尸体的事情一说，冯才道："那和我们没关系，那是另一个部门的队伍。"

胖子道："狗日的，还有另一个部门呢？"

"那是一年前的事了，如果没有这一支队伍，我们公司也不会考虑收购裘的亏损资产。你放开我，我和你详细说。"

胖子放开了冯，他扭动被胖子弄疼的胳臂就道："你很不礼貌。"

胖子瞪起眼睛："那玩意儿能当饭吃吗？"

冯道："我们公司收购裘的产业之前，已经挖了裘公司很多人到我们公司去，这批人进行了前一次考察，是另一个部门负责的。我们部门的头儿的思维方式是，必须和当地人合作，但当时另一个部门很冒进，他们独自进山，后来就没有消息了。我当时还没进公司呢，也不知道他们之间是怎么沟通的，但我知道因为这件事情公司损失很大，光保险就赔了很多钱，这才要收购裘的资料和产业。"

胖子道："那其他部门现在近况如何，你为什么不事先和我们说？"

冯道："那批人一个都没有回来，我们不知道说什么，我们甚至不知道他们死在了什么地方。"

"狡辩。"

"我相信他。"张海杏说道，"我们对他们做过调查，有这方面的资料。"

"这么说来，一年前那批人就来了，而且死在了这里，没有人收尸？"

"湖里的陷阱，是很久以前就有的吗？"胖子道，"小哥的回忆录里没有提到啊。"

"不管有没有提到，我们至少知道几个不合常理的地方。第一，一年前在这里死掉的人，尸体都没有被处理；第二，喇嘛庙里看上去很久没有人来过了，今天我们进入康巴落看看，如果不出我所料，"我道，"这里也许发生了一些我们不知道的事情，咱们这一趟有了变故。"

我们旋即出发前往康巴落，当时我心中已经做好了无数种准备，比如一个完全空的村子、村子消失了、村子里全都是老外，任何奇怪的未来，我都做了心理预设。

我们一路无话，沿途的景色没话说，犹如在仙境中一般。我们绕过几座山头之后，康巴落的村子，出现在了我们眼前。

但是，我们看到的景象，还是让我们始料未及。

事实上，我们没有看到康巴落，但这个村子也不是不存在，我们看到了同样的一片雪原，并且隐约能看到雪原之中，偶然露出的几幢藏族风格的古老建筑的顶端。

我们无法前进，雪地里的积雪比任何地方都要深，胖子往前走了几步，便发现这里的雪无法承载人的体重，一走就是整片整片地往下塌，露出雪地下面的巨大缝隙和孔洞。

整个山谷被冰冻了起来，康巴落被冰雪覆盖，永远不会见天日了。

我们抬头看四周的雪山，冯指着一边山上裸露得特别突兀的黑色山岩就道："是雪崩，有一次规模巨大的雪崩，把整个山谷都埋了。"

"怎么可能有规模这么巨大的雪崩？"我道，"这好像是整座山上的雪，被整个儿抖了下来，铺到了这个山谷里。"

"山体变热了。"冯说道，"那座山的地质结构一定发生了什么变化，山体变热，把雪融化了。"

我们顺着冯指的方向去看那些岩石，胖子拿起望远镜，就对我们道："我们得过去。"

"为什么？"

"好多人的骨头。那座山上，有漫山遍野的骨头。"

第五十八章
山下面的东西

我们绕着山谷边缘，几乎是攀岩一般靠近了那座裸露岩石的巨大黑色山体。

山体非常大，从远处我们能看到一条巨大的裂缝，横贯山体，在积雪满山的时候，这条裂缝一定被积雪冰川掩盖，如今，我们一靠近这座山，就感觉到一股扑面而来的热气。这些地热的温度十分夸张，很快我们只能把衣服全都脱掉。

山上靠近那座山的那一面的雪，都已经融化了，到处是瀑布，我们穿过有大量冰凌的冷热交叉的地带，终于爬上了那座裸岩黑山。

手攀上去，山的温度让我们都不由得缩了一下脖子，山上的岩石竟然是温热的，山好像被喷火器喷过一样。

"咱们是不是到了一座火山啊？"胖子道。

"就算不是，也是一座地热特别丰富的山，山下肯定有熔岩池，突然发生地质变化，把这座山加热了。"

我们顺着山腰往上，一路怪石嶙峋，黑色的岩石完全没有任何规则，不过这样反而便于往上攀爬。走了一会儿，我们便看到无数的小温泉眼，正在往外冒热水。

山上有一股浓郁的硫黄的味道，我们横着爬行了最起码有两个小时，天色变暗的时候，我们来到了那条裂缝的边缘。

这边有一个大型的平台，往山岩中凹陷，我们在这里，看到了无数的尸骨。

"这些人都穿着衣服，全是在这里被困死的，康巴落的村民。"张海杏说道，"看来，这个身在天堂的部落，终于失去了神的庇佑。"

"说得那么矫情干什么，他们就是雪崩的时候逃上来的难民，在这里躲避的时候雪融化，可能被喷涌而出的有毒气体毒死了。"

我们戴上防毒面具，胖子第一个爬进裂缝里。裂缝有三四个人那么宽，一路通往地底，向下是一片漆黑。

"老天爷拿盗版光碟在这山上切了一道口子。"胖子说道。

我们依次爬进去，胖子就问："领导，我们是往前爬还是往下爬？"

"为什么要爬进去？"张海杏问胖子，"这山下面会有什么吗？"

胖子打起手电筒，照了照下面，就道："天真，你看眼熟吗，这地方？"

我往下看去，就看到下面的山体缝隙逐渐变宽，在山体中只见横贯着无数的青铜锁链一路通往深处。

"长白山。"我说道。

"什么？"张海杏问道。

我转头，看看四周的山体，就道："姑娘，现在开始，这里的一切，由我说了算，我来带你去看看，你们张家人所说的'终极'。"

我们返回平台休整了一个小时，天完全黑了，高原地带天黑得很晚，我估摸着黑到这种程度，最起码接近九点了。

我们分配了弹药、干粮和装备。胖子从尸体的遗物中找出几把质量非常好的藏刀，在岩石上打磨。这里腐蚀性气体很多，藏刀氧化得很厉害，但打磨之后立即锋利如初。

我选了一把最轻的，看到张海杏选的那一把，发觉自己可能力气比她还不如。不过我已经不会妄自菲薄了，老娘，哦不，老子有的是经验。

准备妥当，我们在温暖的岩石上睡了一晚，早上醒来，戴上防毒面具我们便开始进入缝隙，往下前进。

我们一共走了五天时间，才看到了缝隙的底部。

我们越往里走，缝隙就越宽，从山体最上部的三四个人那么宽，到了落底之后，山体之间起码有一座桥长那么宽。无数的铁链横贯其中，整个缝隙犹如蜘蛛网。

底部是无数的落石，大大小小，高低不平，应该都是这条缝隙形成的时候，崩裂下来的碎石头。有些长的碎石头在掉下来的过程中，卡在两块巨大的岩壁中间，形成一座一座岩石拱桥。

我们在碎石滩上坐了好久才有力气站起来，脚踏实地的感觉太好了，顺着岩石滩往里走，很快，张海杏就惊呼了一声。

我抬头一看，便看到缝隙的底部尽头，乱石之后，出现一道巨大的青铜巨门，和我在长白山看到的，几乎一模一样。耸立在我视线的尽头，手电光照去，无法照出全貌，只能看到门上烦琐的各种花纹，细节之丰富，简直到了令人发指的地步。

我们走到青铜巨门面前，所有人都不说话，冯两股打战，一下跌坐在尖利的乱石上。

多久了？

我不记得了，我上一次看到这道巨门是什么样的感觉，崩溃，觉得世间的一切都不可靠了。可是现在呢，我虽然心跳加速，但，内心的感觉却完全不同了。

又见面了，我心说，我想不到，我在有生之年，竟然还可以再次看到这样的巨门。

长白山，喜马拉雅山，这些巨大山峦的底部，竟然都有这样巨大的门，这到底是谁建造的，目的又是为何呢？

"咱们没有鬼玺，也不知道机关，这门会打开吗？"胖子第一个开口问道。

我摇头，走上前去，一直走一直走，一直走到巨门的面前，我把手放了上去。

冰冷的，在这个极其闷热的缝隙中，巨门是冰冷的。

我摸着上面的花纹，线条太精致了，如此巨大的门要铸出这样的线条，现代的技术不知道能不能做得到。

想着，我用力推了推巨门，这是一个下意识的举动。

我幻想着门随着我手的动作，缓缓被推开，但，事与愿违，门纹丝不动。

果然，开这道门的人，注定不会是我。

我退回来，坐到门前的石头上面，张海杏就问我："你说，我们张家说的'终极'，就在这道青铜巨门的后面？"

"不是我说的，是你们族长说的。"我道。

"还有没有更多的线索？"

"问你们族长去。"我道，看着那巨门，在这个距离看来，这门简直就是我眼前的整个世界。

会不会是任意门呢？我打开，就看到闷油瓶头发胡子一大把在里面啃蘑菇吃。

我连笑都笑不出来。

张海杏也去了门前，仔细去看门上的花纹，看来看去毫无收获，她一下一个飞跃，跳上了青铜门，开始往上攀爬。

花纹非常细小，根本不可能抓住花纹往上爬，但我看到张海杏的手上，戴了个好像是爪子一样的东西。

她很敏捷，一路往上爬得很高，一直到了门的顶部，但似乎也没有什么发现，又一路下来。

"上面也封得非常死，奇怪。"她道。

我和胖子看向她，她就道："这种门非常重，一直压在岩石上面，时间久了就会陷进岩石里，上面就会出现空隙，但这道门没有。"

"这说明什么？"我问她道。

她道："要么这门没有想象的重，要么，这里的地基经过特殊的处理。"

"如果这门没有想象的那么重的话，那么也有可能是空心的是吧？"胖子扯出自己的手榴弹袋子，"来，咱们试试这门结不结实。"

附录一
《盗墓笔记》第一季简介

　　中国历史上，有一位神秘的建筑学家和风水堪舆学家，名字叫作汪藏海，他为明朝的开国皇帝建造了明宫（也就是现在的故宫），设计了整个中国的风水格局。他还设计了澳门和曲靖城（这两个城市格局完全一样），并且负责帮明朝的皇帝在大山中寻找修建陵墓的位置。

　　因为他身负皇家的秘密，所以历史上关于这个人的记载非常少，特别是他晚年的一些经历，史书上的记载非常模糊。

　　二十世纪八十年代，有一支中国的考古队，在西沙偶然发现了沉没在海沙下的汪藏海的墓穴，在墓穴的壁画中，他们发现汪藏海在他晚年的时候，参与修建了一座十分雄伟的皇陵，但是这座皇陵却不是明皇帝的。他们从壁画上得知，那座皇陵竟然是修建在一处隐蔽的万丈悬崖上。

　　那么，这座奇怪的皇陵是谁让汪藏海修建的？里面葬的又是谁呢？

　　就在考古队员准备深入调查的时候，海底古墓内发生了奇怪的事情，除了吴邪的三叔之外，其他人都在那个封闭在海底的古墓中消失了。

　　吴邪的三叔从古墓中逃出之后，一直致力于调查这件事情，但是近二十年过去了，毫无所获。考古队的其他人，再也没有出现。

这里说明一下，吴邪的三叔是中国盗墓贼家族中的一员，隶属于一个庞大的帮派，他加入考古队为了帮助他在考古队是中的女朋友。他的女朋友在海底墓中失踪，他寻找事件的真相，主要是为了寻找女朋友的去向。

故事开始于近二十年后，这时候吴邪的三叔已经是一个很资深的古董商人，经营着他们的家族生意，吴邪养尊处优，一边享受着毫无压力的生活，一边又无法摆脱无聊。

有一天，吴邪得到了一张中国古代的战国帛书，上面记载了一个古墓的位置，于是他和他的三叔合作，纠集了一批家族中的高手，前去盗墓。

成员有：

经验丰富的叔叔：吴三省（海底古墓的幸存者）
神枪手退伍军人：潘子
脚夫：大奎
身手敏捷、中国功夫强悍的探路者：张起灵
主人公：吴邪

由于被船夫所骗，吴邪一行进入了一个藏尸洞，遇到一只千年大粽子，张起灵表现神勇，用自己的血解救了大家。

在古墓中，潘子不听劝告，差点儿惊动古墓中一个超级厉害的粽子，幸得张起灵化解。他们在古墓中经历了无数诡异事件，并得到了一条"蛇眉铜鱼"（古董）。这条蛇眉铜鱼，勾起了吴邪三叔对于二十年前那件事情的回忆（他在海底古墓中看到过同样的东西）。

同时，在整理以前的资料的时候，吴邪三叔发现这一次一起前去的同伴张起灵，竟然是二十年前在海底古墓中失踪的其中一人。过了二十年，这个人完全没有衰老。

之后，吴邪的三叔重启了他已经停止的调查，和美国公司合作，再次进入汪藏海的海底古墓，但是这一次，吴邪的三叔也在海底古墓中消失了。

美国公司找到了吴邪,希望吴邪能够帮助他们进入那个古墓,看看里面到底发生了什么事情。吴邪为了寻找他三叔,和该公司的一行高手,开始了第二次古墓之旅。

这次的队伍主要包括:

主人公、有进古墓的经验:吴邪

一个性感的女领队、有中国功夫:阿宁

一个秃头:张秃子(实为张起灵假扮)

一个力大无穷但是很搞笑的胖子:王胖子

他们找到了古墓的秘密入口,在经过一次机关的时候,阿宁背叛了他们,故意触动了开启陷阱的机关。

吴邪他们因为张秃子的帮助最后逃脱,原来张秃子就是在七星鲁王宫时,随着那次爆炸而失踪的张起灵。

在经历了一系列冒险后,他们来到了古墓中一个被隐藏的墓室。在那个墓室里,张起灵看到了一座皇陵的巨大模型,那就是汪藏海修建的最后一座皇陵,同时想起了二十年前他在这里发生的一切。

但是张起灵想起的事情,却和吴邪的三叔经历的过程有着巨大的矛盾。

是张起灵说了谎,还是吴邪的三叔说了谎?利用他们进入古墓的阿宁他们又有什么目的?当年的考古队的背景真的那么单纯吗?

事情开始进入到一片迷雾中。

吴邪为了找到失踪的三叔,决定和张起灵、王胖子、第一次冒险的同伴潘子以及另外一批盗墓贼合作,准备寻找在海底古墓中看到的那个皇陵。

在进入皇陵的过程中,吴邪一行遭遇了美国公司的队伍,两方目的相同,在经历了矛盾猜忌后,迫于形势两方开始合作。

他们在皇陵中发现了考古队的尸体,又在皇陵的地下深处的峡谷中,发现了一扇不知道修建于何时的青铜巨门,同时也找到了重伤昏迷的吴邪的三叔。

张起灵走入了巨门之内，不知去向。他们遇到一种怪鸟的袭击，损失惨重，逃出之后被美国公司的队伍救出。

吴邪的三叔在医院苏醒后，和吴邪说了当年他和考古队在海底古墓中的经历，吴邪的三叔又一次骗了吴邪。就在吴邪以为真相大白的时候，他突然收到了张起灵的邮包，里面是两盘录像带。

在录像带中，吴邪看到自己，一个在地上爬行的自己。

吴邪开始怀疑自己的身世和记忆，并着手调查。他在录像带中发现了当年考古队失踪之后隐藏的地方，只身前去寻找，在那里发现了他叔叔当时女朋友的笔记，那本笔记里面记载了所有的事情。正当吴邪遇到危险的时候，那个进入青铜门的张起灵又出现了。

吴邪通过笔记得知，考古队真正要寻找的目标，是一座叫作塔木陀的古城，传说古城中有巨大的财富和力量。

吴邪和他的叔叔以及美国公司的人，还有张起灵、王胖子带着先进的装备和大量人马分批进入古城，碰到了无数智商奇高的毒蛇，阿宁在此过程中死去。最后他们虽然发现了财富和力量的真正含义———一颗奇怪的陨石，但是吴邪的三叔在古城中下落不明，张起灵再次失去记忆，潘子差点儿死掉。

第一季结束。

附录二

《盗墓笔记》第二季简介

为了帮张起灵找回记忆，吴邪、王胖子还有张起灵跟着线索，来到了张起灵的故乡——广西巴乃，在巴乃他们发现了张起灵和那支考古队的背景。这支部队的成员都是盗墓家族的后人，背后有着神秘的力量。

吴邪他们在巴乃的深山中发现了一个湖，并在湖底看到了一座瑶寨，格局居然和巴乃一模一样。张起灵和胖子在打捞湖底的东西时失踪了，吴邪舍命去救，醒来时发现自己躺在一个密闭的山洞中，同时被困的还有张起灵和胖子。

三人想尽一切办法都未能离开山洞，并且发现岩石中有很多诡异的人影。他们在山洞之中被困的时间一长，聚集到洞壁上的石中人就越来越多，终于，石中人破壁而出。

经过一番恶战，张起灵和王胖子身受重伤，吴邪将他们救出了山洞。等他们身体康复后，准备再次进行勘探时，却发现美国人的队伍已经占领了整个村子，铁三角陷入了被动之中。

情急之下，吴邪他们破坏了美国人的设备，然后回到北京，准备下一次冒险。他们调查了当年张家古楼的考古资料，发现了古楼竟然是样式雷修建的。为了获得盗墓大家霍老太的支持，吴邪、胖子和闷油瓶大闹了盗墓贼的拍卖场新月饭店，结果被黑白两道同时追杀。

在同是盗墓家族后人的解语花的帮助下，吴邪他们过了这一关，并且得到了霍老太的帮助，兵分两路，吴邪和小花去四川寻找进入张家古楼的机关线索，而霍老太、胖子和张起灵去张家古楼现场等待消息。

吴邪和小花在四姑娘山遇到了一系列危险，都一一克服，终于得到了解开机关的密码，然而由于他们的疏忽，使得他们传递出了错误的信息，导致使用了错误密码的霍老太一行人消失在了古墓里，生死未卜。

吴邪面临全灭的结局，特别沮丧。最后小花告诉他，唯一的办法就是，吴邪戴上他三叔的面具，伪装成他三叔的样子，使用三叔的势力。

吴邪最终戴上了人皮面具，成了自己的三叔，利用三叔的势力和潘子的帮助，吴邪组织了一支队伍，试图进入张家古楼，救出被困的胖子、张起灵和霍老太一行。

吴邪先是在后山救出了千辛万苦从石头中爬出来的胖子，之后，所有人兵分两路，首先，潘子和小花一组，根据胖子提供的信息，先行下去救人。不承想，守候在湖边的吴邪等人遇到了一次可怕的袭击，有人用炸药炸塌了整座后山，潘子、小花他们进入张家古楼的入口被封死。

随后，胖子与吴邪历尽千辛万苦，终于入得古楼，最后只救出了张起灵一个，其他人全部死在了张家楼可怕的机关之中。

最让吴邪受打击的是，他身边最得力的潘子，也因保护他而死。铁三角逃出张家古楼。美国人裘德考死了，小花重伤逃出古楼后被救，霍老太死在古楼里，吴邪只带出了她的头。世界上，他只剩下了胖子和张起灵两个战友。

吴邪心灰意懒，而张起灵却仍旧要踏上继续探索的路，胖子因为情伤决定留在巴乃。他们在村中分手，吴邪只身一人回到杭州，恍如隔世。

然而，事情却远没有结束，吴邪在三叔家的地下发现了一个秘密房间，并且从神秘人那里得知，他三叔家所处的区域，所有的房子都是空的，而且早在十几年前，就陆续全部被他爷爷收购了。

很快吴邪就发现，张家古楼中的秘密早已经被他的三叔和爷爷转移了出来，埋在了三叔家的地下，这才是这几批势力互相博弈多年却没有结果的原因。

就在吴邪以为事情已经平息的时候，张起灵又出现在了他的面前，并告诉他，自己的任务已经完成，即将回到青铜门之中，守护十年时间。

吴邪劝阻无用，只好一路陪同，希望他回心转意。然而，张起灵非常决绝，他们最终在长白山分别，吴邪回到杭州，等待着与张起灵的十年之约。《盗墓笔记》的故事到此结束。

本书中的故事，发生在张起灵进入青铜门五年之后。五年里，吴邪在处理三叔的生意的同时，也在寻找更多关于张起灵的消息。终于，一只神秘的蝎子引出了关于张起灵的线索，吴邪远赴西藏，和胖子一起，寻找张起灵的过去。

图书在版编目（CIP）数据

藏海花 / 南派三叔著. —北京：北京联合出版公司，2018.9（2025.1重印）

ISBN 978-7-5596-2471-0

Ⅰ.①藏… Ⅱ.①南… Ⅲ.①长篇小说—中国—当代 Ⅳ.①I247.5

中国版本图书馆CIP数据核字（2018）第190455号

藏海花

作　　者：南派三叔
选题策划：北京磨铁图书有限公司
责任编辑：史　媛
版式设计：刘龄蔓

北京联合出版公司出版
（北京市西城区德外大街83号楼9层　100088）
嘉业印刷（天津）有限公司印刷　新华书店经销
字数277千字　700毫米×980毫米　1/16　印张18
2018年9月第1版　2025年1月第26次印刷
ISBN 978-7-5596-2471-0
定价：48.00元

未经许可，不得以任何方式复制或抄袭本书部分或全部内容
版权所有，侵权必究
如发现图书质量问题，可联系调换。质量投诉电话：010-82069336